W0282447

Fantasy

Herausgegeben von Wolfgang Jeschke

CONAN-SAGA

Die Bände in chronologischer Reihenfolge*

Conan (Conan) · 06/3202
Conan und der Zauberer (Conan and the Sorcerer) · 06/4006
Conan der Söldner (Conan the Mercenary) · 06/4020
Conan und das Schwert von Skelos (Conan and the Sword of Skelos) · 06/3941
Conan und der Spinnengott (Conan and the Spider God) · 06/4029
Conan von Cimmerien (Conan of Cimmeria) · 06/3206
Conan der Rebell (Conan the Rebel) · 06/4037
Conan der Pirat (Conan the Freebooter) · 06/3210
Conan und die Straße der Könige (Conan, the Road of Kings) · 06/3968
Conan der Wanderer (Conan the Wanderer) · 06/3236
Conan der Abenteurer (Conan the Adventurer) · 06/3245
Conan der Freibeuter (Conan the Buccaneer) · 06/3972
Conan der Krieger (Conan the Warrior) · 06/3258
Conan der Schwertkämpfer (Conan the Swordsman) · 06/3895
Conan der Thronräuber (Conan the Usurper) · 06/3263
Conan der Befreier (Conan the Liberator) · 06/3909
Conan der Eroberer (Conan the Conqueror) · 06/3275
Conan der Rächer (Conan the Avenger) · 06/3283
Conan von Aquilonien (Conan of Aquilonia) · 06/4113
Conan von den Inseln (Conan of the Isles) · 06/3295
Conan der Barbar (Conan the Barbarian) · 06/3889
Conan der Verteidiger (Conan the Defender) · 06/4163
Conan der Unbesiegbare (Conan the Invincible) · 06/4172
Conan der Zerstörer (Conan the Destroyer) · 01/6281
Conan der Unüberwindliche (Conan the Unconquered) · 06/4203
Conan der Siegreiche (Conan the Triumphant) · 06/4232
Conan der Prächtige (Conan the Magnificent) · 06/4344
Conan der Glorreiche (Conan the Victorious) · 06/4345
Conan der Tapfere (Conan the Valorous) · 06/4346
Conan der Furchtlose (Conan the Fearless) · 06/4663
Conan der Renegat (Conan the Renegade) · 06/4664
Conan der Champion (Conan the Champion) · 06/4701
Conan der Herausforderer (Conan the Defiant) · 06/4745 (in Vorb.)
Conan der Marodeur (Conan the Marauder) · 06/4781 (in Vorb.)

* Die einzelnen Bände der Saga von Conan dem Cimmerier sind nur schwer in eine chronologische Reihenfolge zu bringen, die einigermaßen logisch dem Hintereinander der Abenteuer des Helden gerecht wird, denn gerade die Autoren, die relativ spät ihre Beiträge zu der Saga schrieben, wie Offutt und Anderson, siedeln ihre Stoffe relativ früh im Leben Conans an, indem sie an Abenteuer anknüpfen, die Howard noch selbst schrieb, bzw. Episoden aufgreifen, die Howard nur andeutete. Aus vielerlei Gründen ist es auch uns leider nicht möglich, die Bände in dieser ›chronologisch‹ geordneten Reihenfolge erscheinen zu lassen. Das sollte dem Lesevergnügen aber keinen Abbruch tun, denn jeder Band ist völlig in sich abgeschlossen. Ausführliches Kartenmaterial und verbindende Texte erleichtern jederzeit die Orientierung im Gesamtwerk.

JOHN MADDOX ROBERTS

Conan
der Champion

32. Roman der Conan-Saga

Ungekürzte und mit Karten versehene
deutsche Erstausgabe

Fantasy

WILHELM HEYNE VERLAG
MÜNCHEN

HEYNE SCIENCE FICTION & FANTASY
Band 06/4701

Titel der amerikanischen Originalausgabe
CONAN THE CHAMPION
Deutsche Übersetzung von Edda Petri
Das Umschlagbild schuf Thomas Thiemeyer
Die Karten zeichnete Erhard Ringer
Illustriert von Klaus D. Schiemann

Redaktion: Irene Bonhorst

Printed in Germany 1990
Satz: Schaber, Wels
Druck und Bindung: Ebner Ulm

ISBN 3-453-04283-2

Die Hyborische Welt Conans

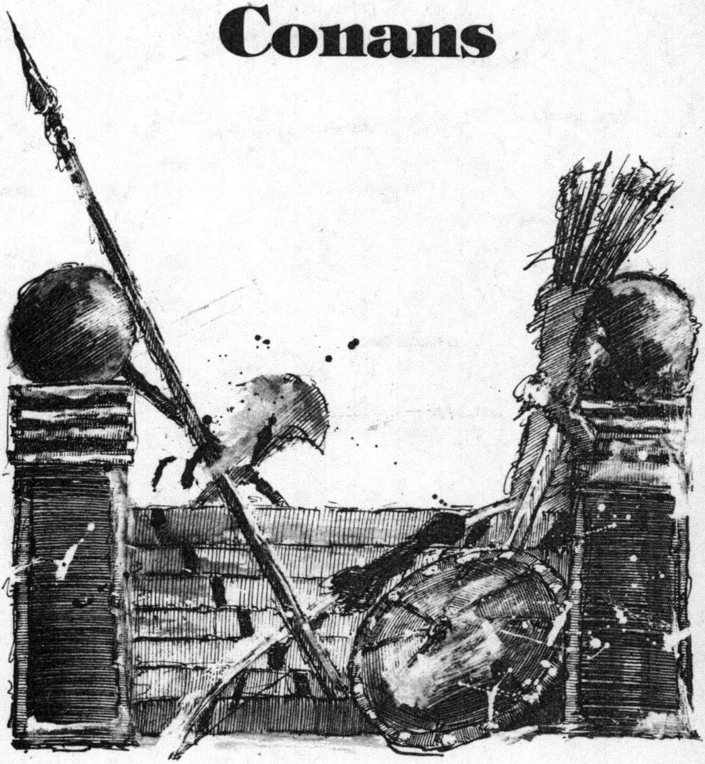

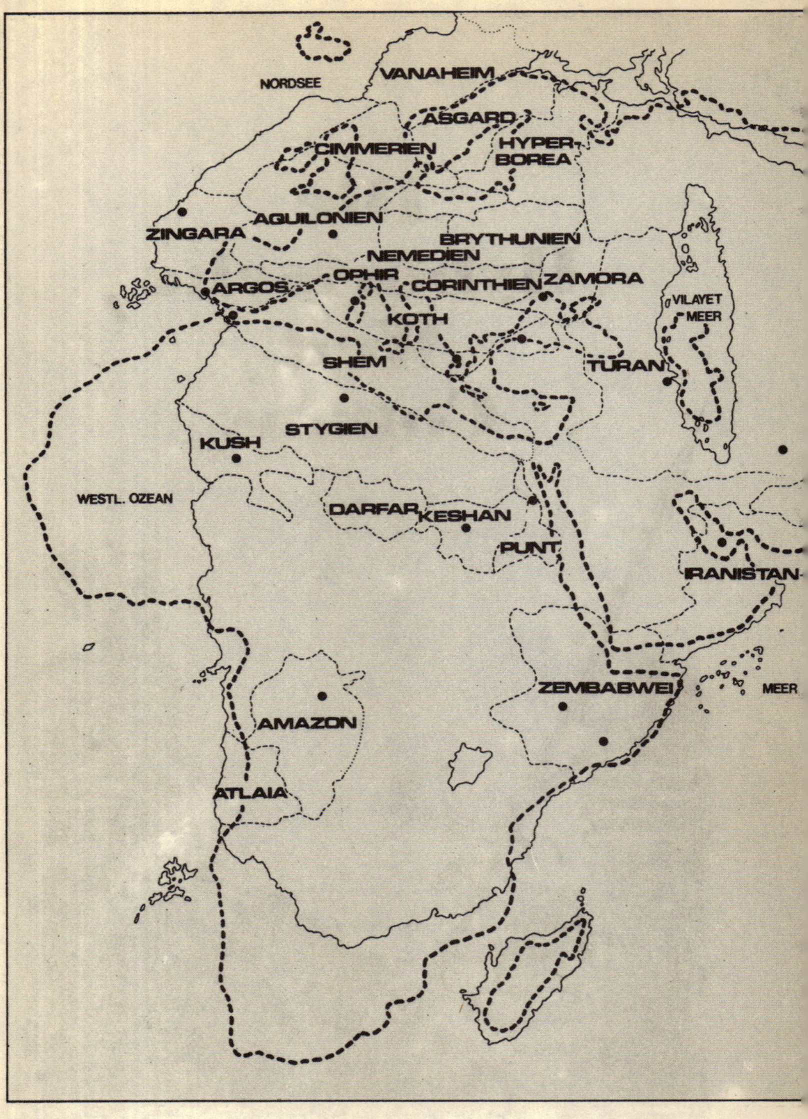
NORDSEE
VANAHEIM
ASGARD
CIMMERIEN
HYPER-
BOREA
AQUILONIEN
ZINGARA
BRYTHUNIEN
NEMEDIEN
OPHIR
ARGOS
CORINTHIEN
ZAMORA
VILAYET
MEER
KOTH
SHEM
TURAN
STYGIEN
KUSH
WESTL. OZEAN
DARFAR
KESHAN
PUNT
IRANISTAN
ZEMBABWEI
MEER
AMAZON
ATLAIA

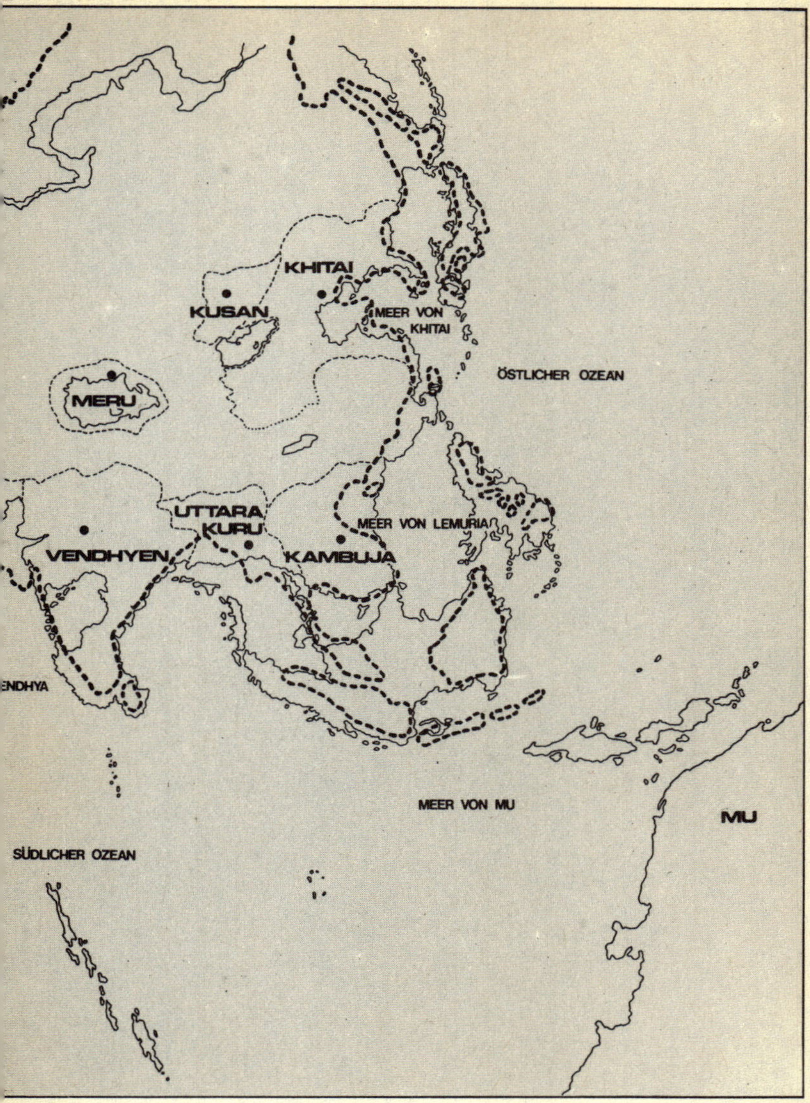
KHITAI
KUSAN
MEER VON
KHITAI
ÖSTLICHER OZEAN
MERU
UTTARA
KURU
VENDHYEN
KAMBUJA
MEER VON LEMURIA
ENDHYA
MEER VON MU
MU
SÜDLICHER OZEAN

Inhalt

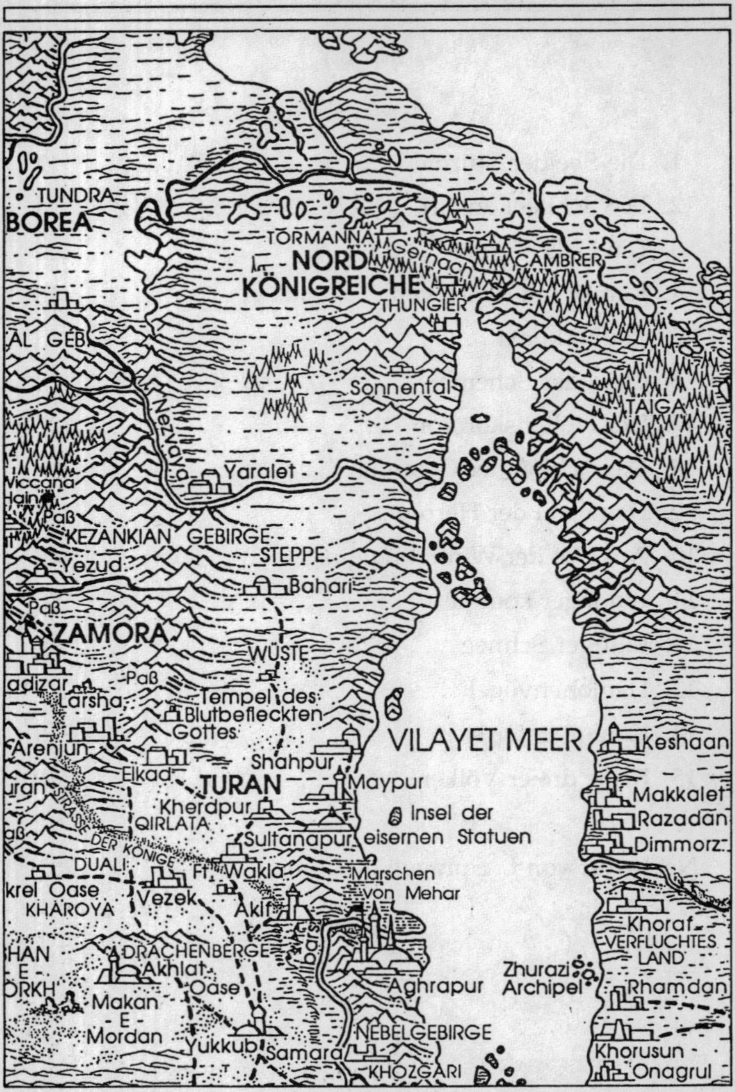
TUNDRA
BOREA
TORMANNA
NORD
KÖNIGREICHE
Gernach
CAMBRER
THUNGIER
AL GEB
Sonnental
TAIGA
Nezvaya
Yaralet
Viccana
Hain
Paß
KEZANKIAN GEBIRGE
STEPPE
Yezud
Bahari
Paß
ZAMORA
WÜSTE
Paß
Larsha
Tempel des
Blutbefleckten
Gottes
VILAYET MEER
Keshaan
Arenjun
Shahpur
Elkad
TURAN
Maypur
Makkalet
Kherdpur
QIRLATA
Insel der
eisernen Statuen
Razadan
Sultanapur
Dimmorz
STRASSE DER KÖNIGE
DUALI
Ft. Wakla
Marschen
von Mehar
Oase
Vezek
KHAROYA
Akif
Ilbars
Khoraf
VERFLUCHTES
LAND
DRACHENBERGE
Akhlat
Oase
Zhurazi
Archipel
Aghrapur
Rhamdan
Makan
- E -
Mordan
NEBELGEBIRGE
Yukkub
Samara
Khorusun
KHOZGARI
Onagrul

Conan der Champion

1

DIE SEE DER STÜRME

Zwei Tage und drei Nächte hatte der Sturm aus der See ein sich wild aufbäumendes Wogengebirge gemacht. Die Schaumkronen kämpften erbittert gegeneinander wie in den Zeiten, als die Welt noch jung war und Götter und Riesen miteinander rangen. Nicht umsonst nannte man das Vilayet-Binnenmeer die See der Stürme, die Mutter der Orkane und anderes mehr, wodurch die Menschen ihre Scheu ausdrücken wollten, daß dieses normalerweise ruhige Binnenmeer ohne Vorwarnung sich in ein wildes, urzeitliches Chaos verwandeln konnte, wahrlich in ein Grab der Seeleute.

Doch daran dachte der Mann nicht, der hilflos auf den Wellen dahintrieb, an den kümmerlichen Rest eines Mastbaums und einige Planken gebunden. Seit am zweiten Tag des Sturms sein Schiff unter dem gewaltigen Anprall der Wogen zerbrochen war, trieb er so dahin. Der schwere Seegang und das eiskalte Wasser hatten ihm beinahe die Sinne geraubt. Nur ein einziger Gedanke beherrschte ihn noch: Der Sturm trieb ihn nach Norden, und die Vilayet-See verschmälerte sich dort. Bald mußte er an Land geworfen werden. Das war seine einzige Überlebenschance. Sobald er sich dem Ufer näherte, mußte er sich vom Mast befreien, um nicht von dem schweren Baum auf einem Felsen oder dem Strand zerschmettert zu werden. In seinem Gürtel steckte noch der lange, geschwungene kothische Dolch. Mehrmals bewegte der Mann die Finger, damit sie geschmeidig seien, wenn der Zeitpunkt käme, nach dem Dolch zu greifen. Nur dieser Gedanken war er mächtig, während der Sturm wie Todesschreie von Dämonen heulte und das Meer sich unter seinen peitschenden Schlägen aufbäumte.

Dawaz stand am Morgen nach dem Sturm früh auf, um zu sehen, was das Meer angespült habe. Bei solchen Gelegenheiten hatte die See schon viele interessante Dinge freigegeben, manchmal auch Gegenstände, die man mit Gewinn verkaufen konnte. Und Gewinn war nie zu verachten! Daher hüllte er sich in seinen Umhang aus hier gesponnenem Wolltuch und verließ seine kleine Handelsniederlassung, die nördlichste aller, die von den Brüdern Kyros von Aghrapur betrieben wurde.

Sein Laden lag in einer winzigen Bucht am Westufer der Vilayet-See, wo sie nur noch eine gute Meile breit war. An diesem Morgen war das Wasser ruhig. Die Vilayet war ein flaches Binnenmeer, so daß ein Sturm, der auf dem Ozean im Westen nur einen etwas höheren Wellengang verursachte, auf ihr gigantische Wogen hochpeitschte. Aus demselben Grund war die gezeitenlose Vilayet bei Windstille stundenlang so glatt wie ein Spiegel.

Dawaz sah, daß der Sturm eine Menge an Land gespült hatte: Baumstämme, Tang und alle möglichen Pflanzen. Vieles stammte aus dem Süden. Da lagen auch tote Fische und ein Meeressäugetier, aber kein Bernstein, eine der kostbarsten Geschenke des Meeres. Am gewinnträchtigsten wäre natürlich ein Schiffswrack gewesen, von dem man die Ladung noch hätte bergen können. Dawaz beschloß, seine Diener die Küste nach Norden und Süden danach absuchen zu lassen. Das mußte natürlich verstohlen geschehen, da die Könige hier solche Beute als persönliches Eigentum betrachteten. Er wollte schon zurückgehen, als er die Gestalt sah.

Das Meer spie öfters Leichen aus, doch waren sie überhaupt nichts wert. Seeleute trugen nur selten mehr Schmuck als einen Ohrring, und diese Figur im Lendentuch war offensichtlich kein reicher Passagier gewesen. Allerdings war er ein Riese. Dawaz würde mehrere Diener benötigen, um diesen Körper zurück ins Meer zu schieben. Er wollte nicht, daß der Geist dieses Kerls in der Umgebung seines Ladens herumspukte. Die Geister ertrunkener Seeleute gehörten ins Meer. Dort war ihr Element.

Dawaz wollte sich gerade zum Gehen wenden, da hörte er, wie sich der riesenhafte Körper bewegte und stöhnte. Wie gebannt blieb er stehen. Dieser menschliche Koloß war von den Elementen angeschlagen und verwundet, von Kälte blau, dennoch lebte er. Der Mann am Strand spie ungeheure Mengen Wasser aus. Da lief Dawaz, um seine Diener zu holen.

Conan erwachte in einer düsteren, niedrigen Hütte, deren Wände aus aufgeschichteten flachen Steinen ohne Verputz bestanden. In die Ritzen hatte man Moos gestopft. Die obere Hälfte der einen Wand bestand aus einer großen Klappe, die oben mit Scharnieren befestigt war, so daß man sie bei gutem Wetter nach außen aufklappen und aufstellen konnte. Dadurch konnte man die Hütte als Verkaufsstand benutzen. Doch jetzt war die Klappe geschlossen und mit Sackleinwand gegen Zugwind abgedichtet. Im Inneren waren Ballen und Säcke, Fässer und Kisten gestapelt. Einige trugen turanische Beschriftungen. In einem Kamin brannte angeschwemmtes Strandholz. Das Salz im Holz verursachte knisternde, bunte Funken.

Er lag auf Fellen unter einer rauhen Wolldecke. Der Raum hob und senkte sich wie bei einem Erdbeben. Wie Conan wußte, lag das aber daran, daß er so lange in den Wogen getrieben hatte. Offensichtlich war er mit dem Leben davongekommen. Für ihn war das nicht so überraschend wie vielleicht für manchen anderen. Er hatte schon mehr lebensgefährliche Situationen durchgestanden als er sich zu erinnern vermochte.

In der Hütte waren noch wenigstens zwei weitere Männer. Sie konnten nicht allzu unfreundlich sein, da sie ihm nicht die Kehle durchgeschnitten hatten, als die Gelegenheit günstig war. Da die Aufschriften auf den Kisten turanisch waren, beschloß Conan, es mit dieser Sprache zu probieren.

»Wo bin ich?« Seine Stimme klang eher wie das Krächzen einer Krähe als menschlich, lockte aber einen dick vermummten Mann an seine Seite. Die Gesichtszüge des Mannes waren turanisch. In dieser Sprache antwortete er auch.

»Willkommen im Land der Lebenden, Freund. Es ist mir ein Vergnügen, Euch zu sagen, daß dies Land hier trocken, wenn auch hundekalt ist.«

»Jeder feste Boden ist besser als die Vilayet im Sturm«, sagte Conan. »Dann seid Ihr ein Küstenhändler?«

»Für die Brüder Kyros.« Der Händler legte die Fingerspitzen auf die Brust und verbeugte sich leicht. »Ich bin Dawaz.«

»Ich bin Conan von ...« Er wollte sagen: »von der Roten Brüderschaft«, besann sich aber eines Besseren. »... aus Cimmerien. Ich diente auf einem Schiff, als wir irgendwo südlich von hier vom Sturm überrascht wurden.« Sein Magen knurrte vernehmlich. Sein Gastgeber winkte einem Diener. Dieser war ebenfalls Turanier, allerdings aus einer niedrigen Kaste. Er brachte einen aus Holz geschnitzten Becher voll dampfenden Gewürzweines.

»Dies sollte Euren Magen etwas besänftigen«, sagte Dawaz. »Danach können wir es mit fester Nahrung versuchen. Zweifellos habt Ihr mehrere Tage lang nichts gegessen. Euer Bauch war bis oben hin voll Salzwasser, wie ich selbst sehen konnte.«

»Das einzige, was mich je vom Essen abhielt, war der Umstand, daß mein Bauch schon voll war«, erklärte Conan schon etwas lebendiger. Er trank von dem Gewürzwein, der für einen Halbertrunkenen eine wahre Labsal bedeutete. »Wie heißt dieses Land? Unser Schiff hatte gerade eine Siedlung nahe der Nordgrenze Turans besucht, als wir in den Sturm gerieten.« Conan hielt es für klüger, nicht zu erwähnen, daß sie diese Siedlung erfolgreich geplündert hatten.

»Ihr seid weit nach Norden getrieben«, erklärte ihm Dawaz. »Wir sind keine fünfzig Meilen von der Nordspitze der Vilayet entfernt. Dahinter liegt das Land der Schneeriesen und Drachen. Hier gibt es keine richtigen Königreiche, nur Herrschaftsbezirke kleiner Fürsten. Jeder von ihnen beansprucht ausgedehnte Ländereien; aber keiner regiert weiter, als sein Schwert reicht.«

Conan nickte. Das traf auf den Großteil des Nordens zu, wo alles noch primitiv und nach Stammessystemen geordnet war.

Der Diener brachte eine Schüssel mit dicker, duftender Fleischsuppe, dazu einen Stapel Fladenbrote, die zäh wie Leder waren.

»Ihr seid in diesem Jahr noch spät hier«, meinte Conan kauend. »Plant Ihr, hier zu überwintern?«

»Wir müssen vielleicht«, antwortete Dawaz. Er schenkte sich ebenfalls einen Becher Wein ein und füllte noch mal Conans. »Das letzte Schiff vor dem Winter hätte schon vor Tagen einlaufen sollen, um uns und die Handelswaren zurück nach Aghrapur zu bringen. Es muß ihm etwas zugestoßen sein. Vielleicht der Sturm.«

Conan überlegte, ob dies das Schiff gewesen sein könnte, das er mit seinen Kumpanen gekapert und geplündert hatte. »Ja, ja, auf der Vilayet kann einem Schiff leicht ein Unglück zustoßen. Wird einer der Fürsten der Gegend Euch den Winter über schützen?«

»Vielleicht«, meinte Dawaz verdrossen. »Schließlich sind sie von dem Handel mit dem Süden abhängig für all die Waren, die sie hier nicht herstellen können. Jedoch sind sie auch überaus raffgierig. Außerdem gibt es noch mehrere Banden Gesetzloser. Es soll ein strenger Winter werden. Da können wir uns glücklich schätzen, wenn wir mit dem Leben und ohne Schaden an unseren Gütern davonkommen.«

»Wer herrscht hier?« fragte Conan.

»Der Fürst, der als König dieses Gebiet beansprucht, heißt Odoac. Sein Volk, besser gesagt sein Stamm, sind die Thungier. Es sind rohe Gesellen, die scharf auf Gold und Seide und andere Luxusgüter aus dem Süden sind. Dafür tauschen sie Felle ein und Sklaven, die sie anderen Stämmen wegfangen.«

»Handelt Ihr auch mit Sklaven?« erkundigte sich Conan mißtrauisch. Es war doch überaus möglich, daß der Händler ihn aus keineswegs edlen Motiven gerettet hatte.

»Nein. Wir haben ein Abkommen mit dem Haus von Yafdal, daß wir nur mit toten Gegenständen Handel treiben und ihnen der Sklavenhandel vorbehalten bleibt. Für den Transport von Sklaven braucht man besondere Schiffe. Es ist daher nicht so vorteilhaft, sich mit beidem zu befassen. Jetzt ist der Sklavenpferch leer, da der Agent für Yafdal schon vor einem Monat wegfuhr.«

Conan war erleichtert. Er hatte noch viele Fragen; doch jetzt überfiel ihn der Schlaf, ehe er eine weitere stellen konnte.

In den nächsten beiden Tagen erholte sich Conan langsam von den Strapazen. Am dritten Tag war er wieder im Vollbesitz seiner Kräfte und wäre am liebsten auf der Stelle weitergezogen. Dawaz staunte, wie schnell dieser Mann sich erholt hatte. Er hatte gedacht, er müsse Conan mindestens einen Monat lang pflegen. Dawaz betrachtete diesen seltsamen Barbaren. Der Mann strich wie eine Raubkatze umher und schaute zu den bewaldeten Bergen ringsherum hinauf. Wäre Dawaz Sklavenhändler gewesen, hätte er Conan auf seiner Liste wie folgt eingetragen: »Männlich, etwa dreißig, sehr stark, blauschwarzes Haar, blaue Augen, helle Haut, aber von Sonne und Wind gegerbt, groß und kräftig, alle Zähne vorhanden und gesund, aus dem Norden stammend und erste Wahl.«

An einem der spärlichen Sonnentage des Frühwinters saß Dawaz in Decken gehüllt draußen und pinselte Schriftzeichen auf die Rolle auf einem niedrigen Tischchen vor sich. Conan kam zu ihm herüber. Der Cimmerier trug eine Tunika aus Wolfsfell, die Dawaz ihm gegeben hatte, und Beinkleider ebenfalls aus Wolfspelz über den schweren Sandalen. Arme und Schenkel blieben nackt, was dem nördlichen Temperament zu entsprechen schien. »Was schreibt Ihr?« fragte er.

»Ich bilde mir ein, etwas von einem Gelehrten in mir zu haben. Da ich hier wohl eine Zeitlang bleiben muß, erweitere ich meine Reiseberichte, obwohl — Mitra weiß — es über diese nördlichen Gegenden nicht viel zu schreiben gibt.«

»Finden zur Zeit irgendwelche Kriege statt?« fragte Conan.

»Warum fragt Ihr?«

»Weil ich eine Beschäftigung brauche. Bis zum Frühjahr sollen angeblich keine Schiffe hierherkommen. Wenn ich nicht zur See fahre, diene ich als Söldner. Wenn irgendwo ein Krieg brodelt, kann ich meinen Lebensunterhalt verdienen.«

»Bleibt hier bei mir«, sagte Dawaz. »Ich genieße Eure Gesellschaft. Ihr seid weit herumgekommen. Ich würde gern mehr über die Orte hören, die Ihr bereist habt. Wir haben ausreichend Proviant für den Winter. Außerdem bieten uns öfter die einheimischen Fischer und Jäger ihre Beute zum Verkauf an. Wir werden keinen Hunger leiden.«

»Es ist sehr freundlich von Euch, mich einzuladen«, erwiderte Conan. »Ich danke Euch; aber es liegt mir nicht, monatelang untätig herumzusitzen. Wenn Ihr mir Waffen borgt, werde ich Euch von meinem Verdienst dafür später bezahlen.«

»Na schön.« Dawaz seufzte. Dann zeichnete er auf dem Tisch eine grobe Karte. »Hier sind wir, nördlich der Steppe. Das Land ist bergig und von dichten Wäldern bedeckt, meist Kiefern. Es gibt keine großen Ströme, aber viele Flüsse, die bald zufrieren werden. Außer dem Stamm König Odoacs gibt es noch die Tormanna im Norden. Ihr König heißt Totila. Östlich von beiden liegt das Land der Königin Alcuina von Cambres. Sie soll sehr schön sein. Allerdings habe ich sie noch nie gesehen. Beide Könige würden gern ihre Herrschaft durch eine Heirat mit ihr festigen. Beide machen ihr den Hof; aber sie will sich nicht entscheiden. Daher bekämpfen die beiden Könige sich unablässig. Es gibt noch andere Stämme und Fürsten, aber diese beiden sind die einzig wichtigen dieser Gegend.«

»Die Auswahl ist nicht gerade üppig«, meinte Conan.

»Ich glaube, ich werde dem einen meine Dienste antragen und sehen, ob der andere mir mehr bietet.«

»Ich werde nie verstehen, warum Krieger uns Kaufleute verachten«, meinte Dawaz. »Wenn sie um ihre Dienste ebenso feilschen wie wir um unsere Waren.«

Conan grinste. »Unser Angebot ist von einzigartiger Qualität. Sollte nämlich dieser Schwertarm versagen« — er zeigte seine mächtigen Muskeln — »kann man ihn nicht einfach gegen einen besseren umtauschen.« Er warf den Kopf zurück und lachte laut, als sei dieser Gedanke überaus lustig. »Doch nun, welche Waffen habt Ihr? Ich habe noch keinen Händler getroffen, der nicht ein oder zwei Schwerter auf Lager hatte.«

Dawaz ließ von seinen Dienern etliche Waffen und Rüstungen herbeischaffen. Conan prüfte alles sehr genau. »Das ist alles, was ich habe«, erklärte Dawaz. »Im Süden ist kein Markt dafür. Ich habe diese nur im Angebot, weil einheimische Krieger oder Möchte-gern-Krieger sie manchmal haben wollen. Aus dem Süden bringe ich nur die Klingen, weil die Einheimischen ihre eigenen Griffe anbringen möchten.«

Conan nahm ein Schwert auf. Es war schwer und altmodisch, die Klinge war aus gutem Stahl. Blattförmig verbreiterte sie sich nach einer Wespentaille, um dann in eine lange Spitze auszulaufen. Der Griff war aus Bronze, mit Leder umwickelt.

Der Küraß war aus Bronzeplättchen mit Knöpfen. Er reichte nur bis zur Taillenmitte. Conan legte mehrere an, bis er einen fand, der seine breite Brust bedeckte. Die Helme waren ebenfalls aus Bronze und wie der Küraß mit Knöpfen verziert. Sie unterschieden sich in der Ausführung des Nasen-, Wangen- und Nackenschutzes. Einige hatten Tierfiguren als Zierat. Conan entschied sich für einen Helm mit Wangenschutz und einem kleinen, aus Silber geschmiedeten Eber als Schmuck.

Für den rechten Unterarm fand er einen dicken Lederschutz, der mit Bronze beschlagen war. Da er einen Schild tragen würde, brauchte er für den linken Arm keinen Schutzpanzer. Der von ihm ausgewählte Schild glich allen anderen: rund, aus zwei Lagen gekreuzter Eichenbretter mit unterschiedlicher Dicke. Zur Verstärkung war der Schild außen und auf der Platte mit Eisenbeschlägen versehen. Dann suchte sich der Cimmerier noch einen Eschenspeer mit Stahlspitze aus. Nun war er für alle Eventualitäten gewappnet.

»Die Krieger hier bevorzugen Bronze«, bemerkte er.

»Und sie verarbeiten sie hervorragend«, sagte Dawaz. »Da sie Eisen nicht zu den Formen verarbeiten können, die ihnen gefallen, verwenden sie es eigentlich nur für Werkzeuge oder für die Verstärkung des Schildes. Ihr habt jetzt die Ausrüstung eines freien Kriegers. Allerdings können sich nicht alle einen Küraß leisten, sondern tragen statt dessen ein Schutzhemd aus mehreren Schichten Hirschleder. Das wärmt zumindest, wenn es auch nicht so gut schützt wie ein Metallpanzerhemd. Die Häuptlinge und Könige haben kostbar gearbeitete Rüstungen und Waffen, mit Gold, Silber und Bernstein verziert.«

»Wie ist ihr Kampfstil?« wollte Conan als alter Profi wissen.

»Vom Krieg verstehe ich wenig«, antwortete Dawaz. »Mir kommen sie wie bewaffnete Pöbelhaufen vor. Ich habe gesehen, wie die Armeen von Turan vor den Mauern von Aghrapur exerzierten. Da hatte jeder Mann seinen bestimmten Platz, die Linien waren genau ausgerichtet, und die Reiterei bewegte sich im Gleichschritt, als säßen alle Mann auf einem Pferd. Hier kommen die

Kämpfer auf einem Feld zusammen und schwingen die Waffen, bis nur noch die Männer einer Seite auf den Füßen stehen. Ich habe gehört, daß es durchaus nicht selten ist, daß keiner mehr nach so einer Schlacht stehen kann.«

»Dann kämpfen sie wie all die anderen Stämme im Norden, die ich kenne«, stellte Conan befriedigt fest. »Das ist gut, da ich auch aus dem Norden stamme und auf die gleiche Art kämpfe.«

Ein Diener rief Dawaz an. »Herr! Es kommen Reiter!« Dawaz blickte zur Waldgrenze im Innern des Landes. Vor den dunklen Bäumen sah man undeutlich eine kleine Schar Berittener.

»Vier Reiter«, meldete Conan. Seine scharfen Augen blitzten. »Alle bewaffnet. Glaubt Ihr, daß sie Übles planen?«

»Das werden wir wissen, wenn sie hier sind«, antwortete Dawaz beunruhigt. »Wenn es Odoacs Leute sind, werden sie mich wahrscheinlich nicht ausrauben. Aber es könnten auch Banditen sein.«

»Banditen oder Soldaten des Königs«, meinte Conan. »Keine Angst, es sind doch nur vier.«

Dawaz blickte ihn erstaunt an. »Ihr seid ganz schön überzeugt von Euch, mein Freund.« Conan lächelte.

Die Krieger ritten kleine, kräftige Pferde mit struppigen, unbeschnittenen Mähnen und Schwänzen. Die Reiter sahen ebenso struppig aus. Braunes oder gelbliches Haar drängte unter den Helmen hervor und fiel mit den Bärten auf Schultern und Brust. Alle waren ähnlich wie Conan jetzt bewaffnet. Sie ritten in den Hof der Handelsniederlassung. Einer mit einem stilisierten Raben auf dem Helm bildete die Spitze. Er sprach Dawaz an, ließ aber kein Auge von Conan.

»Seid gegrüßt, Händler! Wir sind Odoacs Männer.

Unser König wünscht zu erfahren, ob irgend etwas von Wert während des großen Sturms vor einigen Tagen ans Ufer gespült wurde.«

»Nichts als Treibholz und Meeresabfälle«, antwortete Dawaz. »War die Beute entlang der Küste lohnender?«

Der Mann deutete auf die Säcke, die einem Pferd auf den Rücken gebunden waren. »Etwas guter Bernstein und ein paar Korallen.« Dann deutete er auf Conan, der ihn ohne mit der Wimper zu zucken anstarrte. »Aber wer ist das? Er gehört nicht zu unserem Stamm, so wie er aussieht.«

Ehe Conan antworten konnte, sprach Dawaz: »Nur ein unglücklicher Seemann, den der Sturm ans Ufer geworfen hat. Von seinem Schiff haben wir nur den Rest des Mastbaums gefunden, und der ist so mit Teer vollgesogen, daß er nicht mal als Feuerholz taugt.«

»Hast du nicht gehört, daß ich nach Sachen von Wert fragte? Wenn er ans Ufer gespült wurde, ist er Beute aus dem Meer und gehört dem König. Ein kräftiger Kerl wie der da bringt bei den Sklavenhändlern einen guten Preis.«

Es hatte eine Zeit gegeben, da hätte Conan für solche Worte auf der Stelle den Schädel des Mannes gespalten. Doch hatten ihn Alter und Erfahrung gelehrt, kluge Zurückhaltung zu wahren, besonders in einem fremden Land. Daher sagte er nur: »Ich möchte nicht mit Euch im Heim meines Freundes streiten. Wollt Ihr mich aber tatsächlich an Sklavenhändler verkaufen, so laßt uns hinüber auf das Feld gehen. Dort werde ich Eure Eingeweide herausreißen und Eure Kameraden damit erwürgen.« Dawaz wurde blaß bei diesen Worten, doch der Anführer der Reiter grinste.

»Ihr riskiert eine große Lippe für einen Mann, der es mit einer Übermacht von vier zu tun hat.«

»Euch töte ich als ersten«, entgegnete Conan. »Dann habe ich nur noch drei gegen mich. Ich habe schon oft drei zu eins gekämpft. Selten habe ich mehr als drei Hiebe benötigt, um die Sache zu erledigen.« Er lächelte ungerührt.

»Du überheblicher Narr!« rief der Reiter. »Du hast Glück, daß dieser Händler den Schutz des Königs genießt. Du kannst dir nur wünschen, daß wir uns nie woanders begegnen.« Ohne Conan Gelegenheit zu einer Antwort zu geben, wendete er sein Pferd und ritt davon, gefolgt von seinen Kameraden.

»Das war aber kitzlig«, sagte Dawaz, als er wieder Luft holen konnte. »Für Eure Worte hätten sie Euch auf der Stelle niedermachen können.«

»Was hätte ich Eurer Meinung nach tun sollen? Mich ihnen als Ware für Sklavenhändler übergeben sollen? Außerdem bestand wirklich kein Grund zur Angst. Der mit dem Raben auf dem Helm war nichts als heiße Luft in Bronze verpackt. Und ein bißchen heiße Luft schadet niemandem.« Der Cimmerier schlug Dawaz auf die Schulter, wodurch dieser etwas nach vorn stolperte. »Kommt, Freund, laßt uns zu Abend essen. Morgen werde ich mich aufmachen, mein Glück zu suchen.«

2

DIE SCHNEEKÖNIGIN

Conan hatte den Weg nach Norden eingeschlagen. König Odoacs Hof schien ihm nicht gerade der günstigste Ort zu sein, den Schwertdienst anzudingen; aber das bereitete ihm keine Kopfschmerzen. Er würde es eben bei König Totila versuchen. Ein Dienstherr war so gut wie der andere. Jetzt war er schon drei Tagesmärsche von Dawaz' Handelsniederlassung entfernt. Auf den gewundenen Pfaden durch die schweigenden Wälder hatte er den Speer als Wanderstock benutzt. Seit der vorigen Nacht fiel der Schnee in dichten Flocken. Conan war froh, daß sein Freund ihm einen guten Umhang, eine langärmelige Tunika und eine Hose aufgedrängt hatte. Der letzte Aufenthalt in den wärmeren Gegenden im Süden hatten seine angeborene Widerstandskraft gegen kaltes Wetter etwas geschwächt. Seine cimmerischen Verwandten hätten mitleidig den Kopf geschüttelt, hätten sie ihn so dick angezogen in für sie mildem Wetter gesehen.

Auf diesen niedrigen Bergen wuchsen die Kiefern sehr dicht. Die Waldesstille wurde nur durch gelegentliches unheimliches Heulen von Wölfen unterbrochen. Aber dies vermochte den Cimmerier nicht zu ängstigen. Es war noch zu früh im Winter, als daß die Wölfe vor Hunger verzweifelt genug gewesen wären, einen Mann anzufallen. Überhaupt hatte ein bewaffneter Mann im Vollbesitz seiner Kräfte keinen Grund, sich vor Wölfen zu fürchten.

Conan schritt also ganz zufrieden, ja sogar glücklich dahin. Der Norden war seine Heimat. Obgleich der Süden auch verlockende Seiten hatte, waren diese kalten Gegenden mehr nach seinem Geschmack. Er wußte, daß er bis zum Frühling aus Langeweile und Sehnsucht nach den lauen, südlichen Ländern halb verrückt sein würde; aber im Augenblick freute er sich auf einen Winter voller Kämpfe zwischen diesen kleinen Königen des Nordens. Er brauchte einige Minuten, ehe er merkte, daß der Kampflärm, den er hörte, nicht in seinem Kopf existierte, sondern echt war.

Conan lächelte und rannte vorwärts. Das Lied aufeinanderprallender Waffen war die Lieblingsmelodie seines Lebens. Selbst aus der Entfernung konnte er dem Klang nach erkennen, ob Schwerter gegen Bronzerüstungen schlugen oder die eiserne Speerspitze klirrend von einem Helm abglitt. Er kannte auch den eigenen Ton, wenn Stahlwaffen auf einen Holzschild prallten. Jetzt hörte er auch noch lautes Geschrei. Seiner Meinung nach kämpfte eine kleine Schar oder eine größere Abteilung ließ nur einige kämpfen. Aber wie er die Männer des Nordens kannte, würden nur wenige unbeteiligt zuschauen.

Conan erklomm eine Anhöhe und sah hinab auf die Straße, die sich durch ein flaches Tal schlängelte. Auf dieser Straße tobte ein blindwütiger Kampf zwischen Kriegern in Bronzerüstungen. Conan musterte sie aufmerksam und überlegte, ob es der Mühe wert sei, der einen oder anderen Seite zu helfen.

Beim Herabsteigen sah er noch mehr Einzelheiten. Auf zwei Gestalten, von denen die eine graubärtig und die andere eine Frau war, drang eine Schar Krieger ein. Sie waren in der Überzahl, aber genauso gekleidet wie die beiden in Bedrängnis. Hier wären wirklich Uniformen einer zivilisierten Armee angebracht, dachte Conan.

Er wollte sich schon hinsetzen und die Darbietung in Ruhe genießen, als sein Blick auf einen der Angreifer fiel. Da war der mit einem Raben verzierte Helm des Kerls, der es gewagt hatte, ihn als Sklavenware zu betrachten. Das gab den Ausschlag.

Conan sprang auf und stürmte mit einem wilden cimmerischen Kriegsschrei los, der so blutrünstig war, daß die Kämpfer vor Schreck erstarrten. Einige Angreifer wandten sich ihm zu. Einer kam ihm mit erhobenem Schild entgegen. Ohne die Geschwindigkeit zu vermindern, schleuderte Conan seinen Speer. Der Mann schützte sich mit dem Schild, doch durchschlug die Eisenspitze das Holz und durchbohrte die Kehle, so daß der Bart geteilt wurde und die Spitze noch eine Handbreit aus dem Genick herausragte.

Als der Mann zu Boden stürzte, entdeckte der Rabenhelmige Conan. »Der Fremde!« schrie er. »Ich habe dich gewarnt, nicht zu weit vom Handelsplatz wegzugehen, du Narr! Jetzt bist du des Todes!«

»Etwa durch dich, du Wurm?« rief Conan grinsend. »Ich bin Conan der Cimmerier und werde es mit einem oder allen aufnehmen.«

Der Mann mit den Rabenhelm mußte sich der Herausforderung stellen, oder er hätte bei seinen Kameraden jegliches Ansehen verloren. Daher trat er vor und schwang sein Schwert. »Ich bin Agilulf der Thungier und fürchte mich vor niemandem!«

Angreifer und Verteidiger hielten offenbar die Gelegenheit für günstig, eine Pause in ihrem Kampf einzulegen. Sie ließen die Arme sinken und warteten begierig auf diese Unterhaltung.

Conans Blick begegnete den kühlen, grauen Augen der Frau. Er deutete mit dem Schwert einen Gruß an. Dann war er ganz und gar mit dem Mann vor ihm beschäftigt. Agilulf hatte die Haltung eines erfahrenen Schwertkämpfers eingenommen: Die Beine leicht gebeugt, der Rücken gerade, Schild vor dem Körper, so daß er ihn jederzeit vor Beine oder Kopf halten konnte. Sein Schwertarm war hocherhoben und leicht nach hinten gedreht, so daß die Klinge über seinem Rücken schwebte. Mit einer leichten Armbewegung konnte er so mit voller Kraft Kopf, Seite oder Bein unter dem Schild seines Gegners treffen.

Conan befleißigte sich seines unverkennbaren individuellen Stils. Beinahe in der Hocke, mit vorgehaltenem Schild preschte er los. Das Schwert hielt er niedrig. Sein Gegner konnte nicht viel mehr als die blitzenden Augen des Barbaren über dem Schildrand sehen.

Agilulf schlug zuerst zu. Er zielte auf Conans Helm, aber der Cimmerier hob den Schild und führte einen Schwertschlag gegen ein Bein des Feindes. Der rabenhelmige Krieger senkte blitzschnell seinen Schild. Beide Schwerter klirrten gegen die Schilde. Agilulf versuchte nun einen Hieb auf die ungeschützte Schulter Conans, doch dieser wich seitwärts aus und zielte auf die Seite des Thungiers. Gerade noch rechtzeitig fing dieser den Schlag mit dem Schild ab. Bis jetzt hatte noch keiner der beiden einen Treffer erzielt. Beide sprangen zurück, und die Zuschauer bejubelten den hervorragenden Zweikampf.

Nun umkreisten sich die beiden wachsam. Unter Agilulfs Helm strömten Schweißperlen herab; aber er war so wendig wie zuvor. »Gar nicht so leicht, den besten Recken der Thungier zu besiegen, was Cimmerier?«

Conan lächelte verbissen. Dann schlug er zu. Die Umstehenden sahen nur einen Wirbelwind aus Metall, als das Schwert des Cimmeriers den Schild zerschlug, als sei er aus Pergament. Der Arm darunter brach mit lautem Knacken.

Der zweite Schlag traf den Raben zwischen die Flügel, spaltete Helm, Schädel und Zähne, bis ihn der Küraß aufhielt. Conan mußte kräftig ziehen, um sein Schwert aus den grausigen Resten zu ziehen, die einst Agilulf, bester Recke der Thungier, gewesen waren.

Conan schüttelte seine Klinge, um sie vom Gröbsten zu säubern, und funkelte die Männer an. »Wer möchte als nächster ein Tänzchen mit dem Schwert wagen? Hier stehe ich, ihr Hunde! Kommt rüber!«

Die Thungier waren vom plötzlichen Tod ihres Helden erschüttert; aber sie waren tapfer. Außerdem waren sie in der Überzahl. Mit Gebrüll stürzten sich alle gemeinsam auf den Cimmerier. Wie Conan erwartet hatte, ließen sie in ihrer Wut ihre ursprünglichen Gegner außer acht und wendeten diesen den Rücken zu. Die beiden griffen an. Ehe sich die Thungier sich umstellen konnten, hatte sich das Blatt gegen sie gewendet.

Das hieß aber nicht, daß der Kampf nun ein Kinderspiel war, besonders nicht für Conan. Er war von Feinden umringt. Nur seine erstaunliche Schnelligkeit und seine Rüstung schützten ihn. Conan duckte sich unter Schlägen, sprang über Klingen und teilte tödliche Hiebe aus, wo er sie nur anbringen konnte. Die mangelnde Ordnung seiner Gegner kamen ihm sehr zu Hilfe, ebenso die blinde Gier eines jeden, allein diesen Fremden zu töten.

Dann wurden die Angriffe auf Conan schwächer, da der Graubart und die Frau viele Angreifer töteten. Schließlich stand Conan nur noch einem Feind gegenüber: Einem blondbärtigen Krieger in einem Hirschlederwams. Einige Schläge reichten aus, um seinen Schild zu zersplittern. Dann erledigte ihn Conan mit einem schnellen Stich durch die Kehle, dem gnädigsten aller Todesstöße.

Der Waffenlärm war verstummt. Conan schaute umher. Grotesk verzerrt lagen die vielen Leichen auf dem Boden, der mehr rot als weiß war. Einige Überlebende wanderten zwischen den Leibern herum und kümmerten sich um Verwundete.

Conan steckte sein Schwert in die Erde, ließ den Schild fallen und knüpfte den Kinnriemen seines Helmes auf. Als er den Helm abnahm, fiel sein langes blauschwarzes Haar bis auf die Schultern. Aus dem

Helm stieg eine Dampfwolke auf. Ein Kampf in voller Rüstung war immer eine heiße Sache.

Die Frau kam auf den Cimmerier zu. Der Graubart folgte ihr. Sie blieb vor Conan stehen und musterte ihn von Kopf bis Fuß.

»Ich bin Königin Alcuina von den Cambres.« Ihre grauen Augen waren so kalt wie Eiszapfen. »Wie seid Ihr hierhergekommen?«

Sie war die hochmütigste Frau, der Conan seit langem begegnet war; aber er spürte, daß jetzt nicht der richtige Zeitpunkt war, arrogant zu sein.

»Ich suchte Arbeit für mein Schwert, Lady«, antwortete er mit einer leichten Verbeugung. »Ich hörte Kampfeslärm und kam, um nachzusehen. Diesen Agilulf hatte ich schon vor ein paar Tagen getroffen. Da damals seine Worte recht unfreundlich waren, wollte ich ihm bessere Manieren beibringen.«

»Das habt Ihr allerdings. Jetzt ist er nicht mehr allzu redselig.«

»Warum haben diese Schurken Euch überfallen, Lady?« Conan zog sein Schwert aus dem Boden und begann, es sorgfältig zu säubern.

»Seid Ihr etwa meinesgleichen, daß ich Eure Neugier befriedigen müßte? Ich werde Euer Schwert mieten, Fremder. Euren Rat benötige ich nicht. Sucht Euch ein Pferd und begleitet mich.« Dann ging sie fort. Der Graubart schien etwas sagen zu wollen, überlegte es sich aber und folgte der Frau.

Ungerührt reinigte Conan sein Schwert. Dann machte er sich auf die Suche nach einem unbeschädigten Speer. Die Begleiter der Königin liefen im Wald umher, um ihre Pferde einzufangen. Offenbar kannten diese Leute nicht die Kunst des Reiterkampfes, sondern stiegen ab, ehe sie losschlugen. Bei so vielen Toten gab es viele herrenlose Pferde. Conan bestieg eines und gesellte sich zur Eskorte der Königin. Vielleicht sollte er trotzdem mal König Totila aufsuchen, dachte er.

Als sie durch die länger werdenden Schatten des Nachmittag dahinritten, lernte der Cimmerier die anderen Männer kennen. Als erfahrener Soldat gab Conan sich Mühe, sämtliche Namen zu erfahren und zu behalten.

Wie fast alle, die er in dieser Gegend getroffen hatte, bedienten sie sich einer Variante der im Norden üblichen Sprache, die sich nicht sehr von der in Asgard, Vanaheim oder Aquilonien unterschied. Die Männer waren überwiegend hellhäutig. Es gab mehr blaue als braune Augen, die Haarfarbe reichte von Hellblond bis Dunkelbraun. Keiner hatte wirklich schwarzes Haar wie Conan. Alle erwachsenen Männer trugen wehende Bärte, obwohl einige die Gesichter an manchen Stellen rasierten, um besonders schöne Narben zu zeigen. Sie schienen für Kriegsbemalung oder Tätowierungen nichts übrig zu haben. An manchen Zügeln hingen Skalpe.

Ein blonder Mann mit einem Eberschmuck, wie Conan ihn hatte, ritt an seine Seite. »Das war ein prächtiger Kampf, Cimmerier. Ich bin sehr froh, daß du jetzt zu uns gehörst. Ich bin Siggeir.« Der Mann hielt ihm einen gluckernden Schlauch entgegen. »Hier, trink etwas Ale. Es ist zwar schon ein bißchen schal; aber wir müssen uns damit begnügen, bis wir zur Halle kommen.«

Conan nahm einen kräftigen Schluck. Es war schal, aber von guter Qualität. Er warf den Schlauch zurück. »Danke, Freund. Sag mal, ist eure Königin immer so kurz angebunden mit Leuten, die ihr ihre Dienste anbieten?«

Siggeier lächelte wehmütig. »Das ist nun mal ihre

Art. Sie war das einzige Kind des alten Königs und immer schon sehr hochmütig. Sie ist aber eine gute Königin. Nie würde sie zulassen, daß ihr Volk von einem minderwertigen König beherrscht würde.« Conan wußte, daß mit *minderwertig* der Fürst eines anderen Stammes gemeint war. »Aber keine Sorge, Cimmerier. Diene ihr treu, und kämpfe so wie heute, dann wird sie dich gut behandeln und entsprechend belohnen. Sie ist recht großzügig.«

»Na, wenigstens ein Lichtblick«, murmelte Conan. »Warum haben euch Odoacs Männer angegriffen? Wenn ich schon gegen sie kämpfe, würde ich gern den Grund erfahren.«

»Sie wollten Alcuina gefangennehmen«, sagte Siggeir. Wie die meisten Nordländer ließ er Titel oft weg. »Odoac begehrt sie zur Frau. Man munkelt, daß er sein letztes Weib schon umgebracht hat, um den Weg für Alcuina freizumachen. Viele halten seinen Wunsch für lobenswerten Optimismus. Ich finde ihn einfach dreist und vermessen.«

»Darf ein König bei euch nur eine Frau haben?« fragte Conan.

»So lautet das Gesetz. Konkubinen kann er so viele haben, wie er meint, zufriedenstellen zu können. Das ist aber schon vielen Königen schlecht bekommen.«

»Was ist mit diesem König Totila, von dem ich gehört habe? Macht er nicht ebenfalls Alcuina den Hof?« bohrte Conan nach.

»Ja, Totila und sein Lieblingsmagier hätten sie gern; aber sie verachtet mit Recht dieses tormanische Schwein.«

Conans Miene verfinsterte sich, als Siggeir den Zauberer erwähnte. Bisher hatte er auf seinen Reisen von diesen Typen nicht viel Freude erfahren. Doch sprach

Siggeir von dem Zauberer, als würden ihn seine Machenschaften nicht sehr beunruhigen.

»Wer ist der Graubart?« fragte Conan und deutete mit dem Kinn auf den alten Mann, der neben Alcuina ritt.

»Das ist *unser* Zauberer Rerin. Er ist ein weiser alter Mann und kann uns vor den Zaubersprüchen Iilmas schützen, die er für Totila zusammenbraut.«

»Und hat Odoac keinen Magier?« erkundigte sich Conan, der schon das Schlimmste befürchtete.

»Ich habe noch von keinem gehört. Zauberer sind selten, und Totila ist reicher als Odoac.«

»Welcher Magier ist mächtiger?« Conan wußte, daß es immer weise war, die relative Stärke von Freund und Feind zu kennen.

»Das kann ich nicht sagen.« Siggeir dachte angestrengt nach. »Ich habe den Eindruck, daß jedesmal, wenn einer von beiden einen Zauberspruch losläßt, der andere mit einem Gegenzauber antwortet, so daß beide Zaubersprüche sich aufheben. Mir kann das natürlich nur recht sein.«

»Versteh ich«, stimmte Conan mit ehrlicher Überzeugung bei. »Wenn diese Zauberer, Schwarzkünstler und ähnliche Typen sich in die Angelegenheiten ehrlicher Krieger mischen, gibt es immer Ärger, den man nicht mit Stahl aus der Welt schaffen kann.« Conan haßte Ärger, der nicht mit Waffen beseitigt werden konnte, abgrundtief. Die Nacht senkte sich schon herab, als sie in die befestigte Anlage um Alcuinas Halle einritten. Eine Mauer aus riesigen Felsbrocken umschloß den oberen Teil eines merkwürdig geformten Hügels, der die anderen der Gegend überragte. Auf der Mauer war eine Palisade aus angespitzten Pfählen aufgepflanzt. Ein festes Tor wurde hochgezogen und gleich hinter ihnen wieder heruntergelassen.

Innerhalb des Mauerrings standen mehrere kleine Gebäude: Schmieden, Ställe und Hütten für alles mögliche. Conan sah auch einen reichen Viehbestand. In der Mitte lag die Halle der Königin: ein niedriges Langhaus mit einem spitzen, rasenbedeckten Dach, auf dem Ziegen weideten. An den Giebeln waren Löcher, durch die der Rauch aufstieg. Ein König aus dem Süden hätte gelächelt, daß man ein solches Haus Königspalast nannte; aber im Norden bot es alles, was einen Palast ausmachte. Hier konnten die Krieger mit ihrem Herrscher Feste feiern. Sie hätten vor einem König, den sie nur selten sahen, keine sonderliche Achtung gehabt.

Drinnen roch es nach frisch geschlagenem Holz. Conan konnte sehen, daß die Leute hier noch nicht lange wohnten. Er folgte Siggeir zu einem Stall, der an die Mauer angebaut war, und überließ dort einem Stallburschen sein geliehenes Pferd. Beim Verlassen des Stalls sah er sich die Mauer genauer an. Selbst im Zwielicht konnte er sehen, daß sie uralt sein mußte. Sie war aus riesigen Steinquadern errichtet und von Flechten überwachsen.

»Wer hat das erbaut?« fragte er.

Siggeir war bei der Frage nicht behaglich. Er machte eine vage Handbewegung und meinte: »Giganten in grauer Vorzeit. Ich mag sie nicht. Komm, laß uns zum Essen gehen und die Kehlen mit ordentlichem Ale anfeuchten.«

Als sie zur Halle gingen, sah Conan, wie die Leichen von den Pferden genommen wurden. Er hörte leises Schluchzen. Die Frauen des Nordens beklagten ihre Toten nicht mit schrillen Schreien wie die Frauen im Süden. Wie gut, daß es zu Anfang des Winters war, dachte er, damit man noch Gräber ausheben konnte. Bald würde der Boden gefroren sein. Dann mußte man die Leichen bis zum Frühjahr in einem Schuppen aufbewahren.

Die Halle war innen prächtiger ausgestattet, als man von außen vermutete. Obwohl sie neu war, hatten geschickte Handwerker die sichtbaren Holzteile mit kunstvollen Schnitzereien verziert. Überall waren verschlungene Bandornamente sowie die Darstellungen seltsamer Tiere oder der Taten großer Helden, meist mit Pflanzenfarben bunt bemalt. An den Deckenbalken hingen Hirschgeweihe und andere Trophäen. Die Wände schmückten bunte Teppiche, die das Innere aufhellten und die Zugluft abhielten. Der Boden war mit Steinplatten ausgelegt, auf die man Binsen gestreut hatte. In der Mitte prasselten dicke Stämme in einer offenen Feuerstelle. Dort drehten sich Spieße mit Fleisch über den Flammen.

Conan lief beim Duft des Fleisches das Wasser im Mund zusammen. Seine Augen tränten vom Rauch. Man hatte lange Holzbänke und Tische aufgestellt. Die Krieger entledigten sich ihrer Waffen und Rüstungen. Siggeir zeigte Conan, wo er auf dem Stroh an der Wand schlafen konnte. Über der Schlafstelle waren Holzpflökke, wo er Helm, Schwertgurt, Schild und Rüstung aufhängen konnte, so daß sie bei einem Angriff sofort griffbereit waren. Der Cimmerier stellte seinen Speer neben seinem Schlafplatz ab. Dann, nachdem er seine Habe verstaut hatte, nahm er auf der Bank Platz. Jeder Mann saß seiner Schlafstelle gegenüber, so daß es nie Gerangel über die Sitzordnung gab. Im Falle eines Überfalls hatte jeder Krieger seine Waffen sofort zur Hand. Die Leute hier bedachten offensichtlich die Möglichkeit eines feindlichen Überfalls.

Kaum hatte Conan sich gesetzt, da brachte ein Mädchen ihm einen schweren, mit Harz abgedichteten

Holzkrug mit Ale. Mit einem langen Zug leerte der Cimmerier ihn und knallte ihn auf den Tisch. Augenblicklich wurde er wieder gefüllt. Dann wurden Platten mit dampfenden Keulen aufgetragen. Für die nächste Zeit verstummten die Gespräche, als die halb verhungerten Soldaten sich für die kärglichen Marschrationen schadlos hielten.

Nachdem der erste Hunger gestillt war, begannen die Männer mit ihren Heldentaten im heutigen Kampf anzugeben. Jeder zählte seine Verdienste auf und pries die Tapferkeit seiner Kameraden. Alle lobten einhellig Conans Hilfe beim Kampf; obgleich keiner soweit ging zu sagen, daß sie ohne dessen rechtzeitiges Eintreffen vernichtet worden wären.

Auch Conan erhob sich und pries die Tapferkeit seiner Gastgeber, die jetzt seine Waffenbrüder waren. Er führte einige pikante Einzelheiten seines Sieges über Agilulf an. Seine Zuhörer lauschten mit dem Interesse von Profis den Worten eines Meisters. Da Conan nie unter übergroßer Bescheidenheit litt, schmälerte er auch in keinster Weise seine Verdienste bei den nachfolgenden Kämpfen. Er endete mit Komplimenten für seine neue Dienstherrin und seine Gefährten und erklärte lautstark seine Begeisterung, gegen ihre Feinde anzutreten. Die Bierkannen zollten lauten Beifall, als er sich wieder setzte.

Dann erhob sich Alcuina und lobte, wie es im Norden Sitte war, ihre Männer überschwenglich und verteilte Geschenke unter sie. Ihre Lobesworte für Conan fielen seiner Meinung nach kärglich aus, wenn man seinen entscheidenden Beitrag zur ihrer Verteidigung berücksichtigte. Doch in materieller Hinsicht konnte er sich nicht beklagen. Er erhielt einen schweren Armreif, der mit Korallen und Granaten besetzt war. Allein das

Goldgewicht entsprach dem Jahressold eines erfahrenen Schwertkämpfers im Süden. Conan schob den Ring über seinen dicken Bizeps des rechten Arms und dankte Alcuina höflich. Sie schien es nicht zur Kenntnis zu nehmen.

Als man die Fackeln herunternahm, verkündete Alcuina, daß die Feiern für die Toten am nächsten Abend bei Sonnenuntergang stattfänden. Danach begaben sich alle zur Ruhe. Alcuina verschwand hinter dem Gobelin, der das Ende der Halle abteilte. Ihr Magier ging hinaus in seine kleine Hütte, wo er seinen Pflichten als Zauberer nachkam. Alle anderen schliefen, in ihre Umhänge gehüllt, im Stroh.

Conan hatte noch keine Lust zu schlafen. Er griff einen Krug mit heißem Würzbier und ging nach draußen. Irgendwie war er unruhig, ohne zu wissen, warum. Im Hof war alles ruhig. Mensch und Tier schliefen. Nur ein Hund streunte herum. Zweifellos erhoffte er sich noch einen Leckerbissen vom Fest.

Der Cimmerier sah einen Lichtschein von der Wand über dem Tor kommen. Er überquerte den Hof und stieg die Treppe aus halben Baumstämmen zum Rand der Steinmauer hinauf. Dort führte eine hölzerne Galerie innen an der Palisade entlang. Oben am Tor stand ein einzelner Wachtposten neben einem Kohlebecken. Im Schein der Glut erkannte Conan in ihm einen seiner Kampfgefährten.

»Sei gegrüßt, Hagbard«, rief er ihm zu. »Eine kalte Nacht, um Wache zu schieben, was?«

Hagbard wickelte seinen Umhang dichter um sich. »Kälter als es sein sollte, Conan.«

In der Tat war die Temperatur beträchtlich gefallen, seit Conan die Halle betreten hatte. Er gab Hagbard die Kanne. Der Mann trank dankbar von dem warmen Ale.

»Die Frostriesen marschieren in diesem Jahr früh nach Süden«, sagte der Cimmerier.

Hagbard gab ihm die Kanne zurück. »Danke, Freund. Ja, das deutet auf einen schlimmen Winter. Wenn es noch viel kälter wird, werden wir unsere Toten morgen nicht begraben können.«

»Verbrennt ihr sie auch?«

»Nein, nie! Ein Krieger wird mit seinen Waffen beigesetzt, ein Handwerker mit seinem Werkzeug, eine Hausfrau mit Spinnrocken und Spindel. So ist es Sitte. Selbst die Kinder werden mit ihrem Spielzeug begraben und die Leibeigenen mit ihren Feldgeräten. Wenn wir sie morgen nicht begraben können, werden wir ein Leichenhaus bauen, ohne Wände, worin wir sie aufbewahren, bis es taut.«

Conan betrachtete das düstere und ziemlich unheimliche Land um das Lager. Es war flach, beinahe eine Ebene, und bildete einen seltsamen Gegensatz zu den meist bewaldeten Bergen der Region. Im Schein des Vollmondes zeichneten sich mehrere steile Hügel ab, von denen der, auf dem Conan stand, der höchste war. Mehrere waren oben ebenfalls von Steinmauern gekrönt. Auf der Ebene standen große Felsbrocken in ebenmäßigen Reihen oder Kreisen. Manche Steinplatten waren wie Eingänge aufgeschichtet, wo eine große Platte auf zwei senkrechtstehenden Steinen auflag.

»Seit wann lebt ihr schon in dieser Gegend?« fragte Conan. Er berührte eine Pfahlspitze. Sie war klebrig vom ausgetretenen Harz.

»Erst seit dem Mittsommer. Wir waren vorher zehn Jahre an unserem alten Platz. Dann waren die Felder ausgelaugt. Auch Wild und Fische wurden rar. Da wurde beschlossen, weiterzuziehen.«

Die meisten Stämme im Norden waren Halbnomaden. Es hatte Zeiten gegeben, als ganze Nationen ihre gesamte Habe zusammenpackten und weiterzogen, nur weil sie mal eine andere Gegend sehen wollten. Daraus entstanden oft große Kriege. Hauptgrund war jedoch, daß der Boden ausgelaugt war, weil Menschen ihn zu lange bestellt hatten, die nur die primitivsten Methoden des Ackerbaus kannten.

Hagbard schüttelte den Kopf. »Ich wünschte, Alcuina hätte nicht diesen Ort gewählt. Wir wären besser in den Wäldern und Bergen geblieben.«

»Ich verstehe, daß du diesen Ort nicht magst«, sagte Conan und trank von dem schnell erkaltenden Ale. »Es ist unheimlich hier. All diese seltsamen Hügel und Steinkreise. Warum hat sie diesen Platz gewählt?«

»Ihrer Meinung nach sind diese von Giganten errichteten Mauern eine hervorragende Verteidigungsanlage. Ich möchte nicht unloyal klingen, aber Alcuina ist nicht der Führer, der ihr Vater Hildric war. Seine Art war es, Feinde zu töten, nicht sich vor ihnen hinter Mauern zu verstecken.«

»Was weißt du über diese Ebene?« Conan zeigte hinaus.

»Vor langer Zeit«, erklärte Hagbard, »noch ehe mein Großvater geboren war, lebten Riesen hier. Es war ihre Festung. Sie kämpften mehrere Generationen lang mit den Göttern. Doch keine Seite konnte die Oberhand gewinnen. Dann warben die Riesen Zwerge an und ließen sich von diesen eine große Mauer rund um die Ebene bauen. Als Lohn dafür wollten die Zwerge die Tochter des Königs der Riesen haben. Die Mauer wurde gebaut, die Hochzeit abgehalten. Aber« — Hagbards Atem kam als Dampfwolke heraus, so kalt war es geworden — »Aber in der Hochzeitsnacht ermordete die Braut den Bräutigam, wie jede Prinzessin es mit einem so unangemessenen Mann machen würde. Da rissen die Zwerge in einer einzigen Nacht die Mauer ein, die Götter stürmten herein und erschlugen alle Riesen, die vom Fest noch ganz trunken waren. Von diesem Gemetzel zeugen nur diese Ruinen; aber ich glaube, daß die Geister der erschlagenen Riesen sich auch noch hier herumtreiben.«

Conan zog den Umhang enger. Das Ale war ausgetrunken. Jetzt spürte er auch die Wirkung des vielen Essens und Trinkens an diesem Abend. »Nun, ruhelos oder nicht, jetzt sind sie tot«, meinte er. »Gute Nacht, mein Freund. Für mich wird es Zeit, mein Strohlager aufzusuchen.«

»Gute Nacht, Conan. Würdest du meine Ablösung wecken? Es ist Oswin, der gleich neben der Tür schläft.«

Conan versicherte Hagbard, daß er nicht schlafen würde, ehe Oswin wach und hinaus in die Kälte marschiert sei. Dann stieg er die Treppe in den Hof hinab. Als er zur Halle hinüberschritt, bemerkte er das Licht, das aus der kleinen Hütte des Magiers kam. Mit einer Verwünschung aller Schwarzkünstler auf den Lippen betrat der Cimmerier die Halle und weckte den schnarchenden Oswin.

Dann ging er leise zur noch schwach glühenden Feuerstelle. Zu seiner Freude stand da eine halbvolle Kanne Ale. Er nahm einen kräftigen Schluck. Dann überlegte er, ob er die richtige Wahl getroffen hatte, als er sich Alcuinas Haufen anschloß. Über diesen kahlen Steinruinen lag eine Untergangsstimmung. Aber nun hatte er Gold, Essen und Dach von der Königin angenommen, da wolle er sich vor dem, was kam, nicht drücken. Außerdem machte er sich nie lange Gedanken über die Zukunft. So suchte Conan auch jetzt seine Schlafstelle auf, rollte sich in seinen Umhang und schlief alsbald ebenso tief wie die anderen Männer.

3

DIE HALLE TOTILAS

König Totila saß verdrossen auf seinem Hochsitz. Weder der mit Juwelen besetzte Becher noch der Gesang des Harfners am Feuer freute ihn. Den Ellenbogen stützte er auf die schwere, geschnitzte Lehne des Sessels, sein Kinn ruhte auf der geballten Faust, bei der an jedem Finger kostbare Ringe blitzten. Totila war der reichste der Könige im Norden, doch begehrte er das, was er nicht haben konnte: Königin Alcuina von den Cambres.

Er wollte ihren schönen Körper beinahe ebenso gern in seinem Bett haben wir ihr Land dem seinem einzuverleiben. Dann wäre seine rechte Flanke geschützt, und er könnte im Süden Odoac und seine Thungier verschlingen. Damit wäre Totila der mächtigste König im Norden und könnte ein Reich schaffen, wie es die Menschheit seit der großen Völkerwanderung der nordischen Stämme vor vielen Generationen nicht mehr gesehen hatte.

Mit solchen Träumen verbrachte Totila seine Tage. Doch ließ er es nicht beim Träumen bewenden. Angefangen hatte er als kleiner Räuberhauptmann, in dessen Adern höchstens ein winziger Tropfen königlichen Blutes floß. Mit eisernem Willen und erbarmungsloser Grausamkeit hatte er ein kleines, aber festes Reich geschaffen. Er verfügte über viele Kämpfer. Und was Schwerter nicht erreichten, bewerkstelligte für ihn der Mann, der zu seiner Rechten saß: der Zauberer Iilma.

Vor Jahren war der Mann zu Totila gekommen und hatte behauptet, daß er aus Hyperborea stamme und sein Geschick und das des Königs miteinander verflochten seien. Totila schützte ihn, und Iilma bekämpfte die Feinde, die das Schwert des Königs nicht erreichte. Der Magier hatte sein Wort gehalten. Die beiden waren gemeinsam mächtig und reich geworden. Doch Totila war nie lange zufrieden. Jeder Sieg, jedes Kleinkönigtum, das er sich einverleibte, steigerte nur seinen Appetit auf mehr Macht.

»Ich möchte wissen, wie es Alcuina geht, Magier«, sagte der König. Unter ihm aßen und tranken seine Krieger auf langen Bänken an Holztischen. Sie waren angesichts der düsteren Laune ihres Herrschers nicht allzu übermütig.

»Wie mein Herr befiehlt«, sagte Iilma. »Ich werde gehen und den Teich vorbereiten. Meine Boten« — er deutete auf zwei Elstern, die hinten auf der Lehne seines Stuhles hockten — »haben mir berichtet, daß sie heute nach einem Ritt durch ihr Land wieder in die Halle zurückgekehrt ist.«

Der weißbärtige Mann erhob sich. Sein Umhang bestand aus Rentierfellen, sein Kopfschmuck wurde von einem Rengeweih gekrönt. Knochen und Schädel kleinerer Tiere klapperten an Schnüren an seiner Kleidung, die außerdem noch mit Federn, Klauen und Schnäbeln vieler Vögel verziert war. Der Zauberer griff zu seinem seltsam gedrehten Stab und ging laut klappernd durch die Halle. Die Elstern hüpften ihm hinterher. Alle Gespräche verstummten, als er vorbeischritt. Den Zauberer fürchteten die Männer beinahe ebenso wie den König.

Totila unterhielt sich noch eine Zeitlang mit seinen Beratern; aber seine Gedanken waren woanders. Dann nahm er den Helm vom Pfosten seines Stuhls. Das war der berühmteste Helm im ganzen Reich. Totila trug ihn auch, wenn kein Kampf drohte, statt einer Krone. Der Bronzehelm war mit Gold und Silber beschlagen, der wie ein Schnabel zulaufende Nasenschutz hatte oben zwei silberne breite Augenbrauen. Lange Wangenspangen umrahmten das Gesicht. Versilberte Bronzestreifen, wie Federn geschmiedet, hingen hinten als Nackenschutz. Herausgearbeitete Kriegerdarstellungen liefen um den Helm herum, über allem prangte der Adler, dessen Augen beutegierig und haßerfüllt funkelten.

Nachdem der König den Helm aufgesetzt hatte, legte er seinen Umhang um. Dieser reichte von den Schultern bis auf den Boden und war seltsam scheckig. Der Umhang war allein aus den Skalpen der Männer gefertigt, die Totila mit eigener Hand getötet hatte, und keiner war niedrigeren Ranges als Fürst oder Waffenmeister. Mit langen Schritten durchquerte Totila die Halle. Sein Schwert trug er in der Scheide in der Hand, Krone und Szepter bedeuteten im Norden gar nichts. Hier symbolisierten Helm, Umhang und Schwert die Königswürde. So war es in den alten Runen zu lesen, deren Bedeutung nur die wilden Nordländer kannten.

König Totilas Halle war von keinerlei Mauer oder Palisade geschützt. Er brüstete sich damit, daß er keinen anderen Fürsten so fürchten müßte, daß er solche Schutzvorrichtungen benötigte. Seine Krieger boten ihm genug Schutz, behauptete er. Totila schlenderte an den umgepflügten Feldern vorbei, wo seine Leibeigenen sich ein Leben lang abschufteten, um den freien Männern Brot und Ale zu verschaffen. Getreide war das einzige, was im Norden wuchs. Den Rest der Nahrungsmittel gewannen sie aus der Viehzucht, dem Wild und den Fischen. Die Nordländer waren Fleischesser und verachteten freie Männer, die ihre Äcker bestellten und nur ein- oder zweimal im Jahr Fleisch aßen, wie die Männer im Süden.

Totila trat in den Wald und benutzte einen wenig begangenen Pfad, der ihn zu einer Lichtung führte. Trotz des Winterwetters war es hier angenehm warm. Der Magier Iilma übte große Macht über die Kräfte der Natur aus. Inmitten der Lichtung war ein kleiner Teich, der von keinem sichtbaren Bach gespeist wurde und der auch keinen Abfluß hatte. Er fror niemals zu, ganz gleich wie bitterkalt es außerhalb der Waldlichtung auch sein mochte. Iilma stand neben dem Teich, auf jeder Schulter eine Elster. Totila trat neben den Zauberer.

»Hier siehst du, was heute geschehen ist«, begann der Zauberer und berührte mit seinem Zauberstab die Teichoberfläche. Sogleich tauchte aus den Wellenkreisen ein helles Bild auf.

Gespannt blickte Totila hin. Inzwischen war er an diese Zaubervorführungen gewöhnt. Beim ersten Mal jedoch war er sehr erschrocken. Vor seinen Augen marschierten auf dem Teich eine Reihe Männer durch einen verschneiten Wald. Er sah alles wie aus der Vogelschau. Vor diesen Männern waren andere Männer, viel zahlreicher, die einen Hinterhalt gelegt hatten. Totilas Augen verengten sich. Er glich jetzt einem Raubvogel, der sich auf einem Baum niederließ, um alles in Ruhe aufmerksam zu verfolgen.

»Das sind Alcuinas Männer«, sagte Totila. »Und sie ist bei ihnen. Odoacs Krieger liegen im Hinterhalt. Hätte ich gewußt, daß sie sich so weit von ihrer Halle fortbegibt, wäre es an meinen Männern gewesen, sie zu fangen.« Er schaute zu Iilma. »Warum hast du mir nicht Bescheid gesagt, daß sie so leicht zu fassen war?« Er sprach nicht wütend, obgleich ihm die Wut fast die Kehle zuschnürte. Er wagte es nicht, den Magier zu beleidigen, obwohl er gerade seine Königin verloren hatte. Totila verstand es, seine Gefühle weit mehr als die anderen Fürsten im Norden zu beherrschen.

»Die Reise war auch mir bis heute verborgen, Herr. Ich hege den Verdacht, daß der Hexer Rerin, den du neben der Königin reiten siehst, einen Schutzschirm herbeibeschwor, um die weitblickenden Augen meiner gefiederten Späher zu täuschen.«

Totila schnaubte leicht, war jedoch nicht sicher, wieweit er den Beteuerungen des Zauberers glauben konnte. »Da, jetzt sitzen sie in der Falle!« rief er aufgeregt, als er Alcuinas Leute eine Schildwand um ihre Königin bilden sah. Sie waren bereit, ihr Leben nur teuer zu verkaufen. »Lange können sie Alcuina nicht schützen«, bemerkte Totila, als sich der Schnee rötete. »Das heißt, ich muß sie Odoac entreißen.« Verärgert kaute er an einem Nagel. »Aber was ist, wenn er ihr ein Kind macht, ehe ich ihn erschlage? Das ist eine üble Geschichte, Magier.«

»Sieh, was nun geschieht!« sagte Iilma. So plötzlich wie der Kampf begonnen hatte, hörte er auf. Der Blickwinkel veränderte sich, als habe der Vogel den Kopf gedreht. Ein einzelner Mann stand da und schien etwas zu rufen, was sie nicht hören konnten.

»Was ist das?« wunderte sich Totila. »Ein junger Bursche? Nein, das ist ein ausgewachsener Krieger, allerdings ohne Bart. Von welchem Stamm ist er?«

»Dem Aussehen nach ein Cimmerier«, antwortete Iilma. »Diesen Stamm kennt mein Volk zur Genüge. Sie kommen aus einem Bergland westlich von Hyperborea. Ihr Gott heißt Crom. In Zauberei sind sie überhaupt nicht bewandert, dafür aber unvergleichlich gute Krieger.«

»Meine Krieger sind unvergleichlich gut«, behauptete Totila unwirsch. »Und ich bin der beste unter ihnen. Was will der Kerl hier?«

»Sieh dir das an! Hochinteressant!« Sie sahen, wie ein Krieger Odoacs sich dem Fremden stellte.

»Ein Zweikampf!« sagte Totila erfreut. »Das ist Agilulf, Odoacs bester Schwertkämpfer, aber ein Prahlhans.« Sie beobachteten den ersten Schlagabtausch. »Nicht übel! Beide!« meinte Totila mit Kennerblick. »Jetzt haben sie die gegenseitige Kampfstärke herausgefunden. Der nächste Hieb muß die Entscheidung bringen.« Begeistert verfolgte der König die nächsten Hiebe und schlug sich auf die Schenkel. »Deine Worte waren wahr, Magier! Das ist wirklich ein selten guter Krieger!«

Es folgte der Rest der Kämpfe. Dann sahen sie, wie die Leichen aufgeladen wurden und wie der Fremde mit Alcuinas Begleitern fortritt. Danach lagen nur noch die starren Körper von Odoacs Männern auf dem blutgeröteten Schnee. Anschließend verblaßte das Bild auf dem Teich.

»Dann hat Alcuina also einen neuen Spitzenkrieger«, stellte Totila fest und kraulte seinen Bart. »Den sollte ich mir vielleicht mal selbst vornehmen. Es ist schon jahrelang her, daß ich einen Gegner hatte, der meines Stahls würdig war. Außerdem« — er betrachtete seinen Umhang — »ist Schwarz die einzige Farbe, die in meinem Umhang noch fehlt. Die Mähne dieses Barbaren gäbe einen besseren Kragen ab als der Winterpelz eines Wolfes.«

»Jetzt, wo Alcuina einen solchen Krieger bei ihrer Leibwache hat, wird es noch schwieriger werden, sie zu erringen. Warum vergißt du sie nicht erst mal und gehst gegen Odoac vor? Er hat heute viele Männer verloren und ist dadurch schwächer als je zuvor.«

Totila dachte kurz nach. »Nein, das habe ich dir schon erklärt, Magier. Wenn ich nach Süden vorstoße, dann mit solcher Wucht, daß ich bis an die Grenzen Zamoras und Turans gelange. Odoac und seinen Stamm werde ich verschlingen, wie ein Fisch ein Insekt aus dem Wassser schnappt.«

Iilma wußte, daß diese Träume selbst die Möglichkeiten eines Mannes wie Totila bei weitem überstiegen. Der Norden verfügte einfach nicht über genügend Männer, um ein so großes Gebiet mehr als ein paar Jahre lang halten zu können. Dennoch wollte er Totila zum größten König des Nordens machen. »Wenn mein Herr es wünscht, werde ich mit Hilfe gewisser Zaubersprüche Verbündete herbeirufen, die meinen Geboten bedingungslos gehorchen. Untertan sind mir die Frostriesen des Nordens und die Toten unter der Schneedecke.«

»Mir gleich, wie du es machst«, sagte Totila, der auf Einzelheiten keinen Wert legte. »Sorge nur dafür, daß mir der Weg zu dieser Frau offensteht, damit ich sie zu meiner Königin machen kann. Dann werde ich dich wie immer reichlich belohnen.«

»Dein Wunsch ist mir Befehl«, sagte Iilma. »Geh jetzt zurück in die Halle und feiere mit deinen Kriegern. Ich bin hier den Rest der Nacht und bis übermorgen früh beschäftigt. Dann werden wir weitersehen.«

Totila ging zurück zur Halle. Iilma berührte den Teich mit seinem Zauberstab und stieß schrille, unheimliche Schreie aus. Außerhalb der Lichtung wurde es bitterkalt.

4

KAMPF MIT DEN TOTEN

Conan wachte am nächsten Morgen auf, als die Tür zur Halle aufgerissen wurde. Ein eiskalter Wind und ein beinahe erfrorener Wachtposten kamen herein. Der Mann warf die Tür zu und stürmte zum Feuer. Dort hielt er die von der Kälte blauen Hände über die noch warme Asche. Conan stand auf. Sofort war er hellwach, wie immer, wenn er nicht zuviel getrunken hatte. Stöhnend und sich kratzend wurden auch die anderen Männer langsam wach. An einem so kalten Morgen kostete das Aufstehen wirklich Überwindung.

Conan ging zur Feuerstelle. Er wunderte sich, daß die paar Stunden Wache einem harten Burschen aus dem Norden so zugesetzt hatten. »Guten Morgen, Regin«, sagte der Cimmerier. »Ist es so kalt draußen?«

Mit klappernden Zähnen stieß der Mann hervor: »Geh raus und überzeuge dich selbst.«

Conan ging zur Tür und öffnete sie. »Croms Zähne!« Schnell schloß er sie wieder. Draußen herrschte Schneetreiben, und der Wind war so bitterkalt, wie Conan ihn noch nie im Norden erlebt hatte. Von fern hörte man, wie es in den Bäumen krachte. Eine in Pelz gehüllte Gestalt trat neben den Cimmerier.

»Öffne die Tür!« befahl Alcuina gebieterisch. Conan gehorchte.

Die Frau trat hinaus. Conan mußte sie bewundern, wie sie ungerührt im eiskalten Schneesturm stand.

Dann ging sie wieder zurück in die Halle und rief: »Aufstehen, ihr faulen Kerle! Wir müssen dafür sorgen, daß das Vieh nicht erfriert. Macht Feuer, und hängt alle Teppiche an die Wände!« Sie winkte ihrem Haushofmeister. Er zog sich die Hose hoch und rannte herbei. »Aslauf, bring soviel Tiere wie möglich in die Stallungen. Gib ihnen reichlich Futter. Wir können es uns nicht leisten, auch nur eine Kuh oder ein Pferd zu verlieren. Schafft auch die Hühner in Ställe oder Schuppen. Wenn nötig, bringen wir die Tiere auch in die Halle, bis sich das Wetter ändert. Lieber den Gestank aushalten als einen Winter lang hungern.«

»Jawohl, Alcuina«, sagte der Haushofmeister. Dann

lief er los und rief Stallburschen und Leibeigene zusammen, die für die Tiere zu sorgen hatten.

Die Königin winkte jetzt Conan zu sich heran. »Komm, Fremder, wir müssen nachsehen, ob es dem alten Mann gutgeht.«

Einen Augenblick lang wußte Conan nicht, wen sie meinte. Dann fiel ihm aber der alte Magier Rerin ein. »Einen Moment noch«, sagte er und holte sein Schwert.

»Was willst du denn damit?« fragte die Königin.

»Ihr habt mich doch wegen meines Schwertes in Dienste genommen, Herrin«, antwortete Conan mit unverschämtem Grinsen. »Ohne ein solches würde ich Euch nicht viel nützen.«

Alcuina führte ihn zu der kleinen Hütte an der Mauer. Conan bewunderte ihr Haar, das sie jetzt zu einem dicken Zopf geflochten trug, der bei jedem Schritt hin und her schwankte. Unter dem Pelzumhang blieb ihre Gestalt ein Rätsel, doch war ihr Gesicht leicht und graziös.

»Letzte Nacht lebte der Alte noch«, teilte ihr Conan mit.

»Woher weißt du?«

»Ich war noch draußen, nachdem alle anderen schliefen, und habe mich mit dem Wachtposten am Tor unterhalten. Beim Zurückgehen sah ich Licht bei ihm.«

»Er arbeitet für mich fast Tag und Nacht«, sagte sie. »Nicht wie meine Krieger, die alle heiligen Zeiten mal kämpfen und sonst nur mein Essen verschlingen, mein Ale trinken und mit ihren Taten prahlen.«

Conan verging das Grinsen. Diese Frau war hart. Er klopfte an die Tür der Hütte, die beinahe sofort geöffnet wurde. Der alte Zauberer sah aus, als habe er keinen Schlaf gehabt. Trotzdem wirkte er stark und hellwach.

Er nickte Conan zu und forderte Alcuina auf einzutreten. »Komm herein! Ich habe schlechte Nachrichten.«

Alcuina ging in die Hütte, ebenso Conan, obwohl ihn niemand dazu aufgefordert hatte. Alcuina fuhr ihn an. »Warte draußen. Dich hat niemand hereingebeten.«

»Verdammt will ich sein, wenn ich mir den Hintern abfriere, Herrin, während Ihr Euch am Feuer des Zauberers aufwärmt. Ich bin Euer Krieger, nicht Euer Lakai.« Er verschränkte die Arme vor der Brust und lehnte sich an den Türpfosten. Alcuina stieg das Blut ins Antlitz. Sie wollte zu einer scharfen Erwiderung ansetzen, als der alte Zauberer sie an der Schulter berührte.

»Laß ihn bleiben, Alcuina. Dieser Fremde wird uns bei den bevorstehenden Problemen eine große Hilfe sein.« Die Königin beruhigte sich sofort.

»Na schön«, sagte sie. »Was bedeutet dieser plötzliche Einfall der Frostriesen? Das ist doch nicht natürlich.«

»Allerdings, Alcuina. Ich bin sicher, daß unser Erzfeind Iilma sie heraufbeschworen hat.«

»Wer ist Iilma?« fragte Conan. Der Name klang irgendwie hyperboräisch. Mit diesem Volk hatte er noch nie gute Erfahrungen gemacht.

Ungehalten über die Störung funkelte die Königin ihn an. Doch Rerin beschwichtigte sie mit einer Handbewegung. »Er ist ein Zauberer, junger Mann. Er braut bösen Zauber für König Totila. Als ich gestern abend das Fest in der Halle verließ, konnte ich seinen Zauber förmlich riechen. Ich suchte den Himmel ab, konnte aber seine Elstern nirgendwo entdecken. Da wußte ich, daß die ganze Luft von seinem bösen Zauber erfüllt war. Ich ging in meine Hütte und habe die ganze Nacht versucht herauszufinden, welchen Zauber er angewendet hatte.«

»Und was hast du herausgefunden?« fragte Alcuina.

Conan war höchst beunruhigt. Er schätzte es ganz und gar nicht, wenn Zauberer am Werke waren. Die

Hütte dieses Alten war angefüllt mit Dingen, die den Cimmerier störten. Von den Dachbalken hingen gebündelte Kräuter. Kleine ausgestopfte Tiere, die im Norden nicht heimisch waren, standen herum, ebenso Geräte aus Bronze und Glas, von denen Conan nicht wußte, in welcher Stadt sie hergestellt waren.

»Er hat die Frostriesen aufgeweckt, wie ihr sicher schon selbst gemerkt habt. Hinter seine weiteren finsteren Pläne bin ich noch nicht gekommen.«

»Erhofft er sich, uns zu schwächen, indem er unser Vieh und unsere Leute erfrieren läßt?«

»Ich weiß nicht, wie das möglich wäre«, antwortete der Alte. »Die bittere Kälte muß Totilas Volk ebenso hart treffen wie uns. Ich befürchte, daß uns noch Schlimmeres als Kälte zugedacht ist.«

Alcuina erhob sich um zu gehen. »Ich muß mich um Haus und Hof kümmern, Rerin. Vielleicht steht uns noch so eine Nacht bevor. Es wäre mir lieb, wenn du mit den anderen in der Halle übernachten würdest. Solange böse Geister draußen ihr Unwesen treiben, will ich nicht, daß einer meiner Leute außerhalb der Mauern schläft.«

»Aber Alcuina, wenn ich meinen Aufgaben gerecht werden soll, muß ich ...«

»Heute drinnen!« schnitt sie ihm die Rede gebieterisch ab. Gehorsam verneigte sich der Alte.

Die Königin ging hinaus in den beißend kalten Schneesturm und gab ihre Befehle. Conan folgte ihr immer dicht auf den Fersen. Zu seinem Mißbehagen mußte der Cimmerier sich eingestehen, daß sie ebensogut zu befehlen verstand wie jeder professionelle Hauptmann, dem er je begegenet war. Während die Leute das Vieh versorgten, Feuerholz und Futter herbeischafften, sollte Conan mit drei Kameraden hinausreiten und zusammen mit anderen Abteilungen nachsehen, wie es auf den umliegenden Feldern und kleinen Weilern auf Waldlichtungen stand, über die Alcuina als Königin herrschte. Sie sollten soweit wie möglich reiten, aber auf alle Fälle vor Einbruch der Nacht zurücksein.

Der Ritt war lang und bitterkalt, über schneebedeckte Hügel und durch finstere Wälder. Hier und dort sahen sie steifgefrorene kleine Tiere, welche der Kälteeinbruch in der Nacht überrascht hatte.

»Mir gefällt das ganz und gar nicht!« sagte Siggeir, als sie gegen Mittag den Pferden eine Ruhepause gönnten. »Die Tiere im Wald wissen immer, wann das Wetter plötzlich umschlägt und Kälte kommt, was wir mit unseren abgestumpften Sinnen gar nicht wahrnehmen können. Ich habe schon viele Kälteeinbrüche erlebt, aber noch nie einen, der die Tiere überraschte.« Conan nickte und machte sich seine eigenen Gedanken.

Die Sonne versank gerade hinter den westlichen Hügeln, als sie wieder auf den Hof ritten. Steif vor Kälte stiegen sie aus dem Sattel. Sofort eilte Alcuina herbei, um ihren Bericht zu hören.

»Die meisten Dörfler haben die Kälte gut überstanden, Herrin«, meldete Siggeir. »Auf den abgelegenen Höfen sollen drei Hirten und etwa zehn Tiere erfroren sein.«

Mit grimmiger Miene hörte die Königin zu. »Es hätte viel schlimmer kommen können. Der Kampf mit Odoacs Männern und die Kälte haben mich über hundert Leute gekostet. Wir sind geschwächt, aber heute nacht sind die Leute wenigstens vorbereitet.«

Bei der Erwähnung des gestrigen Kampfes blickte Conan zur Mauer hinüber, wo die Leichen unter Dekken lagen. »Warum wurden sie heute noch nicht begraben?« fragte er.

Alcuina antwortete: »Die Männer haben versucht, Gräber auszuheben; aber der Boden ist beinhart gefroren. Falls nicht Tauwetter einsetzt, werden wir sie diesen Winter nicht ordnungsgemäß beerdigen können. Morgen lasse ich außerhalb der Mauer ein Leichenhaus errichten. Zweifellos werden noch mehr Winteropfer hinzukommen.« Die Königin war in düsterer Stimmung, ließ sich diese aber kaum anmerken. Im Norden waren die Menschen an Tod und die Erbarmungslosigkeit der Naturgewalten gewöhnt. Wer sich hier als Herrscher durchsetzen wollte, mußte mit beidem fertigwerden. Die Königin wandte sich an Conan. »Du bist als letzter mit deinen Männern zurückgekehrt. Schließt das Tor, versorgt die Pferde und kommt dann zu den übrigen in die Halle.«

An diesem Abend wurde nur gegessen, nicht gefeiert. Bis man sicher wußte, ob es sich um einen natürlichen Schneesturm oder um den Vorboten eines extrem harten Winters handelte, gab es nur kleine Portionen. Keine Fleischspieße drehten sich über dem Feuer. Die Männer mußten sich mit Brot, Käse und Hirsebrei begnügen. Jedem standen auch nur drei Krüge Ale zu.

Die Halle war voller als am Abend zuvor. Auf den Bänken, die eigentlich den Kriegern und deren Frauen vorbehalten waren, saßen jetzt auch Leibeigene, Kinder und andere Bewohner der Burg. Am Ende der Halle, wo im Notfall Leibeigene untergebracht werden konnten, schnaubten Pferde und Kühe. Doch keiner beschwerte sich über die Geräusche oder Gerüche, da die Tiere mehr Wärme als das Feuer abgaben.

In dieser bitterkalten Nacht wurde kein Wachtposten aufgestellt. Statt dessen kletterten zwei junge Burschen in den Dachstuhl und spähten durch die Rauchlöcher an beiden Ende der Halle. Ein Wachtposten schien unnötig, da kein Feind in einer Nacht wie dieser angreifen würde. Trotzdem hatte Alcuina erklärt, daß man bei jedem Wetter wachsam sein müsse.

Nachdem zwei Krüge Ale kaum den ersten Durst des Cimmeriers gelöscht hatten, ließ er sich beim dritten auf einen Armstemmkampf gegen einen Kameraden ein. Er gewann mit Leichtigkeit und ließ den Gewinn genüßlich durch die Kehle rinnen. Gleich darauf forderte ihn ein anderer auf. Auf diese Weise gewann Conan weitere sechs Krüge, ehe sein Arm müde geworden war und ihn ein kräftiger, rotbärtiger Leibeigener, dessen Arme Baumstämmen glichen, auf die Tischplatte drückte. Anschließend vergnügte er sich noch in einigen Ringkämpfen, bei denen die Männer sich im Stroh wälzten, daß Hühner und Schweine davonliefen, die gemeinsam mit ihren zukünftigen Verspeisern die Wärme der Halle genossen.

In Ruhe leerte Conan seinen letzten Krug Ale und sah einem alten Krieger zu, der an einem Pfosten schnitzte. Zuerst zeichnete der Mann das Muster mit einem angekohlten Holzscheit auf. Rankenornamente und Schlangen waren kunstvoll verwoben. Dann schlug er mit den Ecken seiner Streitaxt die groben Umrisse heraus. Er arbeitete mit der schweren Waffe wie ein Chirurg mit dem Skalpell. Zuletzt vollendete er sein Werk mit dem Messer, das er auch zum Essen, Kämpfen und allen anderen Arbeiten verwendete, für die man ein Messer brauchte. Bewundernd strich Conan über das vollendete Werk. Kein Splitter, keine rauhe Stelle. An diesem einen Winterabend hatte der alte Mann geschaffen, wofür ein zamorischer Holzschnitzer mit allen möglichen Schnitzwerkzeugen eine Woche gebraucht hätte.

Der Alte nahm Conans Komplimente mit kurzem

Kopfnicken an und sagte: »Morgen werde ich es bemalen, falls ich Farben herstellen kann.«

Den ganzen Abend hindurch blickte Alcuina finster aber entschlossen drein. Sie hatte alles getan, was getan werden konnte. Conan versuchte sie aufzuheitern, aber sie ging auf nichts ein.

»Sorge lieber dafür, daß dein Schwertarm geschmeidig bleibt, Cimmerier. Vielleicht wirst du ihn bald brauchen.«

»Mein Schwertarm ist allzeit bereit«, prahlte Conan. »Stets zu Euren Diensten. Vor welchem Feind habt Ihr Angst?«

»Bete, daß du nie die Sorgen eines Herrschers hast, Cimmerier. Heute habe ich vielleicht dafür sorgen können, daß mein Volk durch einen langen und harten Winter kommt. Andere mögen nicht so umsichtig gehandelt haben. Wenn das Wetter so bleibt, werden sie hungrig werden und die überfallen, die noch Nahrung und Futter haben.«

Conan nickte. »Stimmt! Da habt Ihr recht. Herrschen heißt nicht nur fröhlich Krieg führen, auf einem Thron sitzen und Wein aus juwelenbesetzten Pokalen schlürfen.«

Kurz darauf schickte Alcuina einen anderen Burschen als Ablösung hinauf zum Rauchloch und gab den Befehl, die Fackeln zu löschen. Das Feuer war für die Nacht eingedämmt, Menschen und Tiere legten sich zur Ruhe. Alcuina zog sich hinter den Gobelin am Ende der Halle zurück. Bald ertönte lautes Schnarchen in der dicht besetzten Halle.

Conan wachte auf, als der Junge im Giebel rief: »Da draußen ist jemand!« Seine Stimme klang verängstigt.

Schnell sprang der Cimmerier von seiner Schlafstatt auf und nahm sein Schwert vom Holzpflock. Gegen das

Tor der Halle dröhnten laute Schläge. »Haltet das Tor geschlossen!« schrie er. Stöhnend und ächzend wachten einige auf. Fragen wurden laut in der Dunkelheit.

»Schürt das Feuer höher!« forderte der Cimmerier. Dann bahnte er sich einen Weg, um zum Rauchloch über der Tür zu gelangen. Quiekend flohen Schweine vor seinen Tritten. Schnell kletterte er nach oben zu dem Jungen. »Woher sind sie gekommen?« fragte er und starrte ins Dunkel hinaus.

»Sie müssen über die Mauer geklettert sein«, antwortete der Burche. »Ich habe das Burgtor nicht aus den Augen gelassen. Da ist keiner durchgekommen.«

Unten vor dem Eingang zur Halle hielten etwa ein Dutzend Männer einen Baumstamm in den Armen und schlugen damit gegen die Türflügel. Seltsamerweise waren ihre Köpfe und Körper schneeverkrustet. »So wenige nur?« wunderte sich Conan.

»Das Tor!« rief der Junge. Conan blickte hinüber. Zwei Eindringlinge mühten sich mit dem schweren Riegel ab.

Conan rief in die Halle: »Ich gehe hinunter. Folgt mir, Krieger, sobald ihr bewaffnet seid. Kommt aber übers Dach! Laßt die Tür verschlossen. Die Leibeigenen sollen Bänke und sonstiges Gerät davorstellen!« Dann blickte er wieder auf die Angreifer hinunter, die versuchten, die Tür einzuschlagen.

»Willst du wirklich da hinunter?« fragte der Junge entsetzt.

»Früher oder später muß jeder Mann etwas tun, um sein Brot zu verdienen«, meinte Conan tiefsinnig. Er kletterte hinaus und sprang. Das Schwert hielt er seitwärts, um nicht beim Aufsprung darüber zu stolpern oder gar hineinzufallen. Leichtfüßig landete er, den Aufprall mit federnden Knien abfangend. Da er keinen

Schild hatte, packte er das Schwert mit beiden Händen und rief den Angreifern zu: »Ihr seid aber harte Burschen, wenn ihr in einer Nacht wie heute einen Überfall wagt! Wer schickt euch?«

Einer wandte dem Cimmerier das Gesicht zu. Conans Blut wurde so kalt wie die Nacht. Die Augen des Mannes waren nach oben gerollt, so daß man nur das Weiße sah. Seine Bewegungen waren steif. Man hörte es knirschen. Unter der Kleidung sah man offene, von gefrorenem Blut bedeckte Wunden.

»Crom!« stieß Conan aus. »Das sind ja Tote!«

Der Leichnam kam auf Conan zu. Trotz der Steifheit der Bewegungen war er schnell. Die anderen setzten ihr monotones Hämmern gegen die Tür fort.

Lebende oder Tote, für Conan gab es nur einen Weg, mit ihnen fertigzuwerden. Als der Leichnam mit ausgestreckten Krallenhänden ihn angriff, versetzte Conan ihm mit aller Kraft einen Schlag in die Seite. Es war, als habe er einen Baumstamm getroffen. Das Schwert riß einen großen Brocken gefrorenes Fleisch samt Knochen heraus. Ein Kristallschauer gefrorenen Blutes rieselte herab. Dem Ding schien es nichts anzuhaben. Seine Klauenfinger schlossen sich um den Hals des Cimmeriers und begannen zuzudrücken.

Conan ließ den Schwertgriff los und packte verzweifelt die Handgelenke des Toten. Unerbittlich preßten die kalten Finger weiter und schnürten ihm die Luft ab, so daß der starke Cimmerier in die Knie gehen mußte. Ihm wurde schon schwarz vor Augen. Ungerührt drückten die Eisfinger immer fester. Unaufhörlich donnerte der Baumstamm gegen die Tür der Halle. Mit letzter Kraftanstrengung brach Conan die Eishände an den Handgelenken ab. Doch erst, als er auch die Daumen an seiner Kehle wie Eiszapfen abgebrochen hatte, bekam er wieder Luft. Mit den Armstümpfen schlug das Ding weiter auf den Kopf des Cimmeriers ein. Da gab die Tür nach.

Conan packte sein Schwert und schlug auf den gefrorenen Fleischklumpen ein, bis schließlich der Kopf in den Schnee rollte. Die Klinge wurde von dem Schlagen auf Eis schon langsam stumpf.

»Es sind wandernde Tote!« schrie Conan. »Nehmt Äxte und Schlegel! Schwerter nützen nichts!«

Neben ihm starrte ein Krieger mit aufgerissenen Augen eines der Eiswesen an. »Das ist Hrulf, mein Freund! Aber er wurde in dem Hinterhalt vor zwei Tagen erschlagen!«

»Irgendein Zauberer hat die Toten, die wir nicht beerdigen konnten, auferweckt!« rief ihm Conan zu. »Bringt sie noch mal um, sonst töten sie uns alle.«

Er traf einen der Männer, die den Baumstamm hielten, als die Tür aufging. Alcuinas Krieger stürzten mit Fackeln heraus. Conan sah, wie ein junger Krieger zu Boden fiel. Eisfinger hatten sich in seinen Hals verkrallt, und der Leichnam nagte an seinem Gesicht.

In der Halle brach die Hölle los, als die Tür nachgab. Frauen und Kinder schrien, die Tiere brüllten und wieherten in Panik, da auch sie spürten, daß etwas Unnatürliches geschah. Einige Krieger schlugen mit Äxten und Holzscheiten auf die gefrorenen Gegner ein und zertrümmerten sie zu Kristallstücken.

»Das Tor!« schrie jemand. Als Conan sich umdrehte, sah er, wie das große Tor sich öffnete.

»Versucht, die Torflügel wieder zuzudrücken!« rief Alcuina, die jetzt neben dem Cimmerier stand. Ihre Augen funkelten, ihr Haar wehte im Sturm.

»Geht zurück in die Halle!« schrie Conan sie an. »Wir werden mit diesen Eisbiestern schon fertig!«

Ohne zu warten, ob sie gehorchte, lief Conan zum

Tor. Es waren zwar Tote, doch konnten sie nochmals getötet werden. Er mußte stehenbleiben, als eine Horde Eisungeheuer durch das Tor stürmte. Mit grauenvoll unheilverkündendem Schweigen nahten sie. Manchen fehlten Arme oder ein Bein. Alle zeigten tiefe Wunden. In den Augenhöhlen lagen Eisklumpen. Eis und Schnee hing in ihren Bärten und füllte die aufgerissenen Rachen.

»Odoacs Männer!« rief Conan. »Die Toten, die wir nach dem Kampf liegenließen.«

Er ließ sein Schwert fallen und hob einen großen Stein auf, der aus der Mauer gefallen war. Mit seiner ungeheuren Muskelkraft schleuderte der Cimmerier ihn auf den nächsten Feind. Krachend stürzte der Leichnam zu Boden und zuckte nur noch kurz. Conan blickte sich nach einem zweiten Stein um. Da sah er, wie der Leibeigene, mit dem er sich im Armstemmen gemessen hatte, einen Leichnam mit einem Holzschlegel niederschlug.

Ringsum kämpften Alcuinas Männer mit behelfsmäßigen Waffen. Conan schickte ein stummes Dankgebet empor, daß sie Odoacs Kriegern wenigstens die Waffen abgenommen hatten, ehe sie sie auf dem Feld zurückließen. Hinter sich hörte der Cimmerier einen Schrei. Er wirbelte herum und sah, wie ein Schneeungeheuer Alcuina in den Klauen hielt. Die Königin wand sich verzweifelt, um dieser eiskalten Umklammerung zu entgehen. Doch der Leichnam hob die jetzt Ohnmächtige hoch und warf sie sich über die Schulter.

Mit unmenschlicher Kraft und Geschwindigkeit rannte der Tote zum Tor, während seine Gefährten den für sie inzwischen aussichtslosen Kampf gegen die Lebenden fortsetzten. Ein vor Angst wahnsinnig gewordener Bulle hatte sich losgerissen und spießte mit dem Horn eine Leiche auf, warf den Kopf empor und schleuderte den Körper auf ein Dach. Conan lief inzwischen dem Entführer Alcuinas hinterher. Dabei sah er, wie ein Junge einen Toten mit Fett übergoß und dann mit einer Fackel in Brand steckte.

»Gute Idee!« rief Conan ihm beim Vorbeilaufen zu.

Vor der Mauer war der Leichnam mit seiner Bürde schon auf dem Feld mit den aufgestellten Steinen. Er lief nach Westen, auf den Wald zu. Conan rannte so schnell er konnte hinterher. Wieder war er verblüfft, daß ein Wesen, dessen Blut zu Eis gefroren war, sich so schnell bewegen konnte. Der Atem des Cimmeriers blieb wie ein Eisband in der Luft. Seine schwarze Mähne wehte wie ein Banner hinter ihm her. Jeder normale Mensch wäre auf der Schneedecke ausgerutscht oder im fahlen Licht gestolpert. Nicht so Conan! Er war in den Bergen aufgewachsen. Für seine Augen lag das Feld im Mondlicht so deutlich da wie für einen anderen im hellen Mittagssonnenschein.

Als das tote Ungeheuer sich dem Steinkreis näherte, schien es zu fühlen, daß Conan ihm auf den Fersen war. Es blieb stehen und drehte sich um. In dieser Sekunde griff Conan nach Alcuina. Die Hälfte ihres Gewandes blieb in den Klauen des Toten, als Conan sie ihm entriß. Schnell legte er die Ohnmächtige zu Boden und stellte sich dem Entführer. Dieser sah noch entsetzlicher als die meisten anderen aus, dann sein Kopf war in der Mitte gespalten. Die Augäpfel lagen auf den kalten Wangen, da der Todesstoß des Cimmeriers sie aus den Höhlen gerissen hatte.

»Agilulf!« stieß Conan hervor.

Der tote Krieger griff an. Conan hatte keine Waffe. Er sah sich nach einem Stein in Reichweite um. Doch da griff schon die eiskalte Klauenhand nach ihm. Er packte das Handgelenk und wollte den Arm nach hinten drehen. Der Arm des Gegners schlang sich um den Rücken des Cimmeriers. Dieser versuchte, auch das andere Gelenk zu greifen. Doch war bei dem glatten, eisigen Fleisch kein fester Griff möglich. Wie gut, daß er Agilulf das Gebiß zerschlagen hatte, dachte Conan. Wenigstens konnte er jetzt nicht mehr zubeißen.

Erbittert kämpften sie. Jeder versuchte, den anderen mit einem tödlichen Griff zu packen. Der Tote rang so geschickt wie ein Lebender. Sein Stärke war übernatürlich. Conan wurde nach hinten gegen einen Stein geschleudert. Der Cimmerier sah Sterne vor den Augen. Aber da kam ihm plötzlich eine Idee. Wenn er schon keinen Stein auf das Eisungeheuer werfen konnte, ging es vielleicht umgekehrt.

Der Kampfplatz verlagerte sich immer mehr in Richtung der großen umgestürzten Steinmale. Conan gelang es, einen Arm freizumachen. Damit packte er den toten Agilulf am Bein. Mit übermenschlicher Anstrengung hob er ihn hoch und schmetterte ihn gegen die Steinplatte. Man konnte die vielen Brüche deutlich hören. Der Leichnam lag im Schnee. Doch nur für einen Moment. Dann bewegte er sich schon wieder.

Nochmals hob der Cimmerier den toten Gegner und schleuderte ihn mit einem markerschütternden Schrei gegen den Stein. Diesmal war das Krachen im Innern lauter, doch auch jetzt bewegte sich Agilulf noch. Mit letzter, irrsinniger Kraftanstrengung hob Conan ihn zum dritten Mal hoch über den Kopf. Er war schwer wie ein Sack Steine. Lediglich die einigermaßen heile Haut hielt die Leiche noch zusammen.

»Nun stirb auf ewig! Crom verfluche dich!« schrie der Cimmerier, als er ihn gegen den unnachgiebigen Stein warf.

Diesmal blieb der Leichnam liegen. Selbst ein erfahrener Arzt hätte Schwierigkeiten gehabt, in diesem Bündel einen menschlichen Körper zu erkennen.

»Nun, Agilulf?« höhnte Conan, als er wieder atmen konnte. »Du konntest mich lebendig nicht umbringen. Dachtest du, daß es dir als Toter gelingen könne?«

»Du hast ihn zweimal getötet«, sagte Alcuina. »Warum verhöhnst du ihn noch?«

Conan drehte sich um. Zitternd stand sie neben einem Steinmal. »Ich habe schon vielen Herrschern gedient«, sagte er. »Aber Ihr seid am schwierigsten zufriedenzustellen. Seid Ihr verletzt?«

»Mir tut alles weh; aber ich glaube nicht, daß ich ernstliche Wunden davongetragen habe.« Sie hielt ihr zerrissenes Gewand notdürftig zusammen. Dennoch sah der Cimmerier eine volle Brust und einen wohlgeformten Schenkel. Stolz stand die Königin da und schien die Kälte nicht zu beachten. »Ich bin zu mir gekommen, als du das Ungeheuer eingeholt hattest. Ich konnte den ganzen Kampf mitansehen. Ich glaube, ich habe recht getan, dich in meine Dienste zu nehmen.«

»Ich dachte, ich würde nicht lange genug leben, um das zu hören.« Conan grinste.

»Dein Werk ist noch nicht vollendet, Schwertkämpfer! Ich befürchte, daß dies nur der Anfang eines Krieges ist.«

»Jetzt kommt, Herrin«, drängte Conan. »Laßt uns zurückgehen und sehen, welchen Schaden die Toten angerichtet haben und wie viele gefallen sind. Selbst wenn wir die toten Feinde los sind, können wir immer noch erfrieren.«

»Du hast recht«, sagte Alcuina. Da sie noch sehr geschwächt war und der Wind ihr Gewand auseinanderfegte, daß man die zarte Haut darunter sehen konnte, legte Conan schützend seinen starken Arm um die Königin. Sie wehrte sich nicht.

Als die beiden über die mondbeschienenen Felder schritten, sahen sie kleine Feuer aus dem Hof vor der Halle herüberscheinen; aber zum Glück keine Feuersbrunst. Zumindest würden sie ein Dach über dem Kopf in dieser kalten Nacht haben.

Großer Jubel wurde laut, als sie durch das Tor kamen. »Wir haben dich schon als verloren aufgegeben«, sagte Rerin. »Alle waren so beschäftigt, daß wir erst, als alles vorbei war, bemerkten, daß dich eines dieser Eisungeheuer entführt hat.« Die Stimme des Alten zitterte vor Freude und Rührung. »Dann suchten wir nach dir, konnten dich aber nirgends entdecken. Ein junger Bursche berichtete, daß einer der Toten mit einer Last über der Schulter durchs Tor gelaufen sei und daß der Cimmerier ihn verfolgt habe. Gerade wollten wir einen Suchtrupp aussenden.«

»Sind alle Feinde vernichtet?« fragte Alcuina.

»Ja. Es bedurfte großer Anstrengung und mehrerer Männer für jeden Leichnam. Aber alle sind tot, wieder tot.«

»Da liegt noch einer draußen bei dem Steinkreis. Der Fremde hat ihn mit bloßen Händen umgebracht.« Bewunderndes Murmeln wurde laut. »Holt auch ihn herein!« befahl Alcuina. »Errichtet einen großen Scheiterhaufen vor der Mauer. Wir müssen alle Toten verbrennen. Wie viele Männer haben wir heute nacht verloren?«

»Zwei Krieger, Herrin«, antwortete Siggeir. »Und drei Leibeigene. Hätte der Cimmerier nicht so rechtzeitig eingegriffen, wäre unser Blutzoll viel höher.«

»Ja«, meinte Alcuina gleichgültig, »er hat sich wacker gehalten. Tragt jetzt das Holz zusammen. Ich will, daß die Toten zu Asche werden, die wir dann in alle Winde streuen können.«

»Es wird wärmer«, bemerkte Conan. Es war Wind

aufgekommen, den sie früher als kalt empfunden hätten, der ihnen jetzt aber lau vorkam.

»In der Tat«, sagte Alcuina. Sie wandte sich an den Magier. »Wie beurteilst du das?«

»Jetzt ist klar, was Iilma plante. Er beschwor die große Kälte herauf, damit wir unsere Toten nicht beerdigen konnten. Dann setzte er sie gegen uns ein, um uns anzugreifen und Odoacs Männern das Tor zu öffnen, oder besser gesagt denen, die einst Odoacs Krieger waren.«

»Laßt uns König Totila einen Besuch abstatten«, schlug Conan vor. »Diesen Gauner Iilma würde ich liebend gern eigenhändig erwürgen.«

»Zuerst müssen wir hier alles wieder in Ordnung bringen«, erklärte Alcuina. »Wenn der Scheiterhaufen lodert und die Toten verbrannt sind, können wir über weitere Maßnahmen sprechen. Ans Werk!«

Den Rest der Nacht waren alle beschäftigt. Die Frauen reinigten die Halle. Die Krieger und Leibeigenen gingen in den Wald und fällten Bäume für den Scheiterhaufen. Sie wollten das trockene Vorratsholz nicht opfern. Aber die Winterkiefern würden auch lichterloh brennen. Mit Ochsen- und Pferdegespannen zogen sie die Stämme vor die Mauer. Dort stapelten sie sie auf und gossen Fett darüber.

Die Leichen der Erschlagenen wurden daraufgeworfen, Feind und Freund zusammen. Selbst einige verendete Tiere wurden ihnen beigegeben. Die Sonne stand schon hoch im Osten, als der Scheiterhaufen angezündet wurde. Die Waffen der eigenen toten Krieger wurden mit ins Feuer geworfen, da man sie ihnen nicht mit ins Grab legen konnte.

»Schaut!« rief Rerin, als die Flammen zum Himmel loderten. Er wies mit dem Finger nach oben. In der Höhe kreisten zwei Elstern.

5

ZAUBERKUNST

»Iilma«, sagte Totila drohend. »Du hast versagt!«

Der Zauberer zuckte unter seinen Rentierfellen nur mit den Schultern. »Nicht ich habe versagt, Totila, sondern die Toten.«

»Von den Toten verlange ich nicht viel«, entgegnete der König, der seine Wut kaum noch bezähmen konnte. »Aber von meinem Magier erwarte ich Ergebnisse, keine Entschuldigungen! Erst bringst du diese grauenvolle Kälte, die mich viel Vieh und Leibeigene gekostet hat. Dann versagt dein Totenheer.« Die beiden Männer saßen in der Halle und stritten, während sich die Krieger vergnügten und feierten, daß diese plötzliche Kälte vorbei war.

Hochmütig erhob Iilma sich. »Wenn mein Herr keinen weiteren Bedarf für meine Dienste hat, ist sicher auch ein anderer König bereit, mich an seinen Hof zu holen.«

Der König lenkte ein. »Ach, setz dich, Iilma! Ich habe voreilig gesprochen. Wir müssen einen besseren Plan ersinnen, das steht fest. Dabei darf aber nicht das ganze Land verwüstet werden. Ob es einem König gefällt oder nicht, er muß an Pflüge ebenso wie an Schwerter denken. Das wäre mir nie in den Sinn gekommen, als ich früher lediglich ein Dutzend Männer befehligte; aber der Verlust von Ochsen kann einem Herrscher ebenso weh tun wie der Verlust von Kriegern. Sogar Leibeigene haben einen gewissen Wert.« Totila strich sich mit den beringten Fingern durch den rotblonden Bart. »Wie können wir unser Problem lösen?«

»Herr«, sagte Iilma, »laßt mich darüber nachdenken.

Ich habe Zugang zu gewissen Mysterien, die uns vielleicht die Antwort geben können. Einige Mächte stehen mit mir in Verbindung. Laßt mich diese herbeirufen und mit ihnen Rat halten. Habe ich Eure Erlaubnis, mich in meine Geisterhütte zurückzuziehen?«

»Ich gestatte es dir«, sagte Totila gnädig.

Die Männer verstummten in der Halle, als der Magier klappernd an ihnen vorbeischritt und hinausging. Dann widmeten sie sich wieder dem Würfelspiel oder Ringkämpfen. König Totila saß da und brütete finster vor sich hin. Hin und wieder fuhr er mit den Fingern durch die Skalpe der toten Fürsten und Krieger seines Mantels.

Zur selben Zeit hielt Alcuina mit ihrem Magier und den Kriegern Rat. »Wie können wir uns gegen die Bedrohung Totilas wehren? Es liegt auf der Hand, daß er uns alle vernichtet, wenn wir nichts unternehmen.«

»Wie viele Krieger hat Odoac?« fragte Conan.

»Einige hundert, wenn er alle zusammenruft«, antwortete Alcuina. »Mehr als ich. Warum fragst du?«

»Warum verbünden wir uns nicht mit ihm? Mit vereinten Kräften könntet Ihr Totila vernichten. Davon würdet Ihr beide Gewinn haben.« Der Cimmerier leerte seinen Krug Ale und hielt ihn hoch, um sich nachschenken zu lassen. Seit diese unheimliche Kälte vorbei war, hatte Alcuina die Rationierung aufgehoben.

»O, ich kenne den Preis für eine solche Allianz!« erklärte Alcuina hitzig. »Ich werde nicht im Bett dieses Schweines liegen, auch nicht für alle Königreiche der Welt!«

»Der Plan ist damit dann wohl gestorben!« meinte Conan gleichmütig.

»Ich fürchte«, schaltete Rerin sich ein, »daß der nächste Angriff Totilas wieder einer mit der Unterstützung von Zauberkünsten sein wird. Warum sollte er auch das Leben seiner Krieger aufs Spiel setzen, wenn der Schurke Iilma die schmutzige Arbeit für ihn erledigt?«

»Gibt es keine Möglichkeit, den Zauberer zu töten?« fragte Siggeir.

»Dafür bin ich jederzeit zu haben«, erklärte Conan. »Sagt mir nur, wo ich diesen Zauberkerl finde, und ich werde mich um ihn kümmern. Schlafen muß er schließlich auch irgendwann. Normalerweise bringe ich keinen wehrlosen Mann um, aber einer, der Tote aufweckt und gegen Lebende kämpfen läßt, verdient kein Mitleid und keine Gerechtigkeit.«

Alcuina wandte sich an Rerin. »Was meinst du, Rerin? Könnte Conan sich an Iilma anschleichen und ihn töten? Das wäre ein Mordbefehl, den ich ohne Zaudern geben würde.«

Der Alte schüttelte den Kopf. »Kein Magier hätte es so weit wie Iilma gebracht, wenn er sich nicht gut geschützt hätte. Er ist von allen möglichen Fallen und Warnvorrichtungen umgeben. Denkt doch nur an seine Elstern. Sie könnten jederzeit hier oben im Dachstuhl sitzen und uns belauschen.« Köpfe flogen hoch, und furchterfüllte Augen starrten in die Schatten des Dachgebälks. »Nein, die Vögel oder andere Wesen würden ihn vor einem Meuchelmörder warnen, ganz gleich wie schlau und heimlich der Mann es auch anstellt.«

»Möge Crom ihn verfluchen!« Damit knallte Conan seinen Krug auf den Tisch. »Es sind sterbliche Männer! Irgendwie muß man ihnen doch beikommen können!« Aber niemand hatte darauf eine Antwort.

Iilma, der Magier, streifte durch Wälder und über Berge. Hoch über ihm flogen seine Elstern und erkundeten für ihn das Gelände, damit sich ihm kein Feind unbemerkt nähern konnte. Mit funkelnden Augen hielten sie Ausschau. Iilma schenkte weder der Kälte noch dem Schnee Beachtung, da jetzt wieder normaler Winter herrschte. Im Beutel an seiner Seite war etwas zu essen. Mehr brauchte er nicht. Ein Zauberer macht sich um die leiblichen Bedürfnisse die wenigsten Sorgen.

Vor zehn Jahren war Iilma in diese Gegend gekommen, als ihn eifersüchtige Rivalen aus seiner Heimat Hyperboräa vertrieben. Er hätte auch nach Süden gehen können, wo die reichen Königtümer lagen. Im Trancezustand hatte er mit Magiern aus dem Süden Verbindung aufgenommen. Aber er war ein Meister auf dem Gebiet der Wälder und des Schnees. Er verfügte über die Zauber des Nordens, wo Frost- und Nebelriesen hausten. Er herrschte über die Geister, die in Steinen, Holz und Wasser lebten. Im Süden galt der Zauber anderer, ebenso uralter Geister, die vom Schlangenkult Sets regiert wurden. In diesen Ländern war seine Macht vielleicht nicht so groß. Und er war zu alt, um noch neue Künste zu erlernen.

Daher war er in dieses Gebiet der rivalisierenden Könige gewandert und hatte sich einen ausgesucht, den er nach seinen Vorstellungen formen konnte. Totila war stark und wild, aber auch listig und sah keinen Grund, Männer und Schätze einzusetzen, wenn Zauberei für ihn arbeiten konnte. Er war das ideale Werkzeug für Iilmas Pläne. Der Zauberer würde Totila zum größten König des Nordens machen, wodurch Iilma zum größten Magier würde. Niedriger stehende Magier wie Rerin würden ihn nicht aufhalten können, da sie sich vor dem Verkehr mit den wahrlich großen Mächten fürchteten.

Am dritten Tage seiner Wanderung kam Iilma zu einer großen Heide. Hier war alles verkrüppelt und verwelkt. Die seltsamen Formen boten keinen schönen Anblick. Iilma kam zwei oder drei Mal im Jahr hierher, um Pflanzen zu sammeln, die es sonst nirgendwo im Land gab. Beinahe alles, was hier wuchs, besaß Eigenschaften, die für ihn wertvoll waren. Doch diesmal suchte er nicht nach Zauberpflanzen.

Je weiter er in die Heide hineinging, desto spärlicher wurde die Vegetation, bis sie schließlich ganz aufhörte. Hier war der Boden gefroren und rissig, wie ein in der Dürre ausgetrockneter See. Im Zentrum dieser Öde erhob sich ein Rundhügel, von einer alten Mauer gekrönt, ähnlich dem Ort, wo Alcuina ihre Halle hatte bauen lassen. Iilma schritt mit seinem Stab die Anhöhe hinauf.

Vom Gipfel aus ließ er den Blick über die Landschaft schweifen. Er konnte die rissige Ebene sehen, die er überquert hatte, doch weder die Wälder noch die Berge in der Ferne erkennen. Die Gesetze der normalen Welt hatten an Orten, wo Dämonen hausten, keine Gültigkeit.

In der Mauer gab es einen schmalen Durchgang. Drinnen stand nur eine bienenkorbartige Hütte aus Feldsteinen, ohne Mörtel gebaut. Iilma befahl seinen gefiederten Gefährten, draußen Wache zu halten. Dann betrat er durch den niedrigen Eingang die Hütte. Es war dunkel und roch modrig. Der Zauberer machte schnell ein Feuer mit den Zweigen, die er auf dem Weg aufgelesen hatte. Im Schein der Flammen sah man die kahlen Steinwände und den lehmgepackten Boden. Ansonsten war die Hütte kahl.

Iilma warf einige kleine Gegenstände ins Feuer, die er aus seinem Beutel geholt hatte: Knochen, Federn, Klumpen getrockneten Blutes und einige Pflanzen aus der Heide. Bunter Rauch stieg empor und füllte den Raum, da es kein Abzugsloch gab. Aus unerfindlichen Gründen zog der Qualm auch nicht durch den Eingang ins Freie ab. Tief sog Iilma den beißenden Geruch ein. Dann stimmte er einen Zaubergesang an, wobei er sich vorwärts und nach hinten wiegte. Von Zeit zu Zeit stocherte er mit seinem Stab in der Glut. Im monotonen Rhythmus des Gesanges schüttelte er eine Kürbisrassel. Allmählich verlor er jedes Gefühl für Zeit oder Ort. Hütte und Rauch entschwanden seinen Sinnen. Er ging ein in die Welt der Geister.

Er war nie sicher, ob ihm der Übergang in dieses seltsame Reich auch gelingen würde. Die Geisterwelt und die der Menschen waren nicht wie Länder, bei denen die Grenzen aneinanderstießen. Oft hat er schon das Geisterreich durch dieses Tor betreten, war aber noch kein einziges Mal an derselben Stelle wie zuvor angelangt. Diesmal befand er sich auf einer endlosen Ebene. Es herrschte Dämmerung. Am Himmel tauchten Sterne auf, die man in der Welt der Menschen niemals erblickte. In ganz weiter Ferne sah er die Silhouetten großer Berge, die sich in bedrohlicher Weise langsam zu bewegen schienen. Iilma saß da und fuhr mit seinen Zaubergesängen fort. Die Flammen des Feuers loderten auch hier vor ihm, doch sah er weder Rauch noch Holz.

Von Zeit zu Zeit schoben sich seltsame Geschöpfe in seine Nähe. Ihre Körper waren ausgemergelt und boten einen grauenvollen Anblick. Im Zwielicht schimmerten große, glühende Augen. Doch keines wagte sich in den Bannkreis des Feuerscheins. Dann verschwanden sie wieder. Jetzt nahte ein riesenhaftes Ungeheuer.

Dieses Ding, das sich an den Zauberer Iilma auf dieser düsteren Ebene heranschob, bot einen entsetzlichen Anblick. Ein aufgedunsener Körper mit dem Kopf einer Kröte, sofern eine Kröte abgrundtief boshaft dreinschauen kann; die lepröse Haut bedeckten riesige Warzen, Hautfalten hingen wie Säcke von dem ekelerregenden Körper herab. Das Wesen hielt vor dem Zauberer an und sah ihn mit intelligenter Erwartung an.

»Was begehrst du?« fragte der Dämon mit zischender Stimme. Diese Sprache verstanden nur Dämonen und gewisse Magier.

»Ich habe einen Feind«, antwortete Iilma. »Und ich wünsche, daß mein König eine bestimmte Frau bekommt. Du sollst nun meinen Feind beseitigen und die Frau in deine Gewalt bringen, damit ich sie meinem König zuführen kann.«

»Die Frau ist auch eine Königin?« erkundigte sich das Ungeheuer.

»Ja! Aber sie ist nicht für dich bestimmt! Du mußt sie mir hier an diesen Ort bringen, lebendig und unversehrt. Das verlange ich aufgrund des Paktes, den wir vor vielen Jahren einmal schlossen.«

Mit unverhohlener Bosheit funkelte die Riesenkröte den Zauberer an. »Ich halte mich an den Pakt. Los, zeig mir alles!«

Iilmas Flammen wurden zu einem brodelnden Feuerteich, ähnlich dem bei ihm im Wald. Bilder begannen sich zu formen. Zuerst sah man aus der Vogelschau Alcuinas Burganlage und die Halle, die winzig wirkte, inmitten der Mauer auf der Ebene mit den riesigen Steinen.

»Da wohnen die beiden«, erklärte der Zauberer. »Seit dem Mittsommer hält die Königin sich zwischen den Steinen der Toten auf.«

»Wie töricht von ihr, sich an diesem Ort niederzulassen«, zischte der Dämon mit hinterhältigem Funkeln in den lidlosen Augen. »Seit vielen, vielen Kreisbahnen spüren wir seltsame Ausstrahlungen bei unserer Berührung mit diesem Ort.«

Wieder wirbelten die Flammen höher und enthüllten

Alcuinas Gestalt. Die Königin der Cambrer saß in ihrem Gemach, das Gewand um die Lenden geschlungen, so daß ihr schöner Oberkörper mit dem prachtvollen Busen unverhüllt zu sehen war. Eine Dienerin bürstete ihr das glänzende Haar, das wie ein rotgoldener Fächer die weißen Schultern umspielte. Die Königin blickte nachdenklich drein. Welche Gedanken sie hinter ihrer hohen Stirn hegte, blieb verborgen. Sie sprach, doch hörte man keinen Ton.

»Die Königin ist schön, wenn man sie mit Menschenaugen betrachtet«, sagte Iilma. Jetzt zeigten die Flammen das Bild des Zauberers Rerin. Der alte Mann stand auf dem Wehrgang innerhalb der Palisade. »Dies ist mein Feind. Er ist auch Zauberer, aber sein Können im Vergleich zu meinem gering. Außerdem hat er keinen Pakt mit dir.«

»Kleinigkeit«, zischte der Dämon gelangweilt. Doch jetzt trat ein anderer Mann zu Rerin. Er war sehr kräftig und hatte langes blauschwarzes Haar. »Und wer ist das?«

»Das ist Alcuinas neuer Champion«, sagte Iilma. »Nur ein Abenteurer, völlig unwichtig.«

Der Dämon schaute Iilma mit einem so boshaften Grinsen an, daß selbst der abgebrühte Magier einen Augenblick lang Furcht verspürte. Die Kröte deutete mit einer Klaue auf den Mann. »Diesen umgibt eine schicksalhafte Aura.«

Iilma strengte die Augen an, konnte aber nichts Außergewöhnliches entdecken. Er zuckte mit den Achseln. »Vielen ist bei der Geburt ein Schicksal zugedacht worden, doch sterben die meisten, ehe sie ihre Bestimmung erfüllen können.«

Im Bild vor ihren Augen hob Rerin den Kopf und schien direkt zu ihnen heraufzuschauen. Er zeigte mit dem Finger nach oben. Der schwarzhaarige Mann folgte ihm und blickte ebenfalls hinauf. Dann griff der Krieger nach einem Speer, der gegen die Palisade lehnte, und schleuderte ihn kraftvoll empor. Die Waffe schien direkt auf Iilma zuzufliegen. Dann veränderte sich aber der Blickwinkel, so daß die beiden Beobachter ihn nicht mehr sahen.

Iilma lächelte. »Dieser Narr Rerin hat gelernt, nach meinen treuen Dienern Ausschau zu halten.«

»Wir werden sie ergreifen«, erklärte der Dämon. »Die Königin, den Zauberer und den Schwarzhaarigen.«

»Den Zauberer mußt du töten«, verlangte Iilma. »Den Krieger —« er machte eine gleichgültige Handbewegung — »mit dem kannst du machen, was du willst. Aber die Königin mußt du unversehrt zu mir bringen. Ihr Verstand kann ruhig von dem, was sie auf dem Weg durchzustehen hat, leiden; das macht nichts aus, da mein König hauptsächlich an ihrem Körper interessiert ist und an ihrem Geblüt und ihrer Fähigkeit, ihm starke Erben zu gebären.«

»Davon wird bestimmt nichts beschädigt werden«, versprach der Dämon. »Es bedarf aber einiger Zeit, das alles in die Wege zu leiten. Ich werde dich in der Trance verständigen, wenn ich sie für dich bereithalte. Zu diesem Zeitpunkt mußt du wieder an den Ort gehen, von dem aus du heute hierhergelangt bist, und das gleiche tun wie heute. Dann werde ich dir die Königin übergeben, in Übereinstimmung mit dem zwischen uns geschlossenen Pakt.«

»So sei es!« sagte Iilma.

Auf eine Handbewegung hin erloschen die Flammen, und der Zauberer saß wieder in der bienenkorbartigen Steinhütte. Vor ihm lag die erkaltete Asche des Feuers. Draußen hörte er das Geschrei der Elstern.

Conan stand auf seinem Wachtposten und blickte finster ins Land. Er konnte diesen Ort nicht ausstehen. Mit seinen Gefährten verstand er sich gut. Auch an Alcuina als Herrin hatte er nichts auszusetzen; aber die Steine aus grauer Vorzeit legten sich ihm schwer aufs Gemüt. Diese gewaltigen Pfeiler konnten niemals von Menschenhand errichtet worden sein. Da war er ganz sicher. Sie waren viel zu schwer, als daß man sie auf irgendeine ihm vorstellbare Weise hätte aufrichten können. Kalt und abweisend standen sie schweigend da. Der Cimmerier war sicher, daß die Geister ihrer Erbauer darin spukten. Der alte Rerin stimmte ihm bei, doch Alcuina bestand darauf, daß sie bei so vielen Feinden ringsum die Mauer als Schutzwall brauchten.

Leise rieselte Schnee herab. Conan hatte über dem Tor für den Wachtposten einen kleinen Unterstand bauen lassen. Er bestand nur aus einem Dach auf Pfosten gegen Regen oder Schnee. Die Seiten waren offen, damit man ungehindert in jede Richtung schauen konnte.

Da hörte er jemanden die Leiter heraufsteigen und drehte sich schnell um. Konnte einer seiner Gefährten nicht schlafen und kam, um mit ihm ein Schwätzchen zu halten? Wie groß war seine Überraschung, als er die Königin sah.

»Guten Abend, Herrin«, sagte er und steckte sein Schwert zurück in die Scheide.

»Du bist ein sehr vorsichtiger Mann, wenn du dein Schwert auch dann ziehst, wenn jemand aus dem Hof heraufkommt«, sagte Alcuina.

»Ich bin so alt geworden, weil ich mich niemals drauf verließ, daß ein Mann nicht mein Feind war, nur weil er von hinten kam«, entgegnete der Cimmerier. »Außerdem mußte ich schon viel Extrawachen stehen, weil ich

Offiziere auf Posten nicht *entsprechend* empfing, selbst wenn ich wußte, daß sie meine Vorgesetzten waren. Es hat eine Weile gedauert, bis ich diese Lektion gelernt habe; aber sie hat sich bei den Armeen im Süden bewährt.«

»Für mich ist es schon ungeheuerlich, wenn ich meine Wachtposten nicht schlafend antreffe, wenn ich nachts zu ihnen komme. Was machen denn die Offiziere im Süden mit Wachen, die im Dienst einschlafen?«

»Das kommt darauf an. Manche lassen den Mann hängen, andere begnügen sich mit Auspeitschen. Diese Strafen würde ich Euch aber hier nicht empfehlen. Die Krieger im Norden sind nicht so wie die im Süden.«

»Ich konnte einfach nicht schlafen«, erklärte Alcuina. Sie trat dicht neben Conan und lehnte sich an die Palisade. Schweigend blickte sie hinaus auf die Kreise aus aufgerichteten Steinen, die den Cimmerier so beunruhigten. »Ich ging zu Rerins Hütte; aber er hat sich schon zur Ruhe begeben. Du bist der einzige, der hier heute nacht nicht schläft.«

»Was stört denn Euren Schlaf?« fragte Conan, nicht ohne einen leichten Anflug von Bosheit. »Das Fest war gelungen. Ich sah auch, daß Ihr eine hübsche Menge Ale trankt. Die Männer schnarchen lauter als sonst, das Vieh ist wieder in den Stallungen, und tote Männer sind bisher noch nicht aufgetaucht.«

»Wage es nicht, dich über mich lustig zu machen! Ich bin aus irgendeinem Grunde ruhelos.« Wieder schaute sie hinaus auf die mondbeschienene Ebene. »Ich spüre, daß sich da draußen etwas regt. Ich weiß, daß hier kein guter Aufenthaltsort für uns ist. Ich hätte mich auf Holzpalisaden verlassen sollen, wie wir es von alters her tun.«

»Zu spät, sich jetzt darüber den Kopf zu zerbrechen«,

sagte Conan ernst. Er sprach nicht gern über Dinge, die sich da draußen abspielten. Der Kampf mit den Toten war schlimm genug gewesen. Nachdem dieser glücklich überstanden war, hoffte er, nicht noch mehr mit übernatürlichen Dingen zu tun haben zu müssen. Ein klarer, einfacher Schlagabtausch mit Totila. Ja, so etwas wünschte er sich. Er fühlte sich sicher, wenn es um einen klaren Kampf mit richtigen Menschen und richtigen Waffen ging, ganz gleich wie ungünstig das Kräfteverhältnis auch sein mochte. »Bis zum Frühjahr müssen wir uns hier durchschlagen. Dann schickt mich mit einigen Männern in die Berge. Dort finde ich bestimmt einen Platz, der sich gut verteidigen läßt.«

»Vielleicht ist es im Frühjahr schon zu spät.« Alcuinas Stimme zitterte leicht, doch nicht vor Kälte. »Möglich, daß ich doch ein Bündnis mit Odoac eingehen muß.«

Conan konnte sich des Gedankens nicht erwehren, daß die Schlaflosigkeit der Königin vom Mangel an passender männlicher Gesellschaft herrührte. Mit Sicherheit kam sie nicht mitten im Winter nachts herauf, um sich mit Siggeir oder einem anderen Krieger zu unterhalten, da diese nicht in so reichem Maße die Vorzüge aufzuweisen hatten, die den Frauen gefielen, wie er. Gerade wollte er seine Theorie in der Praxis erproben, als Rerin seinen schönen Plan vereitelte. Der alte Mann keuchte die Treppe herauf, als Conan noch einen Schritt näher an die Königin herangetreten war. »Ich dachte, du bist schon im Bett«, sagte Alcuina und entfernte sich schnell ein paar Schritte von Conan.

»Ich auch!« meinte der Cimmerier mürrisch.

»Ein böser Traum weckte mich«, erklärte Rerin. »Ich bin ganz sicher, daß Iilma etwas Böses im Schilde führt. Deshalb wollte ich nachsehen, ob der Posten auch Wache hält. Dich, Herrin, hatte ich hier allerdings nicht erwartet.«

»Das scheint hier ein beliebter Treffpunkt zu werden«, sagte Conan. »Aber wir haben doch diese verdammten Elstern schon seit Tagen nicht mehr gesehen. Warum sollte Iilma gerade heute nacht tätig sein?«

»Gerade weil wir die Elstern schon tagelang nicht gesehen haben«, erklärte Rerin ungeduldig. »Macht dich das nicht mißtrauisch, junger Mann?«

Conan schüttelte den Kopf. »Je weniger ich von Zauberern sehe, desto glücklicher bin ich«, meinte er anzüglich. »Das trifft auch auf ihre dienstbaren Geister zu. Ich habe schon schlimmere Biester als Elstern bei Zauberern herumlungern sehen. Trotzdem finde ich die Vögel schlimm.«

»Auch ich habe es gespürt«, sagte Alcuina und ignorierte Conans Anzüglichkeiten. »Seltsame Schattenwesen haben mir den Schlaf geraubt.«

»Da wir gerade von Schlaf reden«, unterbrach Conan frech, »wo bleibt eigentlich meine Ablösung? Auch ich brauche manchmal ein paar Stunden Schlaf — mit oder ohne Schattenwesen.«

»Komm, Rerin!« sagte Alcuina verärgert. »Laß uns in mein Gemach gehen, damit wir sprechen können, ohne den großen müden Helden zu stören.«

Die beiden kletterten hinunter. Mit verschränkten Armen schaute Conan ihnen finster nach.

Aber es gab schließlich noch mehr Frauen! Auch andere Mütter haben schöne Kinder, dachte er. Aufgrund der kürzlichen Sterberate gab es jede Menge trauernder Witwen, von denen nicht wenige deutlich zeigten, wie dringend sie männlichen Trostes bedurften. Der Cimmerier hatte schon einigen Schmeicheleien gesagt, aber es war Alcuina, die ihn reizte.

So klein ihr Reich auch war, regierte sie es doch gut und war stets auf das Wohlergehen ihrer Leute bedacht. Das hatte Conan bisher selten erlebt. Die Krieger waren ihrer Herrin treu ergeben, obwohl sie keine ausgesprochene Amazonenherrscherin war. Vor allem aber fand Conan sie wunderschön und war zutiefst verletzt, weil sie sich ihm gegenüber so gleichgültig gab. Selbstverständlich konnte eine Königin nicht die Absicht haben, auf Dauer eine Verbindung mit einem abgebrannten Abenteurer einzugehen; aber ein bißchen Zerstreuung könnte sie sich schon gönnen. Und mit wem besser als mit Conan? Der Stolz des Kriegers war stark angeschlagen.

Von der Halle näherte sich ein Lichtpunkt. Hatte die Königin ihre Meinung geändert? Nein, es war Ataulf, seine Ablösung, mit einer brennenden Fackel. Gähnend kletterte er herauf und streckte die müden Glieder. Dann steckte er die Fackel in das Kohlenbecken unter dem Schutzdach. »Schon irgendwelche Feinde gesehen?« erkundigte er sich verschlafen.

»Das hättest du gehört!« sagte Conan kurzangebunden. »Wieso hast du so lange gebraucht? Ich friere mir hier schon den Arsch ab.«

»Sei friedlich, Conan! Ich bin pünktlich gekommen. Aber auf Wache hat man immer das Gefühl, sie nimmt kein Ende. Jetzt geh und hau dich aufs Ohr!«

Brummelnd stieg Conan nach unten in den Hof. Der hochnäsigen, königlichen Zicke würde er es zeigen! Er überlegte, welches der in Frage kommenden weiblichen Wesen, die ihm schöne Augen gemacht hatten, er als erste beglücken sollte. Nein, jetzt schliefen wohl alle schon und waren nicht in der Stimmung für Tändeleien. Ein guter Kampf würde ihm eigentlich in dieser Stimmung mehr behagen. Nein, am besten würde Schlaf für ihn sein! Er ging in die Halle und suchte seine Schlafstelle auf. Gerade hatte er die Rüstung und Waffen abgelegt, als aus dem Gemach der Königin am Ende der Halle ein Schrei ertönte.

»Bei Croms Gebeinen! Kann man denn hier nie ein Auge zumachen?!« Conan riß sein Schwert herunter und lief nach hinten. Nur die Glut des Feuers erleuchtete die Halle. Ohne höflich um Einlaß zu bitten, schlitzte Conan den Gobelin vor dem Gemach Alcuinas von oben bis unten auf und sprang hindurch.

Grelles, unnatürliches Licht erfüllte das Gemach. Conan war so geblendet, daß er die Gestalten kaum erkennen konnte. Er hörte ein Tier knurren, dann wieder einen lauten menschlichen Schrei.

»Alcuina!« rief er mit gezücktem Schwert, ins Licht blinzelnd. »Wo seid Ihr?« Jetzt hörte er einen merkwürdigen Singsang. In der Halle wurde es laut, doch kam ihm niemand zu Hilfe. »Alcuina!« Immer noch keine Antwort.

Langsam wurde das Licht schwächer. Die Schreie und das Knurren verstummten, doch der eintönige Gesang blieb. Endlich konnte Conan sehen. Das Gemach der Königin war völlig verwüstet, die Möbel zerschlagen und die Polster wie von Klauen zerfetzt. Die Baumstämme, aus denen die hintere Wand gebaut war, schienen durchgebrannt zu sein. Hinter dem großen Brandloch führten Fußspuren hinaus in den Schnee.

Der Cimmerier sah sich nach dem Ursprung des Singsangs um. Da saß Rerin, den Stab mit beiden Händen vor sich haltend, die Augen fest geschlossen, und sang vor sich hin. Der Alte war eingehüllt in eine bläuliche Wolke, die im Rhythmus seines Klageliedes waberte.

»Hör mit deinen Klageliedern auf, Alter!« fuhr Conan ihn an. »Wo ist Alcuina?«

Rerin öffnete die Augen. Sofort hörte der Gesang auf.

Die Wolke verblaßte. Wild um sich blickend, starrte der Zauberer ihn an. »Die Dämonen sind gekommen! Sie kamen und wollten uns beide wegschleppen! Ich habe einen Schutzzauber gesprochen. Mich hat er geschützt; aber ich konnte Alcuina nicht retten!« In Wut und Verzweiflung rang er die zitternden Hände.

»Wozu taugst du überhaupt?« wollte Conan wissen.

Er ging zu dem Loch in der Wand. Die Enden der Stämme waren geschwärzt. Sie sahen aber nicht angebrannt, sondern wie *geschmolzen* aus. Der Cimmerier schüttelte den Kopf. »Holz kann nicht schmelzen!« Als echter Krieger ließ er sich nicht anmerken, wie sehr ihn dieses übernatürliche Phänomen erschütterte.

»Und Dämonen können auch keine Königinnen entführen«, sagte Rerin. »Aber es ist nun mal geschehen! Wir müssen hinterher!«

Durch den zerschnittenen Gobelin lugten verschreckte Gesichter.

»Bewaffnet euch!« befahl Conan. »Wir holen Alcuina zurück.« Da es sich wieder nicht um Feinde aus Fleisch und Blut handelte, bewegten sich einige Krieger nicht mit der üblichen Begeisterung. Conan deutete auf einen Stallburschen. »Du, sattle ein paar Pferde! Schnell!«

»Gib dir keine Mühe«, sagte Rerin. »Die Tiere werden niemals in die Nähe dieser Ungeheuer gehen oder auch nur ihren Spuren folgen. Wir müssen sie zu Fuß verfolgen. Und wir haben keine Zeit zu verlieren.«

Conan schob sich durch die Menge in der Halle und nahm Umhang und Helm. Damit ging er zurück ins Gemach der Königin und packte den alten Magier am Arm. »Los, gehen wir, Zauberer, ehe die Spur kalt ist.«

Sie gingen durch das Loch hinaus in die dunkle Winternacht. Die Abdrücke waren nicht menschlich, stammten aber auch von keinem Tier, das er kannte. Da rief der Wachtposten von oben: »Da bewegt sich etwas über die Ebene! Jetzt gehen sie auf den großen Steinkreis in der Mitte zu.«

Mit Rerin im Schlepptau folgte Conan den Spuren zur Mauer. In das uralte Gemäuer war auch ein Durchgang geschmolzen. Conan stellten sich die Nackenhaare vor Grauen auf, doch war sein Wunsch, Alcuina zu retten, stärker. Er wandte sich an die Leute im Hof. »Wir müssen die Königin zurückholen!« rief er. »Wer kommt mit mir?« Siggeir und etliche andere beherzte Männer traten vor. »Dann seid verflucht ihr übrigen elenden Feiglinge!« schrie Conan. »Kommt, gehen wir!«

Sie gingen durch den übernatürlichen Tunnel. Schnee fiel auf die Spuren, doch würde man sie noch eine Zeitlang verfolgen können. Die Männer trugen Fackeln und riefen sich gegenseitig Mut zu.

»Dieser Frau bin ich wirklich schon mehr als genug über diese verdammte Ebene hinterhergelaufen«, murmelte Conan. »Wie haben die Biester ausgesehen?«

»Ihre Gestalt war nicht klar zu erkennen«, antwortete Rerin. »Solche Kreaturen sind nicht für diese Welt bestimmt, daher können sie auch nicht lange ihre Form behalten. Ich schätze, daß sie so etwa die Größe eines Menschen hatten und auch in etwa menschliche Gestalt. Mehr kann ich nicht sagen.«

»Warum haben sie Alcuina entführt? Und warum wollten sie dich auch?« In der Ferne ragte der große Steinkreis auf. Ein seltsamer Schein umgab ihn.

»Ich kann nur raten«, sagte Rerin.

»Dann rate! Sie wollten dich bestimmt nicht um deiner schönen Augen willen oder?«

»Es muß irgendeine Machenschaft Iilmas sein. Totila will Alcuina unbedingt haben, und ich bin ihr einziger Schutz gegen Iilmas Zauberkünste.«

»Verdammt armseliger Schutz, wenn du mich fragst«, schimpfte Conan. »Diesen Totila würde ich gern treffen. Ein Mann, der jetzt schon stärker als seine Feinde ist und jede Menge Krieger hat, aber trotzdem lieber mit Zauberei arbeitet, hat zu lange gelebt.«

Als sie den Kreis aus den Steinmalen erreichten, sahen sie, daß ein ganzes Rudel der seltsamen Geschöpfe neben einem der gewaltigen Tore aus Steinplatten kauerte. Unheimliche Lichtbrücken verbanden die aufrechtstehenden Steine. Ein loderndes Flammenmeer erfüllte den gesamten Innenraum des Steinkreises. Die Monster hielten Alcuina hoch über ihren scheußlichen Köpfen.

»Da ist sie«, sagte Conan und zeigte mit der Schwertspitze auf die Königin. »Wir müssen sie herausholen!« Mit angstvoll aufgerissenen Augen starrten die Männer hinter ihm auf die Szene. Keiner trat vor.

Rerin löste sich aus Conans Griff und raffte seine etwas erschütterte Würde wie eine Robe zusammen. »Ich werde vorangehen«, sagte er mit erhobenem Kinn, das nur leicht bebte. »Folgt mir!«

Mit ausgestrecktem Stab betrat der alte Mann den Kreis. Die Flammenlichter umwirbelten ihn, doch berührte ihn keines. Conan folgte ihm auf den Fersen. Sein Herz raste. Das Licht formte sich zu kleinen, bösartigen Biestern mit Fängen, Klauen und flatternden Fledermausflügeln. Sie griffen ihn an. Er schlug mit dem Schwert nach ihnen. Aber die Klinge glitt durch sie hindurch, ohne Schaden anzurichten. Mit irrem Gelächter umschwirrten sie ihn.

»Verschwende deine Kraft nicht«, sagte der Alte. »Das sind nur Phantome deiner eigenen Phantasie.«

»Dann gib mir was, das ich zerschneiden kann, verdammt noch mal!« brüllte Conan.

»Sie verziehen sich«, erklärte Rerin mit zitternder Stimme.

Conan blinzelte in das Lichtermeer. Hinter dem Tor, das die drei riesigen Steine bildeten, schien Tageslicht heraufzuziehen. Die Biester und ihre kostbare Last zogen durch dieses Tor hindurch weiter.

Rerin blieb vor dem Steintor stehen. »Weiter können wir uns nicht vorwagen«, erklärte er. »Dahinter liegt das Land der Geister.«

»Bei Crom! Ich werde nicht ohne Alcuina in die Halle zurückkehren! Und du auch nicht!« Conan packte den Magier fest am Gewand und hielt in der anderen das Schwert. So schritt der Cimmerier in eine andere Welt.

6

LAND DER SCHEMEN

Als Conan durch den Torbogen sprang, hatte er plötzlich jeden Orientierungssinn verloren. Einige Augenblicke lang, die zeitlich nicht meßbar waren, fühlte er sich wie in einem gähnenden Abgrund und meinte in eine endlose Leere zwischen zwei Welten zu stürzen. Beinahe schwanden ihm die Sinne. Mit letzter Kraft hielt er Rerin und sein Schwert fest.

Urplötzlich war dieses Gefühl vorbei, und er stolperte auf festem Boden dahin. Sofort ließ er den Alten los und stürzte mit gezücktem Schwert vor, um mögliche Feinde niederzumachen. Sein Kopf war jetzt wieder klar; aber keiner griff ihn an.

»Alcuina!« rief er laut. Keine Antwort.

Voller Wut stürmte er los und suchte nach irgendwelchen Spuren der Dämonen, die sie entführt hatten.

Nichts. Er hoffte, daß der Zauberer ihm die Dinge erklären konnte, die ihn so verblüfften. Rerin saß benommen auf der Erde. Der Cimmerier blickte umher, als er zum Alten zurückging.

Statt der schwarzen Winternacht, aus der sie gekommen waren, herrschte hier seltsam düsteres Tageslicht. Conan half Rerin auf die Füße und sagte auf eine für ihn untypische kleinlaute Art: »Es tut mir leid, daß ich dich so hart angepackt habe, Alter. Ich dachte, wenn wir uns beeilen, könnten wir vielleicht die Königin noch retten.«

»Das ist verständlich«, sagte Rerin und glättete sein Gewand. »Ich nehme nicht an, daß uns noch andere gefolgt sind, oder?«

Conan schaute zum Tor zurück. Es sah genauso aus wie das auf der Ebene, stand aber jetzt auf einer Waldlichtung. Dahinter sah man nur den Wald. »Keiner«, meldete Conan. »Das überrascht mich nicht. Die Männer waren tapfer, daß sie überhaupt so weit mitgekommen sind. Es ist leichter, einen neuen Herrscher zu finden, als das Land der Dämonen zu betreten.«

»Aber du bist hergekommen«, sagte Rerin.

»Ich will sie zurück«, sagte Conan entschlossen.

»Und du bist tapferer als die meisten Männer.«

»Mag sein«, stimmte ihm Conan zu. »Aber ich habe mich genau wie jeder andere auch schrecklich gefürchtet.«

»Man muß ein Held sein, um die Angst im Dienst für seinen Herren zu überwinden. Alcuina hat mit dir wirklich eine gute Wahl getroffen.«

»Dann wird es Zeit, daß ich meinen Sold auch verdiene«, sagte Conan mürrisch, den das Gerede langweilte. »Sie waren nur wenige Schritte vor uns, als sie durchs Tor gingen. Warum sind sie jetzt nicht da?«

»Im Geisterland herrschen nicht die gleichen Gesetze wie in unserer Welt. Vielleicht sind sie nicht am selben Ort wie wir aufgetaucht. Ein Glück, daß du und ich gemeinsam hier gelandet sind.«

»Das wird sich erst noch rausstellen«, meinte Conan. Er blickte sich um. »Was für ein Land ist dies?«

Wenn es sich wirklich um ein Geisterland handelte, wirkte es eigentlich ganz normal. Sie standen auf einer Lichtung, die von Hügeln umgeben war. Das Licht des blauen Himmels war ein bißchen ungewöhnlich. Er schien blauer als sonst zu sein und irgendwie näher. Außerdem umhüllte sie eine Art Dunst, als seien sie unter Wasser. In diesem Dunst schwebten irgendwelche Schemen, die sie aber bis jetzt nicht bedrohten.

»Es ist wie im Meer«, sagte Conan. »So wie man es durch die kristallenen Augenschützer der schwarzen Perlentaucher in Kush sieht.«

»Wir haben wirklich Glück gehabt, wenn ich das sagen darf«, erklärte Rerin. »Ich glaube, wir sind im Land der Schemen. Die Geisterwelt besteht nämlich aus vielen Ländern, wie die Welt der Menschen auch. In der Trance war ich in mehreren dieser Länder, niemals aber tatsächlich. Manche Länder können einen sofort zum Wahnsinn treiben. Dies ist eines der erträglicheren. Wir kamen durch ein Tor im nördlichen Teil der Welt der Menschen. Dieser Ort entspricht irgendwie jener Gegend. Wären wir durch ein Tor in Kush gekommen, das du erwähntest, wären wir vielleicht in einem Dschungel aufgetaucht. Aber es gibt noch viel schlimmere Orte als den Urwald in der Geisterwelt.«

»Gibt es eine Möglichkeit, Alcuina zu finden?« fragte Conan, um den Alten nicht zu weit abschweifen zu lassen.

»Vielleicht. Aber das erfordert Zeit. Dazu noch eine

Reihe von magischen Zutaten, meist Pflanzen und Mineralien. Wir wollen hoffen, daß es sie hier gibt.«

»Zeit scheinen wir zu haben. Wir werden diese Zutaten finden, falls es sie hier gibt. Kannst du uns dann wieder in die richtige Welt zurückbringen?«

»Ja, durch ein Tor wie dies hier. Das muß zum richtigen Zeitpunkt geschehen und ...«

»Gut«, sagte Conan und schnitt überflüssige Erklärungen ab. »Gibt es hier Menschen?« Er blickte zu einem Ding empor, das sich mit Flügeln, die nur aus dünnen Membranen bestanden, fortbewegte und ihnen keinerlei Beachtung schenkte.

»So eine Art von Menschen. Ich habe sie in der Trance gesehen. Nicht richtige Menschen wie du und ich. Sie ...«

»Wie lange dauert es, bis du weißt, wo wir nach Alcuina suchen sollen?« fragte Conan.

Der alte Mann schaute sich um. »Einige Pflanzen, die ich brauche, wachsen hier. Die anderen werden auch in der Nähe sein. Dann muß ich ein Feuer machen, bestimmte Zeremonien ausführen, dazu Zaubergesänge ...«

»Weck mich, wenn du etwas weißt.« Conan nahm Helm und Rüstung ab und warf sich auf den Boden. Gleich darauf war er fest eingeschlafen.

Rerin schüttelte erstaunt den Kopf. Selbst im Schlaf ruhte die Hand des Cimmeriers auf dem Schwertgriff.

Conan wachte auf, als der Alte ihn an der Schulter berührte. Rerin zuckte zurück. Conan sprang mit gezücktem Schwert blitzschnell auf. »Ich bin's doch, Conan! Ich habe die Richtung gefunden, wo wir Alcuina suchen können. Es ist etwas unbestimmt, aber wenigstens irren wir nicht planlos herum.«

»Gut«, sagte Conan. Er steckte das Schwert in die

Scheide und legte die Rüstung an. »Wenigstens ist es hier nicht allzu kalt.«

Die Temperatur entsprach einem milden Frühlingstag im Norden, gerade noch so kühl, um daran zu erinnern, daß der Winter sich noch nicht ganz verabschiedet hatte. Conan faltete seinen Umhang zusammen und warf ihn sich über die Schulter. Das Leben hatte ihn schon an viele seltsame Orte geführt. Das brachte das Leben als Abenteurer mit sich. Hier befand er sich wieder an einem seltsamen Ort, doch auch hier würde der Cimmerier seinen Weg gehen.

»Laß uns aufbrechen und Alcuina suchen!« sagte er.

Einige Zeit lang dachte Alcuina, sie habe den Verstand verloren. Gerade noch saß sie in ihrem Gemach und unterhielt sich ruhig mit dem alten Rerin. Da begann die Wand aus Baumstämmen zu schmelzen, und eine Horde grauenvoller Dämonen drang mit grellem Lichtschein ein. Wie in einem Alptraum griffen die scheußlichen Biester nach ihr. Sie dachte, sie habe ihre Männer mit normaler Befehlsstimme gerufen, merkte aber bald, daß sie laut geschrien hatte. Als man sie wegschleppte, hatte sie noch Conan brüllen hören. Danach war sie in einem Wirbel aus allen möglichen Lauten und Bildern herumgetaumelt, und jetzt hatte sie jegliche Orientierung verloren.

Verwirrt blickte sie umher. Wo war sie? Sie wagte zuerst nicht zu atmen, weil die Luft so dick wie Wasser zu sein schien. Doch dann stellte sie nach dem ersten Atemzug erleichtert fest, daß die Luft hier wie woanders auch war. Vielleicht hatten ihre Augen Schaden erlitten. Aber alle Gegenstände in der Nähe waren vollkommen deutlich. Leider! Denn nun sah sie ihre Entführer in ihrer ganzen Scheußlichkeit.

Sie erinnerten vage an ausgemergelte Menschen, wie obszöne Parodien menschlicher Gestalten. Alle waren etwas verschieden. Die Gesichter hatten Papageienschnäbel mit kurzen Tentakeln statt Zähnen, die sich jetzt in irrem Gelächter krümmten. Die Augen waren groß, hervorquellend, ohne Lider mit je zwei Irisschlitzen und Pupillen. Die Haut der vielfingrigen Hände war grau, rauh und schuppig. Ihr Geruch war — wenn das überhaupt möglich war — noch schlimmer als ihr Aussehen. Diese Monster hatten sie auf den Boden gelegt und schienen jetzt zu beraten. Dabei waren sie wachsam, aber nicht bedrohlich.

Alcuina setzte sich auf und musterte die Umgebung. Der Rasen unter ihr fühlte sich merkwürdig an. Er war blaugrün, sehr kurz und elastisch. Solches Gras hatte sie noch nie gesehen. Manche der Bäume hier sahen bekannt aus, andere hatten Federkronen und geringelte Stämme. Bunte Vögel flogen in panikartiger Flucht darüber, verfolgt von einem reptilienähnlichen Ungeheuer mit Hautflügeln. Auf alle Fälle gehörte dieser Ort nicht zu den Ländern des Nordens. Es war kalt, aber nicht so bitterkalt wie dort, wo man sie entführt hatte.

Die grauen Monster waren so tief in ihre Beratung vertieft, daß sie Alcuina nicht beachteten. Die Stimmen quiekten und krächzten, vielfingrige Hände gestikulierten aufgeregt. Alcuina schloß aus ihrem Benehmen, daß auch sie sich auf unbekanntem Gebiet befanden und versuchten, nicht allzusehr aufzufallen. Vor wem oder vor was hatten sie Angst? Doch Alcuina konnte sich nicht darauf verlassen, daß der Feind ihrer Feinde ein Freund der Königin der Cambrer war.

Für sie bestand kein Zweifel daran, daß alles eine Teufelei Iilmas im Dienste von Totilas bösen Absichten war. Wie würde es weitergehen? Sie wußte es nicht. Sie wußte nur, daß sie völlig auf sich gestellt war. Keiner ihrer Männer hatte ihr folgen können. Wie auch? Alcuina kämpfte gegen eine Welle der Hoffnungslosigkeit an. Sie war eine Königin und durfte sich nicht wie ein verängstigtes Küchenmädchen benehmen! Als erstes mußte sie von diesen unaussprechlich scheußlichen Ungeheuern weg.

In der Ferne konnte sie über den Baumwipfeln im Dunst ein Gebirge erkennen. An der Flanke eines der vorderen Berge schien eine sagenhaft große Halle zu stehen. Wenn ja, dann mußten Riesen in ihr wohnen, so gewaltig wie die, welche die Mauer um ihre eigene Halle erbaut hatten. Alcuina hielt es für wenig sinnvoll, in diese Richtung zu fliehen.

Aber die Gelegenheit zur Flucht war günstig! Die Entführer diskutierten immer noch hitzig und schienen mehr an ihrer eigenen Sicherheit als an einer Verfolgung Alcuinas interessiert zu sein. Vorsichtig zog sie die Füße an.

Als das Gekreische wieder mal einen Höhepunkt erreichte, sprang sie schnell auf und rannte los. Hinter ihr wurden Schreckensrufe laut, doch drehte sie sich nicht um. Sie lief auf den Rand eines dichten Waldes zu. Jetzt wurden die Stimmen ihrer Verfolger lauter. Etwas zerrte an ihrem Pelzgewand. Sie streifte es ab und lief nun noch schneller. Mit beiden Händen raffte sie ihr pelzbesetztes Gewand über die Knie. Leider konnte sie es nicht ganz ausziehen, da sie es nur mit Hilfe einer Zofe zuschnüren konnte.

Jetzt war sie im Schutz der Bäume. Sie hoffte, daß die Dämonen sich im Wald nicht zurechtfinden würden. Bis jetzt hatten sie nicht viel Intelligenz gezeigt. Wie ein gehetztes Reh lief die Königin leichtfüßig zwischen den Bäumen hin und her. Die Stimmen der Dämonenmeute klangen immer hektischer, je dichter das Unterholz wurde.

Der Wald war dunkel und geheimnisvoll, doch beschränkte sich Alcuina auf eine Angst. Obwohl die Verfolger leiser wurden, verlangsamte sie nicht ihr Tempo, auch wenn ihre Lungen wie Feuer brannten. Sie überquerte einen Bach, dessen Wasser seltsam langsam floß.

Am anderen Ufer brach sie völlig erschöpft unter einer hohen Pflanze mit dicken, fleischigen Blättern zusammen. Sie kroch so nah wie möglich an den Stamm heran. Sie war ziemlich sicher, daß ihr Vorsprung so groß war, daß niemand gesehen hatte, wo sie sich versteckte. Mit zum Reißen gespannten Nerven lauschte sie, ob die Dämonen nachkamen. Einmal hörte sie ein schlurfendes Geräusch, aber dann nur die Laute, die in diesem Wald offenbar so üblich waren wie die Geräusche in ihren heimischen Wäldern.

Leise Tritte von großen, weichen Füßen rissen sie aus dem Halbschlaf. Sie wußte nicht, wie lange sie beinahe bewußtlos dagelegen hatte. Das Licht wurde schwächer. Alcuina fühlte sich immer noch benommen, ihre Glieder waren schwer wie Blei. Vielleicht war das der nachträgliche Schock. Aus den Blüten des Strauches, unter dem sie Zuflucht gesucht hatte, strömte ein schwerer Duft. Sie wollte die Blüten vor ihrem Gesicht wegschieben, konnte aber die Hand nicht bewegen. Mit wachsendem Grauen stellte sie fest, daß ihr Körper von luftwurzelähnlichen Trieben des Strauches an den Boden geheftet war. Jetzt bot sich auch ihren Augen ein Bild des Schreckens: Unter dem Strauch lagen überall Tierknochen!

So geräuschlos wie möglich kämpfte sie um ihr Leben. Allmählich geben die Pflanzenfesseln nach. Die haarfeinen Wurzeln aus den Trieben hatten sich sogar durch ihr Gewand gebohrt. Beim Abreißen schmerzten sie wie Stiche auf der Haut. Alcuina dankte Ymir, daß die Schritte sie geweckt hatten, ehe die Unheilspflanze sie hatte töten können.

Mühsam riß sie eine Fessel nach der anderen los und kroch hinaus ins Freie. Dann lag sie erschöpft und keuchend auf der Erde.

Die Dunkelheit nahm schnell zu. Langsam wichen die Düfte des Strauches, die ihre Sinne benebelt hatten. Nachdem der letzte Sonnenstrahl vergangen war, herrschte eine Dämmerung, die wie Perlen schimmerte. Was war das nur für ein Ort? Sie hatte vor den Dämonen Angst gehabt, auch vor den Bewohnern oder Tieren der Gegend, aber ihr war nie der Gedanke gekommen, daß sie sich auch vor den Pflanzen in acht nehmen müßte. Jetzt wurde ihr das Ausmaß ihres Alleinseins und der Gefahr, in der sie sich befand, so richtig klar. Niemals zuvor war sie so allein und verloren gewesen! Sie zitterte, nicht nur aufgrund der Kälte. Wohin sollte sie sich wenden? Sie war vollkommen erschöpft, wagte es aber nicht zu schlafen, so sehr es sie auch nach Ruhe verlangte.

Mit zitternden Knien stand sie auf und betrachtete sich. Das pelzbesetzte Gewand war zerfetzt, wo sie die Wurzeln weggerissen hatte, und enthüllte mehr von ihrem schönen Körper als es sich für eine vornehme Dame aus dem Norden ziemte. Die zarte Haut war gerötet und von zahlreichen kleinen Wunden übersät. Wie gut, daß es hier nicht so schrecklich kalt war, dachte sie.

Das Licht wurde stärker, als der Mond über den Baumwipfeln aufgegangen war. Er sah fast wie der Mond aus, den sie kannte, nur viel größer und grünlich. Alcuina war nie weit von daheim weggewesen, war aber ziemlich sicher, daß die Menschen in allen Ländern den Mond sahen.

Von den Dämonen war weit und breit nichts zu hören oder zu riechen. In welche Richtung sollte sie gehen? Sie wählte den bequemsten Weg, der am Ufer des langsam dahinfließenden Baches nach unten führte. Es war still. Nur ab und zu schnellte ein Fisch aus dem Wasser.

Nach einiger Zeit kam ihr etwas an diesem Bach seltsam vor. Sie blieb stehen und warf ein helles Blatt ins Wasser. Tatsächlich, das Wasser floß *bachaufwärts!* Keiner der Leute, die weit in der Welt herumgekommen waren, hatten ihr je berichtet, so etwas gesehen zu haben.

Vor Erschöpfung fast ohnmächtig, stolperte Alcuina weiter, bis sie vom Pfad abkam und gegen einen Baum stieß. Der plötzliche Schlag weckte sie auf. Jetzt war klar, daß sie sich ausruhen mußte. Aber wo war ein sicherer Platz? Sie kam auf eine Lichtung, auf der nichts außer kurzem Gras wuchs. Sie ging in die Mitte, so weit wie möglich von allen Vegetationen entfernt, und legte sich nieder. Die Müdigkeit machte sie gegen Kälte oder andere Unbequemlichkeiten gefühllos. Dankbar ließ sie sich von den dunklen Schwingen des Schlafs umhüllen.

Steif und mit schmerzenden Gliedern erwachte sie. Alles tat weh, und ihr war kalt. Aber sie fühlte sich ausgeruht und hatte wieder einen klaren Kopf. Eine solche Nacht hätte eine vornehme Frau aus zivilisierteren Regionen umgebracht oder zumindest stark geschwächt; aber im kalten Norden waren selbst Königinnen hart wie Stahl.

Alcuina blickte umher und sah zu ihrem Schrecken, daß ein mittelgroßer Baum in ihrer Nähe stand. Als sie sich zum Schlafen niedergelegt hatte, war er noch nicht dagewesen. Jetzt stand er nur wenige Schritte von ihr entfernt auf einem gewaltigen Wurzelballen. Bei genauerem Hinsehen entdeckte sie, daß sich die Wurzeln fast unmerklich langsam fortbewegen. Aus den Ästen hingen lange Dornenranken, über deren Zweck sie sich keinen Illusionen hingab.

Schnell stand sie auf und ging weg von diesem bedrohlichen Baum. Jetzt im Tageslicht sah sie, daß sie am Fuß eines Berges angelangt war. Auf der Flanke erhob sich die riesenhafte Halle, die sie schon erblickt hatte, als sie noch in den Klauen der Dämonen war. Aber das war unmöglich! Damals hatte das Gebäude so weit entfernt gelegen. Und sie konnte auf der Flucht nicht mal einen Bruchteil dieser Entfernung zurückgelegt haben. War es vielleicht eine ähnliche Halle an einem anderen Berg? Sie war aber doch ganz sicher gewesen, daß sie nicht in Richtung Berge gelaufen war, als sie floh. Wieder so ein Rätsel! Doch schob sie es in Gedanken weit fort. Auf alle Fälle hatte sie nicht die Absicht, näher an diese Festung heranzugehen. Sie wirkte so unheilvoll. Alcuina hatte nicht die geringste Lust, den Bewohnern eines solchen Gebäudes zu begegnen.

Die Sonne, die ganz normal aussah, wärmte Alcuina. Sie hatte großen Hunger. Aber was durfte sie essen? Hier, wo Pflanzen sich fortbewegten und lebendige Wesen verschlangen, wußte sie wirklich nicht, welche Dinge giftig waren. Waffen zur Jagd hatte sie nicht, auch keine Erfahrung, wie man Fallen stellte. Zum Fischen fehlten ihr Netze, Schnüre und Haken. Sie konnte viele Entbehrungen ertragen, doch wenn sie heute nichts aß, würde sie schwächer werden. Dann wurde die Nahrungssuche noch schwieriger. Vor allem aber würde sie dann eine leichte Beute sein.

Nach langem ermüdenden Marsch erreichte sie den Fuß des Berges. Da hörte sie hinter sich großen Lärm.

Sie verfluchte ihre Sorglosigkeit, diese große Lichtung geradewegs zu überqueren, statt sich am Waldrand gehalten zu haben. Die Bäume waren vielleicht gefährlich, schienen aber nicht fähig, eine laufende Beute zu fangen. Alcuina lief so schnell sie konnte auf die Bäume auf der anderen Seite der Lichtung zu. Da hörte sie hinter sich Hufschlag. Sie blickte zurück. Ein Tier, etwa so groß wie ein Pferd mit Hörnern wie eine Lyra, galoppierte in Panik heran. Das Fell war braun-weiß gefleckt. Es stürmte direkt auf sie zu. Aber die Königin konnte erkennen, daß die rollenden Augen sie nicht wahrnahmen. Sie wußte, wann ein Tier auf der Flucht vor Jägern war.

Noch ehe sie den schützenden Waldrand erreichte, tauchten die Jäger auf der Lichtung auf. Flucht kam jetzt nicht mehr in Frage. Hocherhobenen Hauptes blickte Alcuina ihnen entgegen. Es schienen Menschen zu sein und die Reittiere Pferde; aber sie war nicht sicher. Die Reiter trugen phantastische, bunte Kostüme aus Leder, Stoff und Federn. Die Gesichter verbargen sich hinter kunstvollen Masken. Auch die Reittiere waren mit Seidenschabracken verhüllt. Dazu trugen sie noch Kopfschmuck aus Geweihen und anderem fremdartigen Zierat. Man sah eigentlich nur die Hufe, die wie Pferdehufe aussahen, aber ebenfalls bunt waren.

Ein Reiter zog einen kurzen Bogen heraus. Dann bohrte sich ein gefiederter Pfeil in die Seite des fliehenden Tieres. Es stolperte und brach nach einigen Schritten vor Alcuinas Füßen zusammen. Die Reiter ritten herbei und umringten sie. Ihre Sprache klang wie Vogelgezwitscher. Einer schien sie anzusprechen.

Alcuina schüttelte den Kopf. »Ich verstehe dich nicht.«

Die Reiter schienen überrascht. Der, der sie angesprochen hatte, trug eine Habichtmaske mit Federn, die er jetzt wie ein Visier hochklappte. Er hatte ein Elfenbeingesicht und Haar wie gesponnenes Silber. Die Augen waren ausdruckslose Silberkugeln, die Haut so hell wie Milch.

»Kommst du aus der Welt der Menschen?« fragte er. Beim Lächeln sah man seine ebenmäßigen weißen Zähne.

»Gibt es denn noch eine andere Welt?« fragte Alcuina.

Diese Fragen fanden sie offenbar wahnsinnig komisch, denn sie lachten schallend. Ihr Lachen war hoch und schrill. Jetzt nahmen auch die anderen die Masken ab. Alle glichen einander so, als seien sie Geschwister. Einige schienen Frauen zu sein, was aber bei der aufwendigen phantasievollen Kleidung nicht leicht zu bestimmen war.

Aus dem Wald liefen kleine, zwergenartige Figuren herbei, denen die Reiter jedoch keine Aufmerksamkeit schenkten. Die Zwerge beachteten Alcuina nicht, sondern machten sich geschickt daran, das erlegte Tier auszunehmen.

»Was für eine Person bist du?« fragte der Anführer.

»Ich bin Alcuina, Königin der Cambrer«, antwortete sie stolz. Wieder lachten alle laut.

»Was sind Cambrer?« erkundigte sich ein anderer.

»Die Cambrer sind meine Leute, mein Volk. Ich weiß weder, in welchem Land ich hier bin, noch wie ich hierher kam, aber ich muß nach Hause zurückkehren. Ich erbitte von euch Gastfreundschaft, bis ich einen Weg zurück finde.« Sie hatte keine Ahnung, wer diese Leute waren; aber die Pferde und die reiche Kleidung wiesen sie als Adlige aus. Die Tugend der Gastfreundschaft zwischen Personen von Rang wurde in allen Ländern geübt, von denen sie je gehört hatte. Daher nahm sie an, daß das auch hier galt.

Die seltsamen Leute zwitscherten miteinander, dann sagte der, welcher anscheinend ihr Anführer war: »Nun gut, du sollst unser Gast sein. Du kannst mit mir reiten.«

»Ich danke euch.« Sie wollte sich hinter ihm aufs Pferd schwingen.

Der Mann war nicht sehr groß und zierlich gebaut, aber übermenschlich stark. Er griff ihr unter die Arme und hob sie so mühelos wie eine Feder vor sich hinauf.

Mit unglaublicher Schnelligkeit hatten die Zwerge das tote Tier zerlegt und trugen jetzt die Teile weg. Einer schleppte das Lyragehörn, ein anderer die Haut. Lediglich die Hufe und die Eingeweide ließen sie zurück.

Die kleine Jagdgesellschaft ritt los, einen breiten Weg bergauf. Alcuina saß kerzengerade und versuchte Haltung zu bewahren. Sie schämte sich ihrer zerfetzten Kleidung, die kaum noch die Blößen verhüllten. Doch gab sie sich keine Mühe, ihre Erscheinung notdürftig zu verbessern, weil sie dadurch nur noch armseliger gewirkt hätte.

»Wer bist du?« fragte sie den Mann, mit dem sie ritt. »Wie heißt euer Volk?«

»Ich bin Hasta. Wir sind Geten, die Herren dieses Schemenlandes.«

Alcuina fand den Namen für ein Land seltsam. »Wie kommt es, daß du meine Sprache sprichst?«

»Viele von uns beherrschen die Sprache der Menschen. Alle, die die großen Künste ausüben, brauchen solche Sprachkenntnisse.« Wie zur Bestätigung zügelte ein anderer Reiter neben ihnen sein Roß. Das Gesicht glich dem Hastas, doch klang die etwas rauhere Stimme weiblich.

»Du scheinst dich in einer Notlage zu befinden, meine Liebe. Im Schloß werde ich dir passendere Kleidung geben.«

»Alcuina«, sagte Hasta, »das ist meine Schwester Sarissa. Sie ist in vielen Künsten eine Meisterin.«

Die beiden lächelten sich an. Alcuina gefiel dies Lächeln ganz und gar nicht; aber sie hatte noch nie solche Gesichter gesehen. Wie sollte sie daher ihren Ausdruck richtig beurteilen?

»Und dies«, erklärte Hasta mit lässiger Handbewegung, »ist unser Heim.«

Alcuina blickte den Bergpfad empor und sah zu ihrer Bestürzung die große Halle, die sie unter allen Umständen hatte umgehen wollen. Sie war aus grünlichschwarzem Gestein errichtet. Man konnte keine Fugen sehen, als sei der Bau aus einem riesigen Steinblock gehauen worden. Türöffnungen und Fenster waren merkwürdig unregelmäßig, ihre Umrisse schienen zu wabern. Alcuina hatte eher das Gefühl, diese Festung sei gewachsen, nicht von menschlichen Händen erbaut.

Sie ritten unter der Oberschwelle eines riesigen Tores hindurch, in das seltsame, beunruhigende Figuren gemeißelt waren. Alcuina wandte schnell die Augen ab. Zwerge eilten herbei und kümmerten sich um die Pferde.

Alcuina hatte einen Burghof erwartet, doch statt dessen waren sie in eine riesige Halle geritten, die nur durch Fensterschlitze hoch oben erleuchtet wurde. Alcuinas gesamte Burganlage hätte leicht Platz gehabt.

Sarissa führte sie eine Treppe hinauf und dann durch eine weite Tür. Der steinerne Sturz ruhte auf den Schultern riesiger Figuren, denen man die Qual ihrer Last auf den gepeinigten Körpern ansah. Das ganze Schloß wirkte mit seiner Größe und Massigkeit bedrückend und unheilverkündend.

Sarissa nahm Alcuinas Hand und führte sie durch Räume mit herrlichen Mosaiken und kostbarer Ausstattung zu einer Holztür, die ebenfalls kunstvolle Schnitzereien aufwies. Ohne menschliche oder zwergische Hilfe öffneten sich die Türflügel.

Sarissa trat ein und begann, ihre bunte Lederkleidung abzulegen. »Komm, dort geht es zum Bad.«

Sie führte Alcuina in einen mit duftendem Nebel gefüllten Raum, in dessen Mitte ein Badeteich war. Wie im ganzen Schloß war es auch hier warm, ohne daß Alcuina ein Feuer hatte entdecken können.

Sarissa hatte die Oberbekleidung abgelegt. Alcuina sah, daß sie trotz der Ähnlichkeit im Gesicht mit ihrem Bruder und den anderen eine echte Frau war. Eindeutig. Sie trug jetzt nur noch eine Art Geschirr aus Riemen und Ringen, an die ihre äußeren Gewänder befestigt waren. Nichts war verhüllt. Im Gegenteil, alle weiblichen Attribute wurden durch die kunstvollen Riemenkonstruktionen noch betont. Sarissas Körper war so üppig, daß Alcuina sich daneben wie eine kleines Mädchen vorkam.

»Nun zieh doch diese Fetzen aus, meine Liebe«, sagte Sarissa und legte auch gleich Hand an, die Gewandreste von Alcuinas bebendem Körper zu ziehen. »Nach einem Bad wirst du dich besser fühlen.«

Zögernd gehorchte Alcuina. Zu Hause hatte sie in einem kleinen Raum gebadet, mit heißen Steinen, Eimern kalten Wassers und harten Bürsten, damit man ordentlich schwitzte. Da alle freien Frauen daheim gemeinsam nackt badeten, störte sie die Anwesenheit Sarissas nicht. Aber die Vorstellung, völlig in Wasser einzutauchen, schien ihr mehr als seltsam.

Sarissa löste die letzten Verschlüsse ihrer Ketten. Jetzt stand sie in stolzer Nacktheit da. Sie schien sich so offensichtlich ihrer weiblichen Formen zu erfreuen, daß Alcuina den Wunsch verspürte, ihr zu zeigen, daß sie auch nicht übel gebaut war; aber eine merkwürdige Angst überfiel sie. Zu ihrer eigenen Überraschung streckte sie nur die zitternde Hand aus. Mit grausamem Lächeln ergriff Sarissa die zarte Hand besitzergreifend und zog Alcuina die Stufen hinunter, die ins Becken führten. Als das warme Wasser Alcuinas Beine umspielte, nahm es alle Schmerzen und Wunden, die die Wurzeln hinterlassen hatten. Ein wohliges Gefühl vertrieb alle anderen Gedanken. Noch nie hatte Alcuina etwas so Angenehmes erlebt. Sie saß auf einer Steinbank, bis zum Kinn im warmen Wasser.

Dann klatschte Sarissa in die Hände. Alcuinas Wohlbehagen wurde auch nicht dadurch beeinträchtigt, daß plötzlich mehrere Männer und Frauen, nur mit seidenen Lendenschurzen bekleidet, mit silbernen und goldenen Tabletts hereinkamen. Ein Mann reichte Alcuina einen Pokal mit rotem Wein. Als er sich herabbeugte, bemerkte sie, daß er einen breiten, schmucklosen Eisenring um den Hals trug, wie man ihn im Norden Leibeigenen umlegte.

»Sind das Leibeigene?« fragte Alcuina verträumt.

»Sklaven«, bestätigte Sarissa. »Spielzeug, das nur zu unserer Bequemlichkeit und unserem Vergnügen dient.«

Alcuina sah, daß der Rücken eines wunderhübschen Mädchens von den roten Striemen einer Auspeitschung bedeckt war. Sie deutete auf das Mädchen. »Sind sie oft widerspenstig?«

Sarissa zuckte mit den Schultern. »Mag sein. Vielleicht wollte sich aber auch nur jemand das Vergnügen des Auspeitschens gönnen.« Sie trank einen Schluck Wein. »Vielleicht war ich es sogar selbst. Ich erinnere mich aber nicht.«

Zu jeder anderen Zeit wäre Alcuina über eine solche Bemerkung entsetzt gewesen, doch jetzt verspürte sie seltsamerweise kaum schwaches Interesse. Sie hob ein Bein aus dem Wasser. Die Haut war zart, die Wunden fast verschwunden. Sie bemerkte nicht das Lächeln der anderen im Raum. Dann aß sie von den Köstlichkeiten, die man ihr anbot, bis der erste Hunger gestillt war. Die ganze Welt schimmerte rosa. Nie zuvor hatte sie sich so himmlisch gefühlt.

Die beiden Frauen verließen das Bad. Sklavinnen mit dicken flauschigen Tüchern trockneten sie ab. Von solchem Luxus hatte Alcuina nicht mal geträumt. Ihr schien das die einzig richtige Art und Lebensweise für eine Königin zu sein. Wie hatte sie nur so lange ohne diese Annehmlichkeiten leben können? Noch nackt gingen sie in Sarissas Schlafgemach. Das Bett darin war größer als der Raum, in dem Alcuina mit zwei Dienerinnen schlief.

»Nun wollen wir dich mal ordentlich ankleiden«, sagte Sarissa.

Sie ließ einen Redeschwall los, den Alcuina nicht verstand. Sklaven liefen herbei und öffneten Schatullen und Truhen, aus denen sie Juwelen, Seidenschals und Schminkutensilien holten.

Unter Sarissas Aufsicht wurde Alcuina geschmückt und geschminkt, die Nägel lackiert, die Lippen rot gefärbt. Man hängte ihr Ketten um den Hals, um die Arme und um die Knöchel. Die Kette um die Mitte war mit kostbaren Edelsteinen besetzt. Alles war viel kostbarer und feiner gearbeitet als der schwere Schmuck, den sie aus dem Norden kannte.

»Da, sieh selbst, meine Liebe«, sagte Sarissa und führte sie, selbst immer noch nackt, vor einen hohen Spiegel.

Alcuinas Augen wurden groß, als sie die Verwandlung ihres Äußeren erblickte.

Der kostbare Schmuck und die Schminke betonten ihre Schönheit außerordentlich. Dennoch fehlte irgend etwas. Wie im Traum nahm sie war, daß ihr Körper bis auf die vielen Ketten und den großen Rubin im Nabel völlig nackt war. Der Schmuck schien eigens dazu gemacht, ihre vollen Brüste und die anderen Körperrundungen hervorzuheben und einzurahmen. Sie wirkte nackter als ohne Kleidung. Jeder Zoll ihres Körpers stellte eine schamlose Herausforderung dar.

»Bekomme ich auch noch ein Gewand?« fragte Alcuina schüchtern.

»Nicht nötig«, entgegnete Sarissa. »Jetzt fehlt nur noch ein Gegenstand.«

Sie nahm einem Sklaven etwas aus der Hand und befestigte es um Alcuinas Hals. Die Reaktionen Alcuinas waren so langsam geworden, daß es geraume Zeit dauerte, ehe sich ihre Augen weiteten und sie zu ihrem Entsetzen das breite Eisenband gewahrte, das um ihren schlanken weißen Hals gelegt worden war.

»Mein neues Spielzeug«, gurrte Sarissa.

7

DER HÖLLENSKORPION

»Woher weißt du in diesem verfluchten Land, daß die Richtung stimmt?« wollte Conan wissen. Drei Tage wanderten er und der alte Mann nun schon durch das Land der Schemen. Das sich ständig verändernde Gelände, die verfließenden Formen hatten den Cimmerier völlig durcheinandergebracht.

»Die erste Lektion in diesem Land lautet: Traue niemals dem Zeugnis deiner Sinnesorgane!« erklärte Rerin. »Hier sagen mir die Stimmen der Bäume und der Tiere, wo wir sind und wohin wir gehen müssen.«

»Ich würde *diesen* Bäumen nicht mal glauben, wenn sie mir sagen, wie ich heiße, selbst wenn ich ihre Sprache verstünde!« Mißmutig schlug Conan mit dem Schwert einen Ast ab. »Bäume, die Menschen fressen, kann man nicht trauen!«

Rerin lachte, was nur selten vorkam. »Ist es denn so außergewöhnlich, wenn Pflanzen Menschen fressen? Schließlich essen die Menschen in der Welt, aus der wir kommen, Pflanzen. Warum sollten die grünen Dinger nicht mal den Spieß umdrehen?«

»Es ist einfach unnatürlich!« erklärte Conan. »Menschenfressende Tiere lasse ich gelten. Ich bin auch schon Kannibalen begegnet; aber Pflanzen sollten fest im Boden verwurzelt sein und nicht auf der Jagd nach Opfern herumlaufen.« Die beiden hatten schlaflose Nächte verbracht, um der bedrohlichen Flora dieses Landes der wechselnden Formen zu entkommen.

»Die Tiere hier sind noch schlimmer«, sagte Rerin. »Ich wundere mich, daß wir so wenige gesehen haben.«

Conan knurrte der Magen. »Ich wünschte, wir würden bald welche sehen. Ich habe weder Speer noch Bogen, bin aber hungrig genug, ein Reh mit blankem Schwert zu fangen.«

Bei dem milden Klima hatte Conan alles bis auf seine Wolfpelztunika und die Beinkleider ausgezogen und die anderen Sachen in seinen Umhang gewickelt, den er auf dem Rücken trug. Schwert und Dolch hingen am Gürtel.

Sie gingen in Richtung Sonnenuntergang, was auch immer das in diesem Land bedeutete. Sie kamen an eine tiefe Schlucht, die ein Fluß gegraben hatte. Sein

Wasser floß bergauf. Das hatten sie schon mehrmals gesehen. Einmal waren sie an einen Fluß gekommen, bei dem das Wasser an einem Ufer nach oben und am anderen in entgegengesetzter Richtung strömte. Conan hatte schon viele seltsame Regionen durchstreift, aber diese hier war die ungewöhnlichste.

»Sei still!« zischte Rerin.

Conan gehorchte. Er lauschte angestrengt. Etwas schob sich kratzend dahin. Sein scharfes Auge entdeckte eine Bewegung über dem Hügel, den sie soeben überquert hatten. Es sah aus wie ein geschuppter Rükken, der sich über das Land schob. Der Körper des Biestes war hinter dem Hügel verborgen. Es mußte aber fast eine halbe Meile lang sein.

»Crom!« sagte er, als das Ding verschwunden war. »Was war das? Ausgesehen hat es wie der Urvater aller Kriechtiere!«

Rerin schüttelte den Kopf. »Ich weiß es nicht genau, aber ich glaube nicht, daß dies ein einheimisches Tier ist. Ich wage gar nicht mir auszumalen, was oder wer es herbeirief.«

»Da haben wir aber Glück gehabt, daß wir in diese Schlucht gekommen sind«, sagte Conan. »Wären wir langsamer gegangen, hätte es uns vielleicht gesehen, falls es Augen hat. Wenn es noch mehr von der Sorte gibt, sieht es vielleicht böse aus.«

»*Vielleicht?*« sagte Rerin. »Wir befinden uns in Todesgefahr, seit wir die Welt der Menschen verlassen haben!«

Aus einem Gebüsch schob sich raschelnd ein Tier. Es sah aus wie ein Schwein, mit spitzer Schnauze und kleinen Beinen mit Hufen. Kurzsichtig blinzelte es die Männer an. Die Nüstern blähten sich, als es den ungewohnten Geruch einsog. In diesem Augenblick hob Conan einen Stein auf und warf ihn blitzschnell. Das Tier wurde zwischen die Augen getroffen und brach tot zusammen.

Conan grinste. »Da ist unser Abendessen!« Er zog seinen Dolch und ging auf das Tier zu.

»Du bist mit einem Stein ebenso geschickt wie mit dem Schwert«, bemerkte Rerin.

Conan zerlegte das ›Schwein‹. »Cimmerische Burschen müssen für ihr Essen weitgehend selbst sorgen, sobald sie laufen gelernt haben. Ich habe viele Nächte in der Kälte auf einem Bergabhang hungrig verbracht und das Vieh des Clans bewacht. Wehe dem Hasen oder der Bergziege, die in diesen mageren Zeiten in die Reichweite meines Wurfarms gerieten. Mit einer Schleuder bin ich besser, aber zur Not tut's auch ein Stein.«

»Das habe ich gesehen. Jetzt werde ich Feuer machen, obwohl das unerwünschte Aufmerksamkeit auf uns lenken könnte.«

»Lieber kämpfe ich, als zu verhungern«, erklärte Conan. »Aber ich möchte sowieso mit den Bewohnern dieses Landes sprechen. Laß sie ruhig kommen!«

Bald brutzelte der »Schweinebraten« über den Flammen. Conan schnitt die schon durchgebratenen Außenstücke ab und stopfte sie in den Mund, um seinen Heißhunger zu stillen. Rerin aß weniger gierig, verdrückte aber auch eine recht große Portion Fleisch. Immer wieder stand Conan auf und schlug mit dem Schwert eine Ranke ab, die vom nächsten Baum auf sie zukroch.

»Obwohl es ein Tier aus diesem Dämonenland ist«, meinte Conan schmatzend, »schmeckt es doch wie das beste Wildschwein im Land der Menschen.«

»Bete, daß uns noch mehr so gut bekommt«, sagte Rerin düster.

»Kopf hoch, Zauberer! Wir leben, wir sind frei und wir sind der Frau auf der Spur, der wir beide Treue geschworen haben. Es gibt Schlimmeres.« Er nahm einen Stein und schleuderte ihn auf einen Busch, dessen Aussehen ihn störte. »Wir könnten tot sein oder in Ketten liegen.«

»Ich bewundere deine Fähigkeit, mitten in einer unsicheren Situation so ruhig zu bleiben, junger Mann.«

Conan zuckte mit den Schultern. »Ich fand es nie sinnvoll, sich Sorgen zu machen, ehe etwas wirklich geschah. Wenn Gefahr droht, kann ich kämpfen oder weglaufen; aber ehe sie da ist, kann ich nicht viel machen. Ergibt das Sinn?«

Rerin seufzte. »Na ja, irgendwie schon.« Er starrte in die Flammen. Sein Gesichtsausdruck wurde leer. Conan wußte, daß dies hieß, der Alte war im Trancezustand. Der Cimmerier widmete sich in Ruhe der Nahrungsaufnahme, bis Rerin wieder erwachen würde.

Nach wenigen Minuten blinzelte der Zauberer und nahm seine Umgebung wieder war.

»Na und?« fragte Conan begierig. »Weißt du jetzt, wo Alcuina ist?«

»Sie befindet sich in irgendeiner Gefahr; aber nicht in Todesgefahr. Niemand will sie töten.«

»He! Was soll das heißen? Entweder sie ist in Gefahr oder nicht.«

»Das wurde mir nicht ganz klar. Soweit ich sehen konnte, ist sie ihren Entführern entflohen. Sie suchen nach ihr. Aber sie ist anderen in die Hände gefallen. Und die meinen es auch nicht gut mit ihr.«

»Das überrascht mich wirklich nicht in diesem verfluchten Land«, sagte Conan. »Weißt du, wo sie ist?«

»Es hing ein Schleier zwischen mir und ihrem Aufenthaltsort. Ich fürchte, sie ist an Leute geraten, die sich auf Zauberei verstehen, und auf keiner niedrigen Stufe. Doch ehe ich von ihr getrennt wurde, sah ich ein großes Gebäude, wie ein Schloß. Ich glaube, daß sie dort ist.«

»Ein Schloß«, meinte Conan. »Ich hatte es schon öfter mit Schlössern zu tun, ebenso wie mit Grenzfestungen, Schatzkammern und Tempeln. Jede von Menschen erbaute Festung kann geknackt und ihrer Schätze beraubt werden.«

»Du magst darin viel Erfahrung haben«, sagte Rerin. »Doch fürchte ich, daß dieser Bau nicht von Menschenhand stammt.«

»Das ist übel. Dazu noch das, was du über die Zauberei dort gesagt hast. Aber wir müssen alles versuchen.« Er warf einen Knochen über die Schulter. Man hörte, wie sich etwas darüber hermachte. Conan legte sich schlafen. Als Kopfkissen diente ihm sein Brustpanzer, als Decke sein Wolfsfellumhang. »Du übernimmst die erste Wache. Halt uns das Grünzeug vom Leibe.« Mit der Hand am Schwertgriff schnarchte er kurz darauf.

Rerin schloß die Augen und hob die Hände im Gebet. »Vater Ymir, im Interesse der Menschheit danke ich dir, daß du nicht viele wie ihn geschaffen hast; aber im Namen Alcuinas und in meinem eigenen danke ich dir, daß du ihn uns schicktest.«

Hoch oben im Turm des Schlosses stand Hasta in einem Gemach voll seltsamer Geräte über einem Kohlenbekken. Der Raum war erfüllt von merkwürdigen Tierlauten und Gerüchen. Hasta sog tief die Dämpfe ein, die aus den auf der Glut verdörrenden Blütenblättern aufstiegen. Seine Silberaugen enthüllten keinerlei Regung, nur sein Körper zuckte krampfartig. Der Spiegel, vor dem er stand, zeigte nicht seine zuckende Gestalt, sondern Wirbel aus vielfarbenen Rauchwolken. Ein Strom unverständlicher, nicht menschlicher Laute ergoß sich aus seinen Lippen.

Leise öffnete sich die Tür. Sarissa trat herein. Sie trug

jetzt ein Gewand mit Kapuze aus durchsichtigem Stoff, das ihre üppigen Formen mehr betonte als verhüllte. Sie wartete schweigend, um ihren Bruder in seiner Trance nicht zu unterbrechen. Auch sie verfügte über gewisse Kräfte, doch halfen sie ihr nicht gegen die grausamen und peinvollen Maßnahmen, mit denen Hasta sein Mißfallen auszudrücken pflegte.

Sie war ihres neuen Spielzeugs überdrüssig geworden, das jetzt schluchzend und erschöpft in einer Ecke saß. Außerdem hatte Sarissa gespürt, daß ein wichtiger Zauberspruch im Schloß angewendet wurde. So wie irdische Wesen sofort die Stimme eines geliebten Menschen erkennen, fühlte Sarissa die Schwingungen eines Zauberspruchs ihres Bruders. Sie beschloß, nachzusehen. Sie und ihr ganzes Volk litten am meisten unter der Last der Langeweile. Daher verwendeten alle viel Zeit darauf, neuen Zeitvertreib zu suchen. Sarissa wußte, daß der Zauber ihres Bruders irgendwie neu war, und erhoffte sich Aufheiterung.

Hasta schüttelte sich und verließ seinen durch Drogen verstärkten Trancezustand. Er bemerkte Sarissas Anwesenheit. Sie trat zu ihm und legte liebevoll die Arme von hinten um ihn, so daß ihr Kinn auf seiner Schulter ruhte. »Was hast du herausgefunden, Brüderlein?«

»Unsere neue Sklavin ist Gegenstand ausgedehnter Suche, Schwester. Es scheint, daß irgendein törichter Zauberer aus der Menschenwelt Ereignisse in Gang gesetzt hat, die beide Welten zerstören könnten.«

»Wie faszinierend! Alles wegen meines neuen Schätzchens? Ist sie wirklich eine Königin, wie sie behauptet?«

»Ja. Zumindest nach dem Verständnis der Menschen. Allerdings auch dort nur eine kleine, unbedeutende Königin. Und — ist sie ein bißchen interessant für dich?«

»Einfach bezaubernd! Sie ist so hochmütig, daß du es kaum glauben würdest, selbst wenn sie sich meinem Willen beugen muß. Sie zu brechen, wird eine reizvollere Aufgabe sein, als ein Wildpferd zuzureiten. Bereits jetzt hat mir das Ganze ... Spaß gemacht.«

»Ich werde sie mal selbst ausprobieren«, sagte Hasta, ohne sich weiter seinen Zauberkünsten zu widmen.

»Aber wer sucht nach ihr? Wir könnten doch Leute aussenden und einen herrlichen Hinterhalt legen!« Die Aussicht auf Gewalt war den Schloßbewohnern immer willkommen.

Hasta zeigte auf den Spiegel, in dem sich Gestalten formten. »Diese Knechte des Lords des Dämonenlands hatten sie gefaßt, verloren sie dann aber wieder.« Sie sahen die grauen halbmenschlichen Gestalten auf der Suche im Wald. Sie hielten beim Laufen die Schnäbel dicht am Boden, als wollten sie die Spur erschnüffeln.

»Bloß die?« Sarissa war enttäuscht. »Diese Biester sind zu dumm, um interessant zu sein. Kein Wunder, daß sie denen entflohen ist.«

»Ich glaube, der Dämonenlord wird einen seiner Jäger aussenden«, versicherte ihr Hasta. »Das verspricht, interessanter zu werden. Und dann gibt es noch andere.« Das Bild veränderte sich. Sie sahen einen alten und einen jungen Mann über eine Wiese gehen. »Der Alte ist ein Zauberer aus der Menschenwelt. Wie die Königin spielt auch er in dieser Welt nur eine untergeordnete Rolle.«

»Aber was ist mit dem anderen?« Sarissa war jetzt ganz Auge und Ohr. »Ein Geschöpf wie dieses sieht man selten!«

»Soweit ich aus der Entfernung feststellen konnte, handelt es sich um einen echten Helden«, erklärte Hasta schulmeisterlich. »Warum er nach ihr sucht, kann ich nicht herauslesen. Vielleicht spielt da ein Gefühl mit, für das es in unserer Welt keine Entsprechung gibt.«

»Wären die beiden nicht ein prächtiges Paar!« rief Sarissa. »Eine Königin und ein Held! Wir hätten das einzige Paar in unserer Sammlung, das zusammengehört!«

»Vielleicht«, sagte Hasta skeptisch. »Aber unsere Daten sind unvollständig. Zuerst sollte man noch mehr testen.«

»Aber selbstverständlich!« rief Sarissa. »Was schicken wir raus?«

»Darüber habe ich schon nachgedacht. Wie wäre es mit einem Höllenskorpion?«

»Natürlich, genau richtig!« stimmte sie ihm begeistert zu. »Wenn er das überlebt, ist er wirklich ein Held.«

»Dann hilf mir beim Ritual.«

Die nächsten Stunden widmeten sich die beiden den umfangreichen Ritualen, die nötig waren, um ein Geschöpf aus den entferntesten Winkeln ihrer Welt herbeizurufen. Dabei kam es zwischen ihnen zu Handlungen, die man als abgrundtiefe Scheußlichkeiten bezeichnen würde, wenn zwei Menschen sie ausführen würden. Doch hier hielt man sie für recht und normal, für eine Quelle der Kraft.

Rerin und Conan stapften über ein offenes Feld auf die Berge zu, als sie plötzlicher Schwindel überfiel, so daß sie die Orientierung verloren. Es war wie eine Mischung aus einem tiefen Fall und der Erschütterung bei einem Erdbeben. Als alles vorbei war, standen sie aber wieder auf demselben Platz wie vorher. Sie machten das nicht zum ersten Mal mit. Im Land der Schemen gab es das oft.

»Und was hat sich verändert?« fragte Conan wütend. »Versperrt uns irgend etwas den Weg?«

»Ich fürchte, ja.« Rerin deutete auf einen tiefen Riß in dem Hügel vor ihnen. Dieser Spalt war der Eingang zu einer großen Höhle. In diesem Land behielt nichts lange seine Form oder blieb am selben Ort. Alles glitt schemenhaft dahin.

»Das gefällt mir ganz und gar nicht«, sagte Conan. Er holte aus seinem Bündel den Brustharnisch und legte ihn an. Entschlossen zog er den Kinnriemen des Helms fest. »Laß uns einen weiten Bogen um diese Höhle machen. Die sieht wie die Behausung eines Dämons aus.«

»Da stimme ich dir bei«, sagte Rerin. »Dieser Spalt hat sich zu einladend vor uns aufgetan. Ich fürchte, eine feindliche Macht interessiert sich jetzt für uns.«

Ohne den bedrohlichen Höhleneingang aus den Augen zu lassen, machten sie einen weiten Bogen darum. Gerade waren sie vorbei und glaubten sich in Sicherheit, als der Angriff erfolgte. Mit unartikuliertem Schrei packte Rerin den Cimmerier an der Schulter und zeigte voll Entsetzen zurück. Im Höhleneingang tauchte ein Wesen auf, das ein glatter Alptraum war.

»Crom!« stieß Conan mit erstickter Stimme aus.

Das Geschöpf war so groß wie ein Elefant. Es stand auf vielen, vielen Beinen. Der Rücken wurde von einem Hornpanzer wie der einer Schildkröte geschützt. Vorne endeten die kräftigen Arme in riesigen Scheren. Das Hinterteil verzweigte sich zu mehreren schlangenähnlichen Fortsätzen, die wie ein Büschel steil nach oben gestellt waren. Zwischen den Scheren vorn saß ein winziger Kopf mit zwei Fühlern, die wie Antennen mit Eigenleben sich bewegten.

Die beiden Männer standen wie angegossen da. Sie wußten, daß die kleinste Bewegung ihren Standort preisgeben würde. Ganz gleich, welche übersinnliche Fähigkeiten dieses Ungeheuer besaß, normale Sehfähigkeit schien nicht dazuzuzählen. Einige Herzschläge lang blieb die Situation unverändert. Dann kreisten die Antennen nicht mehr ziellos herum, sondern richteten sich direkt auf sie. Langsam schob sich das Monster auf die beiden zu.

»Ich glaube, es ist Zeit wegzurennen«, sagte Rerin mit erstickter, gar nicht einem Magier entsprechender Stimme. Und das tat er auch. Jeder Beobachter wäre erstaunt gewesen, wie hurtig diese dürren Beinchen mit den weiten Sprüngen des Cimmeriers mithielten.

Conan rannte um sein Leben; dennoch kamen die bedrohlichen Geräusche hinter ihm immer näher. Aber dieses plumpe Ungeheuer konnte doch nicht so schnell sein wie ein Cimmerier aus den Bergen! Er blickte über die Schulter zurück und sah zu seinem Entsetzen, daß das Biest mit seinen vielen Beinen sich schneller fortbewegen konnte als jeder Mensch.

Da fällte Conan eine plötzliche Entscheidung, wie es für ihn so charakteristisch war. Abrupt blieb er stehen und wirbelte mit gezücktem Schwert herum. Nicht daß er glaubte, gegen dieses Ungeheuer eine echte Chance zu haben! Er hatte aber blitzschnell überlegt, daß jedes Weiterlaufen seine Kräfte schwächen würde. Da wollte er lieber gleich kämpfen. In der Ferne hörte er noch Rerins Schritte. Dann blieb ihm keine Zeit mehr für weitere Überlegungen.

Das Ungeheuer krümmte den riesigen Leib, als es sich zu ihm herunterbeugte. Wie immer arbeitete der Teil von Conans Gehirn, der seine Kampfstärke dirigierte, mit Lichtgeschwindigkeit und vermerkte alle Schwächen und Stärken des Gegners.

Von ersteren gab es enttäuschend wenige. Der gepanzerte Leib sah so unbezwinglich aus wie die Mauern einer Festung. Der winzige Kopf mit den beiden lebenswichtigen Fühlern wurde von den kräftigen Vorderbeinen mit den mächtigen Scheren geschützt. Wie verwundbar die Schlangenschwänze waren, konnte Conan noch nicht beurteilen. Blieben noch die Beine. Sie waren relativ dünn und gegliedert. All dies überlegte Conan blitzschnell. Dann griff er an.

Er lief direkt auf das Monster zu, das mit den schrecklichen Scheren nach ihm griff. Nicht viele Menschen verfügten über die Körperbeherrschung und das Zeitgefühl Conans, sich so präzise im letzten Augenblick seitwärts zu werfen, ehe die Scheren seinen Brustharnisch erreichten. Er rollte herum und befand sich jetzt an der Flanke des Tieres. Mit beiden Händen packte er das Schwert und schlug mit aller Kraft gegen ein Bein des Ungeheuers. Das Bein wirkte zwar gegen den Riesenleib schmächtig, war aber doch gut so dick wie der Oberschenkel eines Mannes und von einem Chitinpanzer geschützt.

Es gelang Conan, zwei Beine an den Gelenken durchzutrennen, ehe er sich wieder durch eine Rolle in Sicherheit bringen mußte. Tollkühn wiederholte er diesen Angriff und schlug ein weiteres Bein ab, ehe er einer plötzlichen Eingebung folgend nach oben blickte. Einer der Schlangenschwänze zuckte von oben auf ihn herab. Am Ende war eine Art durchsichtiger Blase mit einem Fangzahn, aus dem eine grüne, schleimige Flüssigkeit tropfte. Gerade noch konnte der Cimmerier wieder wegrollen, als die Schwanzspitze die Stelle traf, wo er soeben noch gestanden hatte. Stinkender Rauch stieg aus dem Gras auf, als die Flüssigkeit aufspritzte.

Jetzt rannte Conan weg. Das Ungeheuer hinterher. Dankbar stellte er fest, daß es sich nicht mehr ganz so schnell bewegte. Dadurch gewann er Zeit, sich auf den nächsten Angriff vorzubereiten. Ihm war klar, daß es lange dauern würde, bis er so viele Beine abgeschlagen hatte, daß das Untier kampfunfähig war. Aber es blieb ihm keine Wahl. Er wiederholte die erste Taktik, verstümmelte zwei weitere Beine und wich dem Giftschwanz aus. Aber diesmal stieß das Monster mit drei Schwänzen zu. Conan verdankte seine Rettung dabei mehr dem Zufall als seiner Schnelligkeit. Das Ungeheuer hatte die Taktik des Cimmeriers registriert und darauf reagiert. Offensichtlich verfügte es über eine Art Intelligenz. Jetzt mußte Conan seine Taktik ändern.

Wieder stürmte er gegen das Biest mit dem Schwert in beiden Händen an. Jetzt wartete es mit ausgestreckten Scherenarmen, um ihn zu packen, wenn er sich nach der einen oder anderen Seite abrollte. Doch diesmal hielt der Cimmerier direkt auf den kleinen Kopf zu, versetzte ihm einen Schlag und rollte von vorn unter den riesigen Leib, um wieder auf die Beine einzuhakken. Er nahm sich immer die Beine auf einer Seite vor, da er dadurch nur halb so viele Beine vernichten mußte, um das Biest zu lähmen. Wieder sausten die Schwänze auf ihn nieder. Doch war er schon in Sicherheit, als die giftigen Dämpfe vom Boden aufstiegen.

Wieder lief er weg. Jetzt folgte ihm das Untier schon sehr viel langsamer. Es neigte sich auch etwas auf die verwundete Seite. So weit, so gut! Aber was sollte er als nächstes tun? Wenn das Ding über Lernfähigkeit verfügte, würde es jetzt auf die Tricks vorbereitet sein, die er bisher angewandt hatte, und kontern. Conan stand vor einem komplizierten Rätsel und hatte schrecklich wenig Zeit, es zu lösen.

Eine Möglichkeit hatte er noch nicht ausgeschöpft. Nützen würde sie ihm nicht viel; aber er gewann vielleicht etwas Zeit. Diesmal wartete er, bis eine der Scheren nach ihm griff. Blitzschnell sprang er darauf und schnellte auf den Rücken des Ungeheuers. Ein Probeschlag bestätigte ihm, daß der Panzer so undurchdringlich wie Stahl war. Außerdem war der Rückenschild sehr rutschig. Die Schwanzenden konnten ihn nicht erreichen, aber er befürchtete, den sicheren Halt zu verlieren und nach hinten zu gleiten. Schnell sprang er seitwärts ab, um noch ein paar Beine abzuhacken.

Beim Aufsprung stolperte er über einen Stein und fiel flach auf den Rücken. Ehe er aufstehen konnte, sauste eine Schwanzspitze wie ein Meteor auf ihn nieder und traf seinen Brustharnisch. Der beißende Gestank der sich auflösenden Bronze stieg ihm in die Nase. Und schon zielte der nächste Schwanz auf sein Gesicht. Selbst seine blitzschnellen Reflexe waren zu langsam, um ihn zu retten. Doch da schlug etwas die giftstrotzende Spitze beiseite. Ein feiner Sprühregen benetzte sein Gesicht. Es brannte wie Feuer, brachte ihn aber nicht um. Jetzt sprang er schnell auf die Beine und rannte mit letzter Kraft zu Rerin. Der Alte stand nicht weit entfernt.

Nachdem beide ein Stück gelaufen waren, blieben sie stehen und schauten zurück zu dem Ungeheuer. Es folgte ihnen noch immer unbeirrt, trotz der schweren Wunden.

»Ich bin froh, daß du mit deinem Stab mehr machen kannst, als dich nur draufzustützen, Alter«, sagte Conan.

»Zieh schnell den Harnisch aus«, sagte Rerin. »Das Gift hat sich schon fast durchgefressen und greift gleich deine Haut an.«

Conan hielt sich nicht mit den Verschlüssen auf, sondern schnitt gleich mit dem Dolch die Riemen durch. Rauchend lag das schöne Stück am Boden und löste sich immer mehr auf, je weiter sich das Gift fraß. Conan hätte sich gern die Stellen abgewischt, wo ihn Giftspritzer getroffen hatten. Aber dazu blieb ihm keine Zeit. Der Schmerz war erträglich. Was soll's! Da kamen eben ein paar neue Narben zu den vielen, die er schon hatte! Wieder griff das Monster an.

»Wenn es Augen hätte«, meinte Conan, »könnte ich durch sie ins Gehirn vorstoßen.«

»Es hat kein Gehirn, wie wir es uns vorstellen«, erklärte Rerin. »Seine Fühler dienen als Augen und Ohren. Wenn du diese außer Gefecht setzen könntest, hättest du die Möglichkeit, es in Muße zu töten.«

Das Ungetüm war schon dicht vor ihnen. »Hast du einen Zauber, der mir hilft, Alter?«

»Nein.«

»Na, macht auch nichts!« sagte Conan.

Um an einen Fühler zu kommen, mußte er den Kopf erreichen. Das hatte er schon einmal geschafft: aber jetzt war das Ding gewarnt. Außer den Fühlern besaß der Kopf unten noch Kiefer, mit denen das Ungeheuer fraß. Da er mit eigener Kraft nicht auf den Kopf gelangen konnte, überlegte Conan, wie er das Ding dazu bringen könne, ihn hinaufzubefördern.

Das Monster griff diesmal nicht einfach nach Conan, sondern drehte und wendete sich, um ihn zwischen Scheren und Schwänzen in die Enge zu treiben, um ihn dann zu packen, ohne daß er vorher an die Beine gelangte. Der Cimmerier wich einem Peitschenschlag der Schwänze aus, sprang blitzschnell wieder auf eine Schere und hielt sich an einem Gelenk daran fest. Jetzt hatte er Angst, daß das Biest ihn zu den Giftschwänzen schleudern könnte. Doch zu seiner Erleichterung landete er bei den Kiefern.

Sobald der eine Fühler in Reichweite seines Schwertes kam, schlug er zu. Ein Zittern ging durch den riesigen Leib. Wieder schlug er zu und trennte den Fühler am Ansatz vom Kopf. Das Ungeheuer verfiel in wilde Zuckungen. Conan sprang herunter. Jetzt versuchte das Ding, ihn ungeschickt mit der anderen Schere zu pakken. Mühelos wich er aus, sprang nochmals empor und schlug mit einem gewaltigen Hieb auch den zweiten Fühler ab.

Dann stieß er sich ab, sprang herunter und lief davon. Das Ungeheuer stieß hinter ihm quiekende Geräusche aus, doch blieb der Cimmerier nicht stehen, bis er wieder beim Zauberer war. Erst jetzt drehte er sich um. Der riesige Leib des Ungeheuers lag zuckend im Gras. Rauch stieg auf, als das ätzende Gift den Körper auffraß. Bald war nur noch ein rauchendes Häufchen von dieser schreckeneinflößenden Kreatur übrig.

»Das war kein natürliches Geschöpf dieses Landes«, erklärte Rerin. »Sobald der lebeneinflößende Teil vernichtet ist, hält nichts mehr die Masse zusammen, und es löst sich in Rauch auf.«

Der alte Mann keuchte. Auch Conan war etwas außer Atem geraten. »Das war verdammt tapfer von dir, Alter, daß du den todbringenden Stachel mit deinem Stab beiseite geschlagen hast. Ohne dich wäre ich glatt tot gewesen. Dafür danke ich dir. Es schlägt ein tapferes Herz in deinem alten Kadaver, Zauberer.«

»Das Kompliment nehme ich dankend an«, sagte Rerin lächelnd, »in dem Sinne, wie du es gemeint hast.«

Conan untersuchte seine Schwertklinge, ob das flüssige Gift irgendwelchen Schaden angerichtet hatte. Zu seiner Freude konnte er nichts entdecken. Er steckte es wieder in die Scheide und suchte seine anderen Sachen zusammen.

Begeistert wandte sich Sarissa vom Spiegel ab. »War das nicht wundervoll? Von einem solchen Mann habe ich bisher nur geträumt! Ein echter Held! Wie fangen wir ihn ein?«

»Da gibt es viele Möglichkeiten, Schwesterchen«, sagte Hasta lächelnd. »Aber warum sollen wir uns die Mühe machen? Da sie nach unserer Sklavenkönigin suchen, werden sie von ganz allein zu uns kommen. Neugierig bin ich, wie er sie wegholen will.«

Sarissa lächelte in freudiger Erwartung.

8

DAS SCHLOSS DER GIGANTEN

Am fünften Tag im Lande der Dämonen begegneten sie dem anderen Suchtrupp. Conan hob warnend die Hand. Sofort blieb Rerin stehen. Der alte Zauberer hatte zwar nichts gehört, kannte aber inzwischen die übernatürlich scharfen Ohren des Barbaren.

»Jemand versucht sich anzuschleichen«, flüsterte Conan. »Aber sie sind selten ungeschickt.«

»Menschen oder andere Wesen?«

»Sie gehen auf zwei Beinen, falls das hier etwas zu bedeuten hat. Es sind ziemlich viele.«

»Zu viele?«

»Das werden wir wissen, wenn ich ihren Mut auf die Probe gestellt habe.« Conan lockerte das Schwert in der Scheide.

Dann wählte er eine kleine Lichtung, um die möglichen Feinde zu erwarten. Die letzten beiden Tage waren sie durch Wälder gewandert, wo Bäume und Büsche es vorzogen, die Wurzeln ordnungsgemäß im Boden stekken zu lassen. Das hatte den beiden zumindest nachts erholsamen Schlaf beschert.

Am Waldrand tauchten schemenhafte Gestalten auf. Sie ähnelten Menschen, waren aber keine. Dazu hatten sie zu viele Finger, und die Ohren waren lang und spitz. Die ausgemergelten grauen Körper bewegten sich ängstlich. Conans Schwert zischte aus der Scheide, als sie näher kamen.

»Das ist weit genug«, rief er. »Was wollt ihr?«

»Wir wollen die Frau«, zischte einer. Seine Zunge konnte zwar die Laute der menschlichen Sprache nicht formen, trotzdem verstand ihn Conan. »Die Frau aus der Welt der Menschen. Unser Herr will sie haben. Wenn ihr sie habt, übergebt sie uns, sonst müßt ihr sterben!«

Conan grinste grimmig. »Wir wollen sie auch haben. Ihr seid doch die, die sie entführt haben. Wie ist sie euch denn entwischt?«

Der Dämon, der zuvor gesprochen hatte, zischte nur wutentbrannt. Conan hörte, wie Rerin Zaubersprüche murmelte. Die grauen Dämonen waren etwa zu zwölft; aber sie waren nicht sehr groß und sahen auch nicht besonders stark aus. Keiner schien bewaffnet zu sein. Urplötzlich machte der Anführer eine komplizierte Handbewegung und zischte etwas, das Conan für einen Zauberspruch hielt.

Er wollte ihm gerade den Schädel spalten, als Rerin, den Stab in Schulterhöhe ausgestreckt, vortrat und auch einen Zauberspruch murmelte. Der Dämon schlug die Arme vors Gesicht, als blende ihn ein Licht, und wich zurück.

»Hättest du ihn während des Zauberspruchs getötet«, sagte Rerin, »wäre die volle Kraft des Zaubers über dich gekommen. Du wärst auf der Stelle verfault.«

Der Anführer der Grauen zischte einen Befehl, worauf die Dämonen zurück in den Wald flohen.

Ehe er verschwand, drehte sich der Anführer nochmals um und drohte: »Wir werden euch und die Frau doch bekommen. Ein Jäger wird kommen!« Dann war er weg.

»Das klingt nicht gut«, sagte Conan, als er das Schwert zurück in die Scheide steckte. »Wer ist ihr Herr?«

»Zweifellos einer der Mächtigen der Dämonenwelt«, erklärte Rerin niedergeschlagen. »Wenn so einer sich zu sehr für uns interessiert, wird meine armselige Magie uns nicht viel helfen.«

»Na, bis jetzt sind wir mit deiner Magie und meinem Schwert nicht schlecht gefahren«, erklärte Conan tröstend. »Vielleicht schaffen wir es doch, mit Alcuina wieder in die richtige Welt zurückzukehren. Ich habe mich stets auf meine Stärke und mein Können verlassen. Das solltest du auch tun.«

»Oh, dieses Selbstvertrauen der Jugend!« Rerin seufzte.

Gegen Abend erblickten sie das Schloß. Wie ein Drache hockte es am Berghang. Conan musterte die ungewöhnlichen Festungsmauern und Türme mit den Augen eines Mannes, der gewohnt ist, die Schwachstellen einer solchen Anlage herauszufinden. »Wir müssen näher ran«, erklärte er. »Die Luft ist zu dick, um Einzelheiten sehen zu können. Und meist sind es kleine Stellen, durch die man in solche Festungen hineinkommt. Bist du sicher, daß Alcuina da drinnen ist?«

»Ich bin sicher. Du spürst es vielleicht nicht; aber dieser Ort strahlt eine Aura des Bösen und der Zauberei aus, die mir bis ins Mark dringt.«

»Was für Leute wohnen dort?« fragte Conan. »Das

Schloß sieht aus, als sei es von Giganten gebaut worden.«

»Das ist gut möglich. Im Dämonenland leben viele verschiedene Völkerschaften. Früher gab es noch mehr. Manche waren Riesen. Das Schloß war vielleicht das Heim dieser Riesen aus grauer Vorzeit. Ich glaube aber, daß die Leute, die jetzt dort wohnen, mehr wie wir aussehen. Zumindest äußerlich. Im Innern sind sie ebenso unmenschlich wie die Dämonen, die wir getroffen haben.«

»Sind sie sterblich?« erkundigte sich der Cimmerier. »Kann Stahl sie zerstückeln?«

»Ich glaube schon. Kein Bewohner dieser Welt ist wirklich unsterblich. Manche sind nur schwer umzubringen, wie das Skorpionungeheuer gezeigt hat.«

Ruhelos spähte Conan umher. »Was essen die Leute da oben? Ich sehe keine bebauten Äcker, keine Dörfer oder andere Zeichen für Handel. Jeder Räuberhauptmann hat bei seinem Schlupfwinkel ein paar Bauern.«

»Hier folgt das Leben nicht dem gleichen Rhythmus wie in der Menschenwelt«, erklärte Rerin geduldig. »Die Bewohner dieses Schlosses zerbrechen sich bestimmt nicht den Kopf darüber, wie sie ihr täglich Brot bekommen. Vielleicht stillen sie die leiblichen Bedürfnisse mit Hilfe ihrer dunklen Zauberkünste. Es ist aber auch möglich, daß sie Vampire sind und sich vom Blut menschlicher Opfer ernähren.«

»Wie auch immer«, erklärte Conan, »wenn sie sich hinter so dicken Mauern verkriechen, müssen sie vor irgend etwas Angst haben. Wenn sie Angst haben, sind sie verwundbar. Aber das können wir erst aus der Nähe feststellen. Komm!«

Die Nacht war schon hereingebrochen, als sie am Fuß der Zyklopenmauern ankamen. Seltsame, bunte Sterne schimmerten über ihnen. Der große grüne Mond schickte seine unheilverheißenden Strahlen durch die dicke, wasserähnliche Luft. Conan strich mit den Händen über die Mauer und suchte nach Fugen oder Spalten zwischen den Blöcken, die er zum Hinaufklettern benutzen konnte.

»Crom!« fluchte er leise. »Alles aus einem Stück! Nirgendwo Fugen!«

»Diese Mauern wurden mit Hilfe der Magie, nicht von Menschenhand errichtet«, sagte Rerin. »Ich kenne einen Zauberspruch, der uns auf die Mauerkrone tragen kann; aber die Bewohner würden merken, daß ein fremder Magier so nahe am Werke ist.«

»Ich brauche keine Zauberei, um eine Mauer raufzuklettern«, sagte Conan. »Das ist eine Mauer aus Stein, rauh und körnig wie Lava. Wenn sie bis oben so ist, kann ich hinaufklettern.«

Rerin strich über die Mauer und schüttelte zweifelnd den Kopf. »Nur einer, der zur Hälfte ein Affe und zur anderen Hälfte eine Bergziege ist, kann da hinaufklettern. Ich fürchte, daß ich es nicht schaffe. Wenn wir ein Seil hätten, könntest du mich von oben hinaufziehen. Aber so muß ich hier bleiben und warten, bis du eins findest.«

»Es ist sowieso besser, wenn du hier bleibst. Versteck dich irgendwo am Waldrand, bis ich mit der Königin komme. Wenn die Leute im Schloß sich so gut auf Zauberei verstehen, wie du gesagt hast, nützt du mir auch nicht viel. Dann wäre es sinnlos, wenn wir beide stürben, falls mein Plan scheitert. Sollte ich bei Tagesanbruch nicht zurücksein, kannst du versuchen, was du mit deiner Kunst erreichst, nachdem ich mit dem Schwert gescheitert bin.«

»Möge Ymir dir beistehen, Conan!« sagte der alte

Mann bewegt. »Ich wiederhole es, die Königin tat wohl, dich in ihre Dienst zu nehmen.«

Conan kratzte sich am Kinn. »Ich bin nicht sicher, ob Ymir da drinnen nach dem rechten schaut. Crom tut das bestimmt nicht. Der kümmert sich nie um Dinge, die außerhalb Cimmeriens geschehen, und wenig genug um die im Lande.« Er schlug Rerin auf die Schulter. »Nun geh schon, Alter, und such dir ein sicheres Versteck. Halte dich bereit, uns zu helfen, wenn wir herunterkommen. Ich bin nämlich ganz sicher, daß uns dann einige verfolgen werden.«

Conan wandte sich wieder der Mauer zu. Er streckte die Arme aus und fühlte nach winzigen Vorsprüngen und Vertiefungen, in denen er Halt finden konnte. Langsam und überaus mühselig zog er sich hoch. Dann suchte er mit den Füßen wieder eine der wenigen Unebenheiten. Manchmal schaffte er nur wenige Handbreiten. Doch unbeirrt kletterte er weiter.

Nur wenige Männer hätten einen solchen Aufstieg ohne totale Erschöpfung und zitternde Glieder geschafft. Doch als der Cimmerier den Mauerkranz erreichte, merkte man ihm von der überstandenen Strapaze nichts an. Er stand auf einem breiten Wehrgang, auf dem sich aber niemand befand. In unmittelbarer Nähe konnte er keinen Zugang ins Innere des Schlosses entdecken. Also marschierte er aufs Geratewohl los.

Innerhalb der Mauer gab es keinen Hof. Das Schloß schien aus einem einzigen Block gehauen, aus dem in unregelmäßigen Abständen Türme oder Erker hervorragten. Conan sah auch viele Skulpturen menschlicher Gestalten, alle abgrundtief häßlich. Manche ragten aus dem Mauerkranz, andere schauten direkt aus den Wänden heraus. Das Ganze schien das Werk eines wahnsinnigen Steinmetz zu sein.

Es herrschte beklemmendes Schweigen. Von Zeit zu Zeit blieb er stehen und lauschte. Kein Laut war zu hören. Er schnupperte, doch kein Rauch stieg ihm in die Nase. Wie kochten diese Leute, und wie beheizten sie das Schloß, wenn keine Feuer brannten? Schließlich gelangte er an einen gedrungenen Turm mit flachem kegelförmigen Dach. Hier stand eine Tür offen, die zu beiden Seiten von gemeißelten Wachtposten eingerahmt wurde, die beinahe Skeletten glichen. Dahinter gähnte Schwärze.

Langsam und mißtrauisch ging Conan mit gezücktem Schwert hinein. Mit der freien Hand tastete er sich an der Wand entlang, mit den Füßen auf dem Boden. Nach zwei Schritten trat er ins Leere. Vorsichtig fühlte er nach unten. Eine Steintreppe. Ein warmer Luftzug kam herauf und trug die Klänge einer wilden, bizarren Musik an sein Ohr. Trommeln und Zimbeln. Jetzt roch er auch Rauch, doch stammte dieser nicht von einem Feuer, sondern von Räucherstäbchen.

Der Cimmerier stieg mindestens hundert Stufen hinunter, ehe er einen Lichtschimmer entdeckte. Lautlos wie ein Gespenst bewegte er sich auf die Tür zu, durch welche das Licht drang. Geblendet blieb er stehen. Vor seinen Augen lag ein kostbar ausgestattetes Gemach, mit Kissen und Teppichen, die aus purem Gold geknüpft schienen. Das Licht kam von den zahllosen Kerzen, die in Nischen standen. Ihre Lichtkreise verströmten einen unheimlich anmutenden Glanz.

Da fielen Conans Augen auf eine Frauengestalt, die auf einem Ruhebett lag, das von exotischen Pelzen und goldenen Kissen bedeckt war. Sie trug nur kostbares Geschmeide. Conan stockte der Atem, als er die unverhüllte Schönheit der wohlgeformten Brüste und Schenkel erblickte. Sie lag auf dem Rücken, hatte aber das Gesicht von ihm abgewendet. Sie schien zu schlafen oder von Drogen betäubt zu sein. Völlig geräuschlos betrat er den Raum. Mit schnellen Schritten stand er vor dem Ruhebett und berührte das Kinn der Frau mit der Schwertspitze.

»Wach auf, Weib! Du mußt mir ein paar Fragen beantworten!« Benommen drehte die Frau ihm das Gesicht zu und schlug die Augen auf. Conans Augen weiteten sich ebenfalls. »Alcuina!«

Es dauerte einige Momente, bis Alcuinas Augen klar sehen konnten. Inzwischen hatte Conan bemerkt, daß sie einen breiten Eisenreif um den Hals trug, der mit einer Kette an einen Ring im Fußboden angeschlossen war.

»Conan?« flüsterte sie. »Bist du es wirklich? Oder ist es nur wieder einer dieser grauenvollen Träume, die mir die Teufel hier aufzwingen mit ihren Drogen und Zaubersprüchen? Wenn ja, dann ist das die schlimmste Folter, die sie bisher anwendeten.«

»Ich bin es wirklich. Allerdings weiß ich noch nicht, wie ich es Euch beweisen kann.« Conan packte die Kette mit beiden Händen und zerrte mit aller Kraft daran. »Aber erst müßt Ihr von hier weg. Danach fällt mir sicher etwas ein, womit ich Euch beweisen kann, daß ich kein Traum bin.«

Er zog an der Kette, bis die Adern auf seiner Stirn zu platzen drohten; aber selbst seine übergroße Stärke konnte weder Kette noch Ring brechen. Er stieß einen Fluch aus. Alcuinas Kopf wurde klar. Jetzt wurde sie sich ihrer extrem spärlichen Bekleidung bewußt.

»Eine Königin sollte sich nicht so vor einem Lehensmann sehen lassen«, sagte sie verlegen. Doch machte sie keine fruchtlosen Versuche, ihre Blößen zu verdekken. Dazu hätten auch zwei Hände nie ausgereicht.

Conan zuckte mit den Schultern. »Im Süden macht

man sich nicht solche Sorgen wegen Kleidung. Selbst Königinnen tragen dort oft noch weniger als Ihr jetzt anhabt.« Bewundernd betrachtete er sie von Kopf bis Fuß. »Keine Angst, Ihr seid auch nicht anders gebaut als andere Frauen. Vielleicht sollte ich aber genauer hinsehen, um sicherzugehen.«

»Wir haben Wichtigeres zu tun«, fuhr sie ihn ungeduldig an. »Kannst du mich nicht von dieser Kette befreien?«

»Mal sehen. Ich hatte gehofft, es möglichst lautlos zu schaffen, aber ...« Mit beiden Armen holte er weit aus und ließ das Schwert auf die Kette herabsausen. Man hörte lautes Klirren, ein paar Funken stoben auf; aber das einzige sonstige Ergebnis war eine Scharte in der Klinge. »Die machen hier aber verflucht harten Stahl«, sagte er und strich wütend über die Scharte.

Alcuinas plötzliches Luftholen war die einzige Warnung, doch sie reichte aus. Er duckte sich und wirbelte herum. Mit einer Kreisbewegung schlug er waagrecht zu und halbierte den Angreifer in der Mitte. Blut spritzte ihm ins Gesicht, als die beiden Teile des Mannes zu Boden fielen. Mehr Männer stürmten ins Zimmer, durch eine Tür, die vorher nicht dagewesen war. Da war sich Conan sicher.

Die Männer waren alle gleich gekleidet. Sie trugen nur einen weißen Lendenschurz aus Seide und Eisenringe um den Hals. Bewaffnet waren sie mit Speeren und Schwertern. Etliche hatten auch kleine Schilde. Einer zielte mit dem Speer auf Conans Bauch. Er packte den Schaft, riß den Gegner nach vorn und machte ihn mit dem Schwert nieder.

Jetzt erschienen wieder andere Gestalten. Sie hatten Augen aus Silber und waren kostbar gekleidet. Am Kampf beteiligten sie sich nicht, sondern standen nur da und genossen das Schauspiel. Conan ließ sich auf ein Knie nieder, als ihm ein Schwert über den Kopf pfiff. Dann schlitzte er dem Angreifer den Bauch auf, daß die Gedärme herausquollen.

»Flieh, Conan!» rief Alcuina. »Es sind zu viele.«

Conan fletschte die weißen Zähne, seine Augen waren blutunterlaufen vor Wut. Er schien den Verstand verloren zu haben. »Ich gehe hier nur mit dir weg, oder ich sterbe! Bei Crom! Ich gebe diesen Hunden die ganze Nacht lang Stahl zu fressen, wenn es sein muß!«

Die elegant geleideten Zuschauer fanden diesen Ausspruch köstlich. Aber Conan dezimierte die Zahl ihrer Diener beunruhigend schnell. Da hob einer den Arm und vollführte seltsame Bewegungen, dazu stimmte er einen Gesang an. Von oben fiel plötzlich ein Netz auf den Cimmerier nieder. Wutentbrannt schlug er mit dem Schwert um sich, doch die Stricke waren gegen Stahl unempfindlich. Das Netz zog sich zu, bis Conan nichts bewegen konnte außer den Lippen. Jetzt konnte er seiner Wut nur noch durch Fluchen Ausdruck verleihen, was er auch ausgiebig tat.

Unter den Zuschauern war auch eine Frau. Sie trat zu ihm und beugte sich herab. Aus ihrer flachen Hand stieg eine Rauchwolke auf, die Conan wohl oder übel einatmen mußte. Der letzte Gedanke, ehe ihn die Ohnmacht umfing war, daß die Frau aufreizend schön war.

Als Conan erwachte, lag er auf dem kalten Steinboden des Verlieses. Diese Erfahrung war nicht neu für ihn. Allerdings hatte man diesmal übertriebene Vorsichtsmaßnahmen getroffen, wie er fand. Man hatte ihm sämtliche Kleidung genommen und einen schweren Eisenring um den Hals gelegt. Von diesem Ring führten vier schwere Ketten in die Ecken der Zelle. Soviel Eisen schien ihm unnötig, da er nicht einmal die dünne Kette Alcuinas hatte zerreißen können.

Da er nichts Besseres zu tun hatte, zerrte er an den Ketten. Alle waren entmutigend unnachgiebig. Er konnte sich in jede Richtung nur etwa einen Fuß weit bewegen. Die Ketten waren so straff, daß er sie auch nicht zum Strangulieren eines Feindes einsetzen konnte.

Bis auf einige blaue Flecken fühlte er sich in Ordnung. Die Droge, die ihn bewußtlos gemacht hatte, schien keinerlei Nebenwirkungen zu haben. Er war hellwach. Und hungrig.

»Bringt mir was zu essen!« schrie er. »Erlik möge euer Blut trinken!« Keine Antwort. Wieder brüllte er so laut er konnte: »Wollt ihr mich verhungern lassen, weil ihr mich nicht mit dem Stahl töten könnt?«

Wieder keine Antwort. Er musterte die Umgebung. Der Raum war ein unregelmäßiger Würfel, anscheinend direkt aus dem Fels gehauen. Aus einem Fensterspalt hoch oben drang schwaches Licht herein. Dann gab es noch eine Tür, rund, aus schweren Bohlen. Conan hatte noch nie eine runde Tür gesehen. Er fragte sich, wie sie aufgehen mochte, da er nirgends Scharniere entdecken konnte.

Er legte sich auf den Bauch und begann, ein Kettenglied auf dem Steinboden zu reiben. Es schien zwar vergebliche Mühe zu sein; aber vielleicht konnte er doch einige Kettenglieder so schwächen, daß sie nachgaben. Vorausgesetzt, man ließ ihm ausreichend Zeit.

Nach etwa einer Stunde monotonen Reibens prüfte er die Kette. Sie war an der Stelle, wo er gerieben hatte, etwas glänzender, aber das war auch alles. Ehe er seine sinnlose Beschäftigung wieder aufnehmen konnte, schob sich die Tür nach oben und verschwand im Gemäuer. Na, zumindest dieses Rätsel war gelöst!

Conan hörte Schritte. Gleich darauf betrat die Frau mit einem Tablett die Zelle. Er hatte eine Sklavin mit Halsring erwartet; aber es war eine der Zuschauerinnen bei seinem Kampf. Wenn er sich nicht irrte, war es die Frau, die ihn bewußtlos gemacht hatte. Sicher war er nicht, weil sie sich alle so ähnelten.

»Komm her, du silberäugige Hure«, rief Conan freundlich. »Ich möchte dir gern den hübschen Hals umdrehen.«

Zu seiner Überraschung antwortete sie ihm in einer Sprache, die er verstand. »Aber dann könntest du das köstliche Essen nicht mehr verspeisen, das ich dir bringe.«

Conan schnupperte. Das Wasser lief ihm im Munde zusammen. »Na schön«, meinte er. »Da hast du wieder recht. Gib mir das Essen; dann werde ich dich leben lassen.«

»Zuerst eine kleine Vorsichtsmaßnahme.«

Im Boden rasselte etwas. Conan sah verblüfft, wie zwei Krampen aus dem Boden heraufkamen und sich um seine Knöchel legten. Dann zerrte etwas seine Arme nach hinten und sicherte sie auf dem Rücken. Jetzt war er wie ein Ochse im Schlachthaus verschnürt.

Die Frau ließ sich direkt vor ihm nieder und stellte das Tablett ab. Sie trug ein so durchsichtiges Gewand, daß sie auch gleich hätte nackt kommen können. Beim Anblick ihres üppigen Körpers verspürte Conan trotz seines Hungers Appetit auf noch ganz andere Sachen. Sie spießte ein Fleischstück auf und schob es ihm in den Mund.

»Ich heiße Sarissa«, sagte sie. »Du kannst mich mit Herrin ansprechen.«

»Das glaube ich kaum«, entgegnete Conan. »Wie steht's mit dem Wein?«

Zwischendurch: [redacted] Sarissa füttert den hungrigen Conan mit Leckerbissen. Aber kann es einem Gefangenen munden, der dazu ausersehen ist, ein menschliches Spielzeug zu sein? Gleichviel – Conan braucht Kraft. Und wir, die wir ihm folgen, ebenso. Denn viele spannende Abenteuer warten noch auf uns. [redacted] Deshalb sollten wir vielleicht jetzt zwischendurch eine kleine Pause einlegen, heißes Wasser bereiten und einen Becher bereitstellen. Mehr brauchen wir nicht für den… [redacted]

»Ungehorsam kann hier eine sehr schmerzvolle Erfahrung sein.« Sie gab ihm aus dem Kristallglas zu trinken.

»Ich bin an Schmerzen gewöhnt. Mit dieser Methode kannst du mich nicht überreden.«

Sie fütterte ihn weiter. »Du hast noch nie die Schmerzen erfahren, die ich dir beibringen kann. Ich habe da einige wirklich erlesene Sachen.« Ihr perlendes Lachen klang melodisch und eiskalt. »Aber, nein! Schmerzen sind für gewöhnliche Sklaven. Du bist etwas Besonderes! Dich will ich nicht zähmen. Du sollst das Glanzstück in meiner Sammlung sein.«

»Was ist das für eine Sammlung?«

»Meine Sammlung menschlicher Unikate.« Sie schob ihm ein Brotstückchen in den Mund. Bei ihrem köstlichen Duft wurde Conan heiß und kalt. »Bis jetzt hatte ich noch nie einen echten Helden als Spielzeug. Das Leben hier ist wirklich langweilig. Du wirst uns lange viel Spaß bereiten. Du kämpfst wie ein wildes Tier und hast so einen unübertrefflich schönen Körper.« Sie streichelte ihn ausgiebig. Offenbar gefielen ihr seine Muskelpakete und die strammen Schenkel. Schweigend und ohne mit der Wimper zu zucken, ertrug Conan ihre Liebkosungen.

»Welche Art von Unterhaltung erwartest du von mir?« fragte er, obwohl er meinte, die Antwort schon zu kennen.

»Mutproben, um zu sehen, ob du ein richtiger Held bist. Wir haben so selten aufregende Vorführungen von Stärke und Mut.« Sie massierte ihm jetzt Nacken und Schultern.

»Das glaube ich gern, nachdem ich gesehen habe, wie die Männer sich im Hintergrund halten und zuschauen, während ihre Sklaven für sie kämpfen.«

»Du warst großartig«, sagte Sarissa und stupste ihn in die Nabelgegend, um seine Bauchmuskulatur zu testen. Alles war hart wie ein Baumstamm. »Ich hätte nie gedacht, daß ein einzelner Mann ein solches Blutbad anrichten kann. Es war einfach hinreißend schön.«

Conan schnaubte verächtlich. »Unausgebildete Sklaven sind keine Herausforderung! Wenn du das unterhaltsam findest, solltest du lieber in ein Schlachthaus gehen als zu einem richtigen Kampf.«

»Dann müssen wir uns etwas einfallen lassen, das dich mehr fordert.« Sie besichtigte eingehend seine Schenkel und schien mit dem Bau der Muskulatur durchaus zufrieden zu sein.

»Warum läßt du mich nicht laufen? Und Alcuina auch. Du hast kein Recht, uns hier zurückzuhalten.«

»Recht? Wir haben euch. Ihr gehört uns. Das ist das einzige Recht. Meine kleine Sklavenkönigin ist so amüsant. Warum willst du sie unbedingt haben? Ich bin doch weit schöner als sie.«

»Darüber könnte man streiten. Ich habe ihr die Treue als Lehnsmann geschworen und bin ihr gefolgt, um sie aus den Klauen dieser Ungeheuer zu befreien, die sie entführten.«

»Deine lächerlichen Ideen von Treue verstehe ich nicht. Wir leben hier nur für unsere Vergnügen — und für ein paar schöne Sachen; aber das würdest du nie verstehen. Auf eins kannst du dich verlassen: Du bist in unserer Gewalt und wirst tun, was dir befohlen wird. Ergib dich, und dein Leben wird ganz bestimmt sehr interessant werden.«

In Conans Wortschatz gab es das Wort »ergeben« nicht. Das teilte er Sarissa unmißverständlich mit. Sie lächelte aber nur bei seiner Beschimpfungskanonade. Dann streichelte sie ihn noch einmal, ehe sie aufstand und zur Tür ging. »Deine Vernichtung wird uns alle überaus befriedigen.« Dann glitt die runde Tür wieder herunter.

»Ihr seid doch alle wahnsinnig!« murmelte Conan. Die Fesseln um Knöchel und Arme fielen ab. Er lag wieder auf dem kahlen Steinboden und scheuerte die Kette gegen das unnachgiebige Pflaster.

9

DAS SPIEL DER HERREN

Conan schnarchte auf dem kalten Steinboden des Verlieses, als ein Geräusch ihn weckte. Er setzte sich auf und lauschte. Der Eisenring lag nicht mehr um seinen Hals, und auch die Ketten waren ihm abgenommen worden. Er untersuchte das eiserne Halsband, konnte aber keinerlei Verschluß entdecken.

»Noch mehr Zauberei«, murmelte er und ließ das Ding wieder fallen. Wahrscheinlich hatte ihn das Klirren aufgeweckt, als der Ring zuvor auf den Boden gefallen war.

Er stand auf, streckte und reckte sich, um die Muskelverspannungen zu lösen. Dann lief er wie ein Tiger in der Zelle auf und ab. Zweifellos war er aus einem bestimmten Grund von den Fesseln befreit worden. Was immer ihm auch bevorstand, er wollte bereit sein. Die Tür schob sich rumpelnd nach oben.

Conan ging in die Hocke und wartete. Er war zwar unbewaffnet, hatte aber Hände, Füße und Zähne, die er einsetzen konnte. Doch niemand kam. Vorsichtig wie ein sich anschleichender Wolf bewegte sich der Cimmerier auf die Türöffnung zu. Mit einem Riesensatz sprang er hindurch. Jetzt war er in einem kahlen Gang. Immer noch zeigte sich nirgendwo ein Feind. Nach rechts führte ein Gang zu mehreren runden Türen und einer Wand. Nach links mündete er in Dunkelheit.

Mit einem Klicken schloß sich die Tür zu seiner früheren Zelle.

»Habt ihr etwa gedacht, daß ich mich wieder dort verkrieche?« rief er. Er war sicher, daß man ihn beobachtete.

Dann marschierte er den Gang in Richtung Dunkelheit hinunter. Nach einigen Schritten stieß er auf sein Schwert, das auf den Steinen lag. Er hob es schnell auf. Der rauhe Griff in den Händen verbesserte seine Laune ungemein. Jetzt brauchte er nur noch jemanden, den er damit umbringen konnte. Wenn möglich jemanden mit Silberaugen.

»He, ich könnte auch eine Tunika brauchen!« rief er. Keine Antwort. »Na schön«, murmelte er vor sich hin. »Besser nackt mit Schwert als in voller Rüstung ohne Waffe.«

Er erforschte den dunklen Gang weiter. Die Tatsache, daß man ihm sein Schwert zurückgegeben hatte, konnte nur bedeuten, daß er es bald brauchen würde.

Conan kam an eine Treppe, die nach oben führte. Die stieg er hinauf. Obwohl keine Lichtquelle zu entdecken war, lag ein diffuser Schimmer in der Luft, so daß er in diesem Zwielicht den Weg erkennen konnte. Am Ende der Treppe war wieder eine runde Tür. Irgendwie war er sicher, daß diese Tür nicht in eine andere Zelle führte. Langsam hob sich die hölzerne Scheibe.

Conan wartete nicht, bis die Tür ganz offen war, sondern rollte sich darunter durch, sobald der Spalt groß genug für seinen Körper war. Als er die andere Seite erreicht hatte, sprang er blitzschnell auf.

In dem kreisrunden Raum standen zwei bis an die Zähne gerüstete Männer, die über sein stürmisches Eintreten verblüfft waren. Sofort griff Conan an. Er hatte in diesem Schloß keine Freunde. Jeder, dem er begegnete, mit Ausnahme von Alcuina, war sein Feind. Mit gezücktem Schwert stürzte er sich auf den Mann rechts von ihm. Die Schwertspitze stieß zwischen Brustplatte und Stahlhalsband. Sofort zog Conan das Schwert heraus und ging auf den zweiten Mann los, während der erste nach einem Schritt tot zusammenbrach. Blut spritzte aus seinem Hals.

Der zweite Mann war vorsichtig. Auch er trug ein Panzerhemd, das so kunstvoll gearbeitet war, wie Conan es nie zuvor gesehen hatte. Unzählige Plättchen waren so zusammengefügt, daß der Mann sich frei bewegen konnte. Es gab kaum Schwachstellen. Und dieser Mann entblößte auch nicht den Spalt unter der Halsbeuge. Conan umkreiste ihn und zielte auf die Augenschlitze. Eigentlich schlug er lieber mit der ganzen Schneide, doch bei dieser Rüstung schien ihm die Schwertspitze geeigneter. Außerdem konnte er den Gegner so zu mehr Abstand zwingen, während er nach Schwachstellen suchte.

Der Gegner hielt ein langes Krummschwert in beiden Händen. Es hatte nur eine Schneide, die allerdings sehr scharf aussah. Da Conan nackt war, wollte er eine Berührung mit dieser Klinge lieber vermeiden. Hinter ihm verschwand die Tür wieder in ihrem Schlitz.

Da machte der Gegener einen Ausfall auf Conans Flanke. Er war trotz der Rüstung unglaublich schnell. Conan parierte den Schlag mit flacher Klinge. Stahl klirrte gegen Stahl. Mit einem halbkreisförmigen Schwung holte Conan aus und traf den Mann in die Schulter. Er taumelte leicht; aber sein Panzer war stark genug, der Klinge Widerstand zu bieten. Beide Männer gingen wieder in Angriffshaltung.

Jetzt griff der Ritter wieder an. Er vertraute auf seine Rüstung. Doch diesmal parierte Conan nicht mit dem Schwert. Er ließ es fallen und sprang in Reichweite des Gegners. Blitzschnell packte der Cimmerier den anderen beim Handgelenk, so daß dieser sein Krummschwert loslassen mußte, und drehte ihm den Arm nach hinten.

Vergeblich versuchte der Mann sich zu befreien. Conan stand fast hinter ihm und drückte den Arm hinten am Rückegrat nach oben. Mit hörbarem Schnappen sprang der Arm aus dem Schultergelenk. Gegen einen Mann mit solcher Rüstung richteten Waffen nichts aus, doch half ihm diese bei einem Ringkampf auch nichts. Conan ließ den Arm los und packte den Helm. Dann drehte er den Kopf so weit nach hinten, daß er dem Feind beinahe in die Augen schauen konnte. Diesmal hörte er nichts; aber wenn der Mann nicht den Wendehals einer Eule besaß, mußte er tot sein. Conan ließ los. Klirrend sank der Ritter tot zu Boden.

Jetzt konnte Conan sich in Ruhe umsehen. Der kreisrunde Raum maß etwa zehn Schritte im Durchmesser. In einer Höhe von zwölf Fuß befand sich eine Säulengalerie, auf der viele Menschen in bunten, prächtigen Gewändern standen. Ihre Silberaugen glänzten vor Freude über das Schauspiel, das sie soeben unten gesehen hatten.

»Gut gemacht, mein Held!« rief Sarissa. »War das besser, als gegen unausgebildete Sklaven zu kämpfen? Das waren Männer aus der Elitegarde eines der Lorde des Landes der Schemen.«

Ein Mann, ganz in Gold gekleidet, rief ihr zu: »Laßt es uns mit drei meiner Männer versuchen! Die schafft er mit Sicherheit nicht!«

»Nein«, antwortete Sarissa. »Als nächstes müssen wir etwas anderes ausprobieren, aber was?«

Aufgeregt schnatterten die Zuschauer durcheinander. Conan sah, daß Alcuina in ihrer Mitte kniete. Immer noch war sie nur mit Geschmeide bekleidet. Die kalte Wut stieg in ihm auf, als er ihren schönen Körper von roten Striemen übersät sah. Mit den Handgelenken war sie an das Geländer angekettet. Die Wut auf ihrem Gesicht entsprach der seinen.

»Könnt ihr ihm nicht wenigstens Kleidung geben?« rief sie.

»Wozu?« rief Conan trotzig zurück. »Ich habe mehr, worauf ich stolz sein kann, als die meisten Männer.«

»Wie erfrischend primitiv!« sagte einer der silberäugigen Männer. »Kann er denn außer kämpfen noch etwas anderes?«

Conan winkte ihn herab. »Komm her, du verweichlichter Schwächling, dann reiße ich dir die Eingeweide aus dem Leib.«

Die Antwort war lautes Gelächter. Conan schätzte die Entfernung zum Geländer ab. Ein hoher Sprung, doch müßte es ihm gelingen, wenigstens unten am Geländer Halt zu finden und sich dann hochzuziehen. Danach war es ein Kinderspiel, diese blasierten Affen niederzumachen und Alcuina zu befreien. Und den Weg nach draußen würden sie auch noch finden.

Der Plan gefiel ihm, besonders der Teil, wo er die silberäugigen Teufel ins Jenseits beförderte, die sich nicht damit begnügten, ihre Opfer zu töten. Nein, sie hatten Spaß daran, sie vorher zu erniedrigen. Als ersten wollte er den in den goldenen Gewändern umbringen. Er hatte auch an Sarissa gedacht; aber eine angeborene Scheu hatte ihn stets zögern lassen, eine Frau zu töten, ganz gleich wie böse sie auch war.

Ohne Warnung rannte Conan mit der Geschwindigkeit eines Tigers los und schnellte zur Galerie empor. Da sein Schwert zu groß war, um es zwischen die Zähne zu klemmen, blieb ihm nur eine freie Hand, um Halt zu suchen. Es gelang. Schon zog er sich hinauf, um sich mit dem Schwert auf den Goldenen zu stürzen, als ihn ein mächtiger Schlag traf. Wie Feuer schoß es von der Hand am Geländer durch den ganzen Körper. Noch nie zuvor hatte Conan so etwas verspürt. Hilflos fiel er herab auf den blutigen Steinboden.

Als der Cimmerier das Bewußtsein wiedererlangte, lag er noch immer in dem runden Raum. Doch waren jetzt die Zuschauer verschwunden. Er setzte sich auf. Jeder Muskel tat ihm entsetzlich weh. Er wußte, daß diese Schmerzen nicht von dem Sturz herrührten. Sie mußten Nachwirkungen dieses entsetzlichen Schlages sein, den er sich beim Heraufziehen am Geländer zugezogen hatte. Sein Mund war voller Blut, das er schnell ausspuckte.

Die beiden Männer, die er getötet hatte, waren schon weggebracht worden. Zu seiner Überraschung lagen aber seine Sachen da.

Schnell zog er sich an. Man hatte ihm sogar den Schmuck zurückgegeben, darunter Alcuinas schweren Armreif. Trotz seiner frechen Bemerkung von zuvor fühlte er sich angezogen viel besser. Er steckte das Schwert in die Scheide und drückte sich den Helm auf die schwarze Mähne. Es fehlte nur noch der Umhang, der aber bei Rerin im Wald war. Jetzt galt es, einen Weg aus diesem Höllenloch zu finden.

Die Türen waren geschlossen. Er blickte zu dem trügerischen Geländer empor. War es auch diesmal gefährlich?

Wieder nahm er Anlauf und sprang empor. Da er diesmal das Schwert in der Scheide hatte, konnte er mit beiden Händen das Geländer packen. Schwungvoll zog er sich hinauf. Kein vernichtender Schlag traf ihn! Er sah eine offene Tür. Ohne Zaudern ging er mit dem Schwert in der Rechten hindurch. Da er nicht vorhatte, das Schloß ohne Alcuina zu verlassen, mußte er alle Räume durchsuchen, bis er die Königin fand.

Wie bisher hatte er das sichere Gefühl, beobachtet zu werden. Was machten diese Leute, wenn sie keine herumirrenden Fremden zu ihrem Vergnügen peinigen konnten? Zivilisierte Menschen waren überall gleich: Da sie selbst nicht die Tugenden eines Kriegers hatten, mußten sie diese bei anderen bewundern. Schon gut! Er würde ihnen noch einiges bieten, das sie bewundern konnten, ehe er sie töten würde.

»Was kommt jetzt?« rief er. »Ich habe euren Höllenskorpion getötet und eure Männer niedergemacht. Wen wollt ihr jetzt sterben sehen, ihr feigen Eunuchen?«

Er ging einen langen Gang hinunter, auf dem viele Türen offenstanden. Doch sah Conan beim Vorbeigehen in den Räumen nichts, was ihn jetzt interessierte. Zu anderer Zeit hätte er ihnen mehr Aufmerksamkeit geschenkt, da sie angefüllt mit Schätzen waren. Doch stand ihm zum ersten Mal der Sinn nicht nach Beute. Er wollte Alcuina und fort von diesem unheimlichen Schloß. Er wollte zurück in die wirkliche Welt.

Conans Erkundung führte ihn in eine große Halle, von der viele Korridore ausgingen. In der Mitte lag Alcuina. Sie war ganz nackt. Man hatte ihr das Geschmeide abgenommen und sie an Händen und Füßen gefesselt, so daß sie sich nicht bewegen konnte.

Conan blieb auf der Schwelle stehen. Er erkannte eine Falle meilenweit. Zweifellos würde man ihn beim

Eintritt angreifen. Er nahm sich Zeit zum Überlegen, wie er vorgehen sollte. Die Frau war bewußtlos. Man hatte sie aber nicht an einen festen Gegenstand gefesselt, sondern nur verschnürt auf die seidenen Kissen gelegt, die ihre Nacktheit besonders zur Geltung brachten. Was wurde diesmal gespielt?

Dann lächelte der Cimmerier. Mit Sicherheit würde er ihre Fesseln mit keiner seiner Waffen durchschneiden können. Das bedeutete, daß er die Königin tragen mußte und damit zumindest einen Arm nicht einsetzen konnte und in seiner Bewegungsfreiheit behindert war. Aber wenn sie damit rechneten, kannten sie die Cimmerier im allgemeinen schlecht und ihn im besonderen!

Wie ein Mann, der keine Sorge in der Welt hat, schlenderte er auf das Lager der Königin zu. Dann hob er sie auf und legte sie auf die linke Schulter, wobei er ihr einen zärtlichen Klaps auf den niedlichen Hintern versetzte. »Keine Angst, Alcuina, ich bringe uns hier raus.«

»Das glaube ich erst, wenn ich es sehe«, sagte sie. Ihre Stimme klang dumpf, da ihr Kopf im Wolfsfell auf Conans Rücken hing. »Außerdem ist es einem Schwertkämpfer nicht gestattet, seine Königin so unziemlich anzufassen.«

»Aha, jetzt bist du wieder bei klarem Verstand und ganz Herrin. Ich schwöre bei Crom: du bist die mimosenhafteste Frau, der ich je gedient habe. Ich folge dir ins Land der Dämonen, töte Ungeheuer und Männer in deinem Dienst, und du beschwerst dich über einen kleinen Klaps auf deinen königlichen Hintern. Nach all den Peitschenhieben sollte dir der wie Streicheln vorkommen.«

»Setz mich sofort ab, du widerlicher Gorilla!« Sie versuchte zu strampeln.

»Angenommen, ich tue es. Wie kann ich dich dann von hier wegbringen?«

»Dann trage mich wenigstens so, daß ich dich sehen kann und nicht den Gestank deines räudigen Wolfs einatmen muß.«

»Das wäre unpraktisch.« Er versetzte ihr noch einen Klaps, daß es laut klatschte. »Und jetzt halt den Mund und gestatte mir, dich zu befreien.« Trotz ihres Widerstandes hielt er sie fest.

»Befreien! Du Idiot! Du bist in eine Falle gelaufen, die jedes Kind gewittert hätte.«

»Das weiß ich, Weib!« sagte Conan mit ungewohnter Nachsichtigkeit. »Ich bin schon in viele Fallen getreten und aus allen wieder heil herausgegangen — oder gekrochen. Aber sage mir: Wo versammeln sich die Leute, um ihre Zauberkunst auszuüben?«

»Versammeln? Willst du nicht so schnell wie möglich weg von hier?«

»Deine Fragerei geht mir auf die Nerven! Sie wollen, daß ich zu fliehen versuche. Sie haben überall Gefahren eingebaut, ganz gleich, welchen Weg ich auch nehme. Außerdem hasse ich es, Feinde lebendig zurückzulassen. Wo könnte ich sie finden?«

Alcuina stöhnte wütend. »Du bist ein tapferer Mann und ein Riesenidiot! Ymir soll mich strafen, sollte ich je wieder einen Helden in meine Dienste nehmen! Du mußt auf den zentralen Turm steigen. Soweit ich weiß, ist das der Ort. Jedenfalls spielen Sarissa und ihre Freunde dort mit ihren Peitschen und anderen Folterinstrumenten. Ich bin ziemlich sicher, daß sie dort auch für ihre teuflischen Zeremonien zusammenkommen. Dort sind überall seltsame, magische Gegenstände. An einer Wand hängt ein riesiger Spiegel, in dem sie alles sehen können, was im Schloß geschieht.«

»Das klingt nach dem richtigen Ort. Komm, gehen wir!« Mit Alcuina über der Schulter musterte Conan die Eingänge zu den Gängen, die aus der Halle herausführten. Sein phantastischer Orientierungssinn sagte ihm, welcher Gang ins Zentrum des Schlosses verlief. Im Laufschritt machte er sich auf den Weg.

»Wohin sind sie denn verschwunden?« fragte eine der Damen unwirsch.

»Sie müssen gleich wieder auftauchen«, beruhigte sie Sarissa.

Alle starrten in den großen Spiegel, der einem riesigen Auge gleich alle Winkel des Schlosses nacheinander absuchte, hier und dort kurz verharrte, dann weiterglitt. Der Barbar hatte einen Ausgang gewählt, den niemand vorausgesehen hatte, als Sarissa Alcuina dort als Köder zurückließ. Zweifellos hatte die Gefangenschaft die Sinne des Cimmeriers verwirrt. Jetzt war er spurlos verschwunden.

Jeder Person im Turmzimmer war ein bestimmter Fluchtweg aus dem Schloß zugeteilt worden, auf dem sie alle erdenkbaren Fallen und Warnvorrichtungen anzubringen hatte. Es war ein Riesenspaß gewesen zu wetten, wie weit Conan kommen und welchen Weg er einschlagen würde. Und wie lange es dauern würde, bis er tot sei.

Natürlich waren gewisse Spielregeln zu beachten: Es durften keine giftigen Gase eingesetzt werden und kein Zauber, gegen den ein armseliges Menschlein nichts ausrichten konnte. Es mußte zumindest der Schein gewahrt bleiben, daß er eine Chance hatte, sich den Weg freizukämpfen, da er dies am besten konnte und sie daran auch viel Spaß gehabt hatten. Sollte er wider Erwarten alle Hindernisse überwinden und den Weg ins

Freie schaffen, würde Sarissa das Vorrecht haben, ihn nach ihrem Gutdünken zu töten. Auf keinen Fall würde man ihn entkommen lassen — mit oder ohne Alcuina. Das hätte das ganze Spiel verdorben.

»Ich wünschte, er würde bald auftauchen«, sagte ein Lord und unterdrückte ein Gähnen. »Ich finde es langsam langweilig.« Im Spiegel sah man einen Gang, der von einem ekelhaften Ungeheuer mit widerlichen Fangarmen blockiert war, das auf Beute lauerte.

»Wartet ihr etwa auf mich?«

Die Anwesenden fuhren herum und starrten auf den Eingang. Dort stand Conan der Cimmerier mit der immer noch nackten Alcuina über der linken Schulter. Alle waren sprachlos. Conan setzte Alcuina ab, so daß sie die Vorgänge mit ansehen konnte.

»Jetzt hast du uns den Spaß verdorben, du Spielverderber«, sagte Sarissa schmollend.

»Ich hatte genug von euren Spielen«, erklärte Conan.

»Dann kann ich ihn doch gleich töten, oder?« fragte Hasta. Er hob die Hand und begann, seltsame Bewegungen auszuführen.

Doch ehe er richtig angefangen hatte, war Conan mit einem Satz vor ihm und stieß ihm das Schwert bis ans Heft in den Schädel. Dann zog er die Klinge heraus und ließ sie zweimal durch die Luft schwirren. Die beiden Lords neben Hasta sanken blutüberströmt und schreiend zu Boden.

Die anderen waren wie gelähmt. Sie konnten nicht fassen, was sich vor ihren Augen abspielte, daß sie von einer niedrigeren Lebensform tatsächlich angegriffen wurden. Conan tötete noch drei, ehe die ersten zum Ausgang liefen. Der Cimmerier tötete mit solcher Präzision und Schnelligkeit, daß seine vorherigen Kämpfe wirkten, als seien sie in Zeitlupe ausgetragen worden.

Er ließ die Fliehenden unbehelligt, machte aber alle anderen ohne Gnade nieder.

Schließlich blieb nur eine Person übrig, als Conan das seltsam gefärbte Blut von der Klinge wischte. Sarissa saß da und hielt die blutigen Überreste ihres Bruders in den Armen. »Du hast ihn getötet«, sagte sie tonlos.

»Allerdings«, erklärte Conan. »Zu schade, daß du so mit deiner Trauer beschäftigt warst. Du hast eine Klassevorführung verpaßt.« Er deutete auf den Berg grotesk daliegender Leichen, deren Silberaugen schnell ihren Glanz verloren.

»Ich muß mich um die Feierlichkeiten für die Beerdigung meines Bruders kümmern«, sagte Sarissa.

»Das kannst du später tun«, erklärte Conan. Seine Stimme war hart wie Granit. »Falls ich dich am Leben lasse.«

Er packte Hastas Leiche vorn am Gewand und schleuderte sie mit kraftvoller Bewegung direkt in den großen Spiegel. Das Klirren erschütterte das Schloß bis in die Grundfesten. Dann riß er Sarissa auf die Füße.

»Wenn dir dein Leben lieb ist, Weib, zeige uns den schnellsten Weg nach draußen!«

Benommen torkelte Sarissa zum Ausgang. Conan nahm Alcuina hoch, diesmal so, daß sie sehen konnte, wohin sie gingen. Die Königin war zu erschüttert, um ihn zu verspotten.

»Zwing sie, meine Fesseln zu lösen«, sagte sie nur.

»Im Augenblick ist es mir lieber, wenn du so bleibst, wie du bist«, entgegnete Conan.

Sarissa führte sie eine lange Wendeltreppe hinunter. Conans Wachsamkeit ließ keine Sekunde nach. Er war auf jede Hinterhältigkeit gefaßt. Er wußte, daß Sarissa versuchen würde, sie zu töten. Es war nur eine Frage des Zeitpunkts.

Zu seiner großen Überraschung ging sie zu einer winzigen Tür, die auf das Feld vor dem Schloß führte. Er preßte Sarissa die Schwertspitze in den Rücken.

»Und jetzt gehst du hinüber zum Waldrand. Ich gehe dicht hinter dir. Ich lasse deine Hände nicht aus den Augen, Weib. Beim ersten Zeichen, daß du mit den Händen oder deiner Stimme einen Zauber versuchst, werde ich mit dir wie mit deinem Bruder verfahren.«

Hochaufgerichtet schritt Sarissa auf den Wald zu. Als sie im Schutz der Bäume waren, wurde Sarissa langsamer. Aber Conan ließ sie noch einige hundert Schritte weitermarschieren. Wenn ihm ihr Tempo mißfiel, preßte er die Schwertspitze etwas fester gegen ihr Rückgrat.

»Jetzt kannst du stehenbleiben«, sagte er, als sie seiner Meinung nach genügend weit vom Schloß entfernt waren.

Eine dunkle, gebeugte Gestalt tauchte hinter einem Baum auf. Sie trug ein Bündel. »Alcuina!« rief Rerin freudig. »Er hat dich tatsächlich sicher aus diesem schrecklichen Ort herausgebracht!«

»Das schon«, meinte Alcuina und warf einen wütenden Blick auf Conan, der sie wie ein Bündel auf den Boden gesetzt hatte. »Falls du etwas in diesem Bündel hast, mich zu verhüllen, wäre ich dir überaus dankbar, alter Freund.«

Conan ließ Sarissa immer noch nicht aus den Augen. Bis jetzt hatte sie weder Zeichen eines Gefühls erkennen lassen, noch ein Wort gesagt, seit der Spiegel zersprungen war.

»Ich weiß nicht, was ich mit der da anfangen soll, Rerin«, sagte Conan. »Wenn wir sie laufen lassen, wird sie uns mit irgendeinem Zauber Böses antun. Aber mitnehmen können wir sie auch nicht.«

»Du brauchst keine Angst zu haben«, erklärte Sarissa

mit toter Stimme. »Als du den großen Spiegel zerstörtest, hast du mich und mein ganzes Volk getötet. Die Gemeinschaftsseele meiner Rasse lebte in diesem uralten Artefakt. Du, mit deiner barbarischen Beschränktheit, hast es zerstört.«

»Beschränktheit!« rief Conan. »Hätte ich gewußt, daß ich mit diesem Ding euch alle hätte vernichten können, hätte ich den Spiegel bei der ersten Gelegenheit schon zerschmettert. Aber das alles wäre nicht nötig gewesen, Weib. Hättest du Alcuina freundlich behandelt, hättest du mich nicht für dein billiges Vergnügen eingesetzt, wären Alcuina und ich jetzt auf dem Weg nach Hause, und du hättest noch deinen Bruder, dein Schloß und deine verfluchten Spiele.«

Conan war nicht der Mann, der an die Mitleid verschwendete, die ihr Unglück selbst verschuldet hatten.

»Es stimmt, was sie sagt«, bestätigte Rerin. »Sie hat ihre ganze magische Aura verloren.«

»Laßt mich zum Schloß zurückgehen, damit ich mit meinen Leuten sterben kann«, bat Sarissa.

»Na schön«, sagte Conan und steckte sein Schwert in die Scheide. »Ich habe keine weitere Verwendung für dich.« Er schenkte ihr keine Beachtung mehr, als sie langsam und niedergeschlagen den Weg zurück zum Schloß einschlug.

Nachdem sie weg war, wandte sich Alcuina an Rerin. »Und jetzt, alter Freund, hast du einen Zauberspruch, der diese magischen Fesseln löst?«

Rerin beugte sich herab und musterte die Stricke, mit denen Alcuinas Hände und Füße gebunden waren. »Habt ihr es schon mit einem Messer probiert?«

»Daran habe ich gar nicht gedacht«, antwortete Conan. Er zog seinen Dolch. Ganz mühelos schnitt er die Stricke entzwei.

»Nie daran gedacht!« rief Alcuina. Die Zornesröte ihres Gesichts ergoß sich bis zu den Brüsten. In ihrer Wut schien sie ihre Nacktheit ganz vergessen zu haben. »Du hast mich absichtlich gefesselt gelassen, damit du mit mir im Schloß machen konntest, was du wolltest!«

»Manchmal ist es von Vorteil, wenn eine Königin sich nicht rühren kann, damit ein Krieger seine Arbeit erledigen kann«, meinte Conan ungerührt.

»Du Schwachkopf! Was hätte ich gemacht, wenn sie dich getötet hätten, während ich hilflos war? Hast du je daran gedacht?«

»Ich bin sicher, Ihr hättet Euer königliches Bestes gegeben und Euch wie bisher durchgeschlagen.«

»Schaut!« sagte Rerin, um das abzubrechen, was in eine Fehde zwischen Königin und Krieger auszuarten drohte.

Sie schauten nach oben. Das Schloß, das so stark ausgesehen hatte, begann zu schmelzen, in sich zusammenzusinken. Die Umrisse wurden immer verschwommener, schemenhafter, als sei alles darinnen weich geworden, geschrumpft.

»Wie eine Qualle, die man aufs trockene Land geworfen hat«, bemerkte Conan und kratzte sich das stoppelige Kinn.

»Allein durch ihr Magie hielten sie das unstabile Gebilde zusammen«, meinte Rerin. Dann bemerkte er Conans Bartwuchs. »Wie lange warst du im Schloß?«

»Na, so drei oder vier Tage«, antwortete Conan erstaunt.

»Nein«, protestierte Alcuina. »Es müssen mindestens neun oder zehn Tage gewesen sein.«

»Aber ich habe nur eine einzige Nacht hier im Wald verbracht, seit Conan die Mauer hochkletterte. Selbst die Zeit ist in diesem Dämonenland verschwommen.«

»Wir müssen den Heimweg finden«, erklärte Alcuina. »Und schnell! Dieser Ort macht mir Angst, außerdem mache ich mir um meine Leute daheim Sorgen. Wie mag es ihnen ergangen sein?«

»Ich habe Hunger«, sagte Conan. »Rerin, mach Feuer! Ich werde gleich mit einem Braten zurück sein.« Dann verschwand er im Unterholz.

Rerin setzte sich neben Alcuina ans prasselnde Feuer. Sie trug seinen Umhang als behelfsmäßiges Gewand. »Wie denkst du jetzt über deinen Champion?« fragte er.

»Er ist wie ein Mann aus einer alten Sage. Ich habe noch nie einen Krieger wie ihn gesehen. Aber er ist so wild und eigensinnig, daß ich mich frage, ob er mir dient oder nur seinen Launen nachgibt.«

»Er besitzt außergewöhnliche Fähigkeiten. Du brauchst einen König neben dir in der Halle. Und keiner der Nachbarkönige gefällt dir, Alcuina. Du könntest eine schlechtere Wahl treffen, als diesen Cimmerier zu nehmen. Er hat kein Königreich, das deines verschlingen könnte, und mit ihm an der Spitze deines Heeres brauchtest du keinen Feind zu fürchten.«

»Eine Zeitlang könnte es gutgehen«, sagte Alcuina. »Aber irgendwann würde ich ihn nachts, wenn er schläft, umbringen.«

10

AM HOF DER WINTERKÖNIGE

Odoac, der König der Thungier, stand da und blies in die Hände. Den massigen Körper hüllten kostbare Pelze ein. Hinter ihm standen einige seiner Elitekrieger, neben ihm steckte im Schnee ein Jagdspeer. Alle warteten auf den großen Hirsch, den die Treiber vorbeijagen sollten. Da hörte man von rechts etwas durch die Büsche brechen.

»Der Hirsch kommt!« sagte der Neffe des Königs.

»Ich habe selbst Ohren, du grüner Junge«, wies ihn Odoac mürrisch zurecht.

Er griff nach dem schweren Speer und machte sich bereit. Gemäß einer uralten Sitte stand dem König der erste Wurf zu, danach den Kriegern, ihrem Rang gemäß.

Inmitten einer Schneewolke tauchte das herrliche Tier auf. Seine Augen rollten wild, die Zunge hing ihm vor Erschöpfung und Panik seitlich aus dem Maul. Dahinter grölten und lärmten die Treiber, um ihn der adligen Jagdgesellschaft zuzutreiben.

Als der Hirsch vorbeiraste, trat der König vor und warf mit lautem Stöhnen den Speer. Der Wurf war sehr kraftvoll, aber weit daneben. Der Speer prallte am Geweih ab. Durch den Aufprall erschreckt, blieb der Hirsch stehen.

Während Odoac außer sich vor Wut fluchte, drehte sich der Hirsch, so daß er die Jäger anblickte. Mit gesenktem Kopf lief er auf sie zu und bot damit ein außerordentlich schwieriges Ziel. Der Neffe des Königs, der junge Leovigild, griff zu seinem Speer, holte weit aus und warf nach drei Laufschritten. Unbeirrt sauste die Waffe auf den Hirsch zu, glitt unter dem Geweih am Kopf vorbei und drang tief zwischen Hals und Brust ein. Das stolze Tier sank waidwund zu Boden, da Halsschlagader und Herz durchbohrt waren.

Lächelnd stand der junge Mann da, während ihm die anderen gratulierten und auf den Rücken klopften. Dann verstummten alle, als der König zu seinem Neffen kam. Sein Gesicht war wutzverzerrt. Mit der offenen Hand schlug er den Jüngeren nieder.

»Du unverschämter Schnösel! Ich hätte ihn getroffen, wenn du mir nicht in den Arm gefallen wärst! Glaubst du, ich hätte dein Vordrängen nicht bemerkt? Du hast mir den Hirsch weggenommen, und ebensogern würdest du dich meines Thrones bemächtigen!«

Die Krieger blieben bei diesem Wutausbruch stumm. Sie wußten, daß niemand neben dem König gestanden hatte und daß er aus eigener Ungeschicklichkeit den Hirsch verfehlt hatte; aber niemand wagte es, ihn der Lüge zu bezichtigen. Diese wahnsinnigen Wutausbrüche waren immer häufiger in letzter Zeit, da Odoac spürte, wie seine Kräfte durch das Alter und sein übermäßiges Fressen und Saufen schwanden.

»Ihr seid ungerecht, Herr«, verteidigte sich Leovigild. Sein Gesicht war wegen der Demütigung totenbleich, doch hob er nicht die Hand gegen den Onkel. »Ich warf, weil ich an der Reihe war, und alle Männer können bezeugen, daß ich Euch stets loyal gedient habe.«

»Dann sorge dafür, daß das auch so bleibt du aufgeblasener Fratz«, sagte Odoac mit kaum erträglicher Verachtung. »Es werden noch viele Jahre vergehen, ehe Ymir mich in seine Halle ruft und du auf dem Thron sitzen darfst.«

Dann ging der König schnell weg. Am liebsten hätte er seinen Neffen umgebracht, so wie er alle anderen Rivalen getötet hatte, darunter auch seine eigenen Söhne. Aber nach Landessitte mußte er einen designierten Erben haben, und Leovigild, der einzige Sohn seines ermordeten Bruders, war der letzte männliche Sproß der königlichen Familie. Hätte er den Jungen getötet, hätten seine Adeligen sich berechtigt gefühlt, Odoac abzusetzen und einen aus ihrer Mitte an seine Stelle zu wählen. Als Leovigild noch ein Kleinkind war, bedeutete er keine Bedrohung, selbst nicht als Junge. Aber jetzt war er mannbar, und Odoac mußte etwas gegen ihn unternehmen.

Einige Adlige hatten Leovigild aufhelfen wollen, aber er hatte unwillig die helfenden Hände abgeschüttelt. »Einen solchen Schlag hätte ich nicht hinnehmen dürfen, nicht mal von einem König«, sagte er, weil er befürchtete, in den Augen der Krieger an Achtung verloren zu haben.

»Was hättest du machen können?« sagte ein grauhaariger Aristokrat. »Es sei denn, du wolltest das Schicksal deiner männlichen Verwandten teilen. Du mußt deine Zeit abwarten, Jüngling. Lange kann es nicht mehr dauern.« Besänftigt ging Leovigild in die Halle zu den anderen Kriegern.

An diesem Abend schickte Odoac nach dem Festmahl alle weg, bis auf die höchstrangigen und tapfersten Krieger. Mit gefüllten Trinkhörnern warteten sie auf die Worte ihres Herrn. Odoacs fetter Körper füllte den großen Thron aus. Die Schweinsaugen verschwanden fast in dem aufgeschwemmten Gesicht. Einen Moment lang blieb sein Blick auf Leovigild haften. Unerschrocken erwiderte der Jüngling den Blick. Er sah gut aus mit dem Blondhaar und dem kurzen lockigen Bart, der sein festes Kinn umrahmte. Seine Augen waren klar und blau, im Gegensatz zu Odoacs hervorquellenden, blutunterlaufenen Murmeln. Odoac neidete dem Jüngling seine Jugend, Stärke und Schönheit ebensosehr wie dessen Ehrgeiz und die Tatsache, daß die Krieger sich immer häufiger an ihn um Rat und Lob wandten.

»Meine Krieger«, begann der König. »Es wird Zeit, daß wir Pläne für die Zukunft des Reiches machen. Seit Jahren werden wir Thungier von zwei Feinden bedroht: Von Alcuina, der Königin der Cambrer, und Totila mit seinen Tormanna.« Die letzten Worte spuckte er beinahe aus, um seine Furcht vor Totila unter der Maske der Verachtung zu verstecken. In Wahrheit beneidete er Totila glühend, weil dieser als kleiner Räuberhauptmann angefangen hatte und nun über ein mächtiges Reich herrschte. Odoac dagegen hatte ein Königreich von seinem Vater geerbt und war kaum in der Lage gewesen, es selbst mit Hilfe von Verrat und Meuchelmorden zusammenzuhalten. »Natürlich hätte ich beide schon vor langer Zeit vernichtet, hätten sie nicht ihre verfluchten Zauberer Rerin und Iilma.

Ich bin ein Mann mit Verstand. Deshalb bot ich Königin Alcuina meine Hand für eine ehrenvolle Heirat. Mit dem Anschluß ihrer Ländereien und Leute hätten wir beide keinen Feind mehr fürchten müssen. Aber nahm diese hochmütige Hure vielleicht meinen Antrag an, wie meine früheren drei Frauen?« Er warf wütende Blicke um sich und schlug mit der Faust auf die Armlehne des Throns. »Nein! Das tat sie nicht! Sie benahm sich, als sei ich, Odoac, König der Thungier, ein armseliger Tagelöhner und nicht ein mächtiger König, dessen Ahnenreihe bis zu Vater Ymir zurückverfolgt werden kann.« Nur mit Mühe beruhigte sich der König, ehe er weitersprach.

»Ich habe diese Demütigung und Unverschämtheit geduldig hingenommen. Aber jetzt ist Schluß! Jetzt ist die Zeit zum Handeln gekommen! Vor einigen Wochen habe ich vernommen, daß Alcuina unter seltsamen Umständen verschwand.« Von dieser Neuigkeit überrascht, redeten alle durcheinander. »Für mich besteht kein Zweifel, daß dies ein Werk Iilmas ist, Totilas Lieblingsmagier. Alcuinas Leute sitzen jetzt ohne Führung in ihrer Festung. Es gibt dort niemanden mit königlichem Blut, der sie befehligen könnte. Sie warten verängstigt zusammengepfercht auf die Rückkehr ihrer Königin. Ich glaube, da können sie lange warten. Jetzt ist der richtige Zeitpunkt zuzuschlagen und sie zu verschlingen, ehe Totila es tut.«

Die anwesenden Krieger brachen in lautes Jubelgeschrei aus. Ganz gleich wie sehr sie an Odoac wegen seiner schwindenden Stärke und der Wutausbrüche zweifelten, vertrauten sie bedingungslos auf seinen Beuteinstinkt. In früheren Zeiten war er ein hervorragender Anführer im Krieg gewesen. Vielleicht flackerte bei diesem Plan nochmals ein Funke der alten Kraft auf. Da Könige nun einmal davon lebten, Rivalen auszuschalten, erschien es allen viel besser, daß die Thungier die Cambrer vereinnahmten als die verhaßten Tormanna.

»Ich bin nicht so sicher, daß das der beste Weg ist, Onkel«, sagte Leovigild. Der alte König starrte ihn mit unverhohlenem Haß an. Aber der Jüngling fuhr unerschrocken fort: »Ich finde es nicht sehr ehrenvoll, Königin Alcuinas Leute zu überfallen, während ihr Schicksal ungewiß ist. Große Männer sollten nicht so miteinander umgehen.«

»Ach, wirklich?« sagte Odoac mit gefährlich milder Stimme. »Aber so sind wir immer miteinander umgegangen, hier im Norden. Die Schwachen werden von den Starken gefressen. Das habe ich von meinem Vater gelernt und er von seinem. So ist es immer gewesen, schon seit den Kriegen zwischen Göttern und Giganten.«

Viele nickten zu diesen Worten, denn für sie war die Sitte der Väter das einzige Gesetz, das sie neben dem der Stärke akzeptierten. Doch gab es auch etliche, die noch mehr von Leovigild hören wollten.

»Ich halte diesen Weg für nicht weise. Zugegeben, es ist gut, stark und grimmig zu sein. Wie könnte ein Volk sonst überleben? Aber ich finde es auch gut, weise zu sein und wohlüberlegt zu handeln. Mein Rat lautet daher: Wenn wir jetzt die Cambrer bekriegen, werden beide Völker Krieger verlieren und im unausbleibbaren Krieg gegen Totila schwächer dastehen. Warum entsenden wir statt dessen nicht Herolde zu den Cambrern und schlagen ihnen ein Bündnis gegen Totila vor, bis Königin Alcuina zurückkehrt? Das wäre in zweifacher Hinsicht gut. Sollte Alcuina nicht wiederkommen, müssen die Cambrer Euch schließlich als König anerkennen, da sie keinen eigenen Herrscher haben und mit Euch in den Krieg gezogen sind. Kehrt Alcuina zurück, kann sie wohl kaum Euren Antrag abweisen, da Ihr der Retter ihres Volkes wart. Ja, ihr Volk wird diese Heirat von ihr fordern, da sie ohnehin bald heiraten müßte.« Großer Beifall folgte auf die Worte voll Reife und Weisheit aus dem Munde eines so jungen Mannes.

Wäre dieser Beifall nicht gewesen, hätte der Junge dem Onkel seinen Plan unter vier Augen vorgetragen, hätte Odoac ihn vielleicht akzeptiert und als seinen eigenen ausgegeben. So aber geriet er darüber wieder in entsetzliche Wut. »Was ist das für ein weibisches Gewäsch eines Schwächlings? Nie würden die tapferen Thungier einem solchen Schwachkopf folgen! Ein solcher Feigling kann nicht aus unserem königlichen Geblüt stammen, deshalb werde ich ihn ausmerzen!« Odoac wälzte sich von seinem Thron und packte sein Schwert. Einige Männer hielten ihn zurück und schafften ihn wieder auf seinen Thron.

Ein alter Ratgeber wandte sich an Leovigild. »Es ist besser, wenn du fortgehst, mein Junge. Wir lassen nicht zu, daß der König dir etwas antut; aber bleiben kannst du nicht.« Leichenblaß verließ Leovigild die Halle. Nach geraumer Zeit beruhigte sich Odoac wieder.

»Dieser Bursche hat meine Geduld zu sehr auf die Probe gestellt«, erklärte Odoac. »Er muß in die Verbannung. Er ist nicht nur ein Feigling, sondern auch ein Verräter. Ich danke euch, daß ihr mich zurückgehalten habt«, fügte er noch scheinheilig hinzu. »Niemals möchte ich das Blut eines Verwandten vergießen, ganz gleich wie unloyal er sein mag.« Die Krieger nahmen diese Bemerkung mit beredtem Schweigen hin.

»Aber jetzt habt Ihr keinen Erben, Herr«, sagte ein alter Haudegen mit grimmigem Gesicht. »Wie steht es mit der Sitte unserer Väter? Die Leute müssen einen Thronerben haben, sonst gibt es Ärger.«

Verlegen rutschte Odoac auf dem engen Thron herum. »Hältst du mich für so alt, daß ich das nicht in Ordnung bringen kann? Sobald wir die Angelegenheit mit den Cambrern erledigt haben, werde ich ein neues Weib nehmen, Alcuina oder irgendeine andere. Dann werdet ihr innerhalb eines Jahres einen Erben haben. Das schwöre ich.«

»Das hören wir gern, o König«, sagte der Alte. Odoac war nicht sicher, ob nicht Spott mitklang. »Und was ist mit diesem schwarzhaarigen Champion Alcuinas, von dem wir gehört haben? Wird uns dieser Kerl Schwierigkeiten machen?«

Froh über den Wechsel des Themas, antwortete Odoac: »Ich habe mit dem Händler Dawaz über ihn gesprochen. Er ist nichts als ein Söldner, ein Abenteurer aus fernen Landen, der hier weder Freund noch Feind hat. Er scheint mit seinen Waffen einigermaßen geschickt zu sein. Mit etwas Glück gelang es ihm, Agilulf zu töten. Ich habe ferner gehört, daß er in derselben Nacht verschwand wie Alcuina und der Zauberer Rerin. Alles Gründe, warum wir so schnell wie möglich angreifen sollten. Die Cambrer haben Königin, Magier und

Champion verloren. Wann wird eine solche Gelegenheit wiederkommen?« Er blickte in die Runde und sah nur kriegslustige Gesichter. »Nun denn, schärft eure Waffen, Männer!« Er wandte sich an den ihm ergebenen Diener Wudga. »Geh zu allen Außenhöfen und rufe die Krieger zusammen. Es ist schon viele Jahre her, daß wir einen Winterfeldzug führten. Erinnere daher jeden daran, so viel Proviant mitzunehmen, wie er für mindestens zwei Wochen braucht. Danach werden wir uns an den Vorräten der Cambrer mästen.«

Nach diesen Worten ertönte lautes Jubelgeschrei. Der unglückliche Leovigild war vergessen. Odoac lehnte sich zurück und lächelte zufrieden. Nur wenige Probleme, ganz gleich wie schwierig, konnten nicht mit ein bißchen Krieg und der Aussicht auf fette Beute gelöst werden.

Leovigild ritt viele Stunden lang dahin. Er wußte nicht so recht, wohin er sich wenden sollte. Niemand aus der Halle hatte ihn verfolgt. Keiner hatte versucht, ihn aufzuhalten, als er seine wenigen Habseligkeiten auf ein Packpferd schnallte und vom Hof ritt. Vielleicht wäre ein schneller Tod von den Händen von Odoacs Männern besser gewesen. Er war ein Geächteter, von Herd und Hof vertrieben, ohne Schutz der Familie. Im Norden war ein Mann ohne Clan oder Verwandte buchstäblich zum Tode verurteilt.

Geduldig stapfte sein kleines, zottiges Pferd durch den Schnee. Aus den Nüstern stiegen Atemwolken auf, als das Tier mit sicheren Tritten sich einen Weg durch die Schneeverwehungen suchte. Bei der großen Kälte war die oberste Schicht verharscht, so daß sie unter den Hufen knirschte.

Wohin sollte er sich wenden? Er besaß nichts als zwei

Pferde, Schwert, Helm und Küraß aus fein gearbeiteter Bronze. Auf dem Packpferd waren Reitgewand, Festkleidung, zwei Langspeere, ein kurzer Wurfspieß und sein Schild aus bemaltem Holz und Leder. Mit dem Gewand, das er auf dem Leib trug, bestand daraus seine gesamte Habe. Aber nie wäre Leovigild auf den Gedanken gekommen, den Schutz eines reichen Grundbesitzers anzunehmen und sich als Bauer zu verdingen. Lieber verhungern! Ein bewaffneter Krieger aus adligem Haus konnte sich immer der Söldnerschar irgendeines Fürsten anschließen. Das war zumindest ehrenvoll; aber es mußte weit von hier sein, und ein Mann allein würde den langen Ritt kaum überleben. Aber dann dachte Leovigild wieder daran, daß er der rechtmäßige Erbe des Thrones der Thungier war, und diesen wollte er unter keinen Umständen aufgeben.

Seine düsteren Gedanken wandten sich Alcuina zu. Wenn die Berichte stimmten, war auch sie jetzt in einer Art Exil. Falls der widerliche Iilma dahintersteckte, war ihrer Lage schlimmer als seine. Er war ihr nie begegnet; aber man sagte, sie sei wunderschön. Der Gedanke, daß eine schöne junge Frau seinen Onkel heiraten sollte, war ihm entsetzlich.

Er wollte den Kriegern der Tormanna und der Cambrer aus dem Weg gehen. Die Zeiten waren jetzt noch unsicherer als sonst. Kein Gesetz schützte einen einsamen Reisenden. Viele, die auf dem Schlachtfeld Feiglinge waren, machten sich eine Spaß daraus, Menschen einzufangen und zu foltern, ehe sie sie töteten.

Da erinnerte er sich an ein kleines Bergtal im Norden. Er war vor mehreren Jahren auf der Jagd darauf gestoßen. Es war unbewohnt und schlängelte sich auf der nicht klar festgelegten Grenze zwischen den Tormanna und Cambrern dahin. Wenn er ungesehen zwischen den beiden Ländern durchkam, würde er sicher einen Zufluchtsort finden. Vielleicht bot er seine Dienste einem Fürsten an, bis er zurückkehren und sein Geburtsrecht beanspruchen konnte. Lange würde Odoac sicher nicht mehr leben.

Gegen Abend lagerte er am Eingang zum Tal und machte ein Feuer. Es war unwahrscheinlich, daß ihn jemand hier aufstöberte, da in dies wilde Tal höchstens mal ein Jäger kam oder ein Hirte nach verlorenen Tieren suchte.

Leovigild hatte sich in seinen warmen Umhang gewickelt und wollte schlafen, als ihn geisterhafte Irrlichter erschreckten, die zwischen den Bäumen im Tal herumflitzten. Schnell griff er zum Schutzamulett am Hals und sprach einen Schutzzauber gegen böse Mächte. Die Lichter kamen näher, schienen aber nicht bedrohlicher als der Gluthaufen des Feuers vor ihm.

»Ymir!« murmelte er. »Ich bin doch kein kleines Kind, das sich vor Irrlichtern fürchtet und die Decke über den Kopf zieht.«

Er zwang sich zu lachen und legte sich wieder hin. Nichts belästigte ihn, aber sein Schlaf war unruhig und von wilden Alpträumen heimgesucht.

Am nächsten Morgen bestieg Leovigild sein Pferd und musterte das enge, dicht bewachsene Tal vor ihm. Es lag nur wenig Schnee. Das ließ sich aber durch das lichte Blätterdach erklären. Dennoch ging etwas Böses von diesem Ort aus. Leovigild mußte die Pferde kräftig antreiben, damit sie ins Tal gingen. Bei seinem früheren Besuch war er zu Fuß gekommen. Das war im Hochsommer gewesen; aber auch damals hatte ihn die Dunkelheit des Tales bedrückt.

Im Tal war es wärmer als draußen auf der Ebene — und stiller. Auch die Vegetation war anders. Statt Fichten und Kiefern standen hier hauptsächlich Eichen. Obwohl die Bäume sehr niedrig waren, verblüfften sie durch ihre Dichte. Nach kurzer Zeit wurde das Unterholz aber lichter, so daß er schneller vorwärts kam. Der Talboden war uneben, ein kleiner Bach rieselte über ein Kiesbett dahin. Die dicken Moospolster, die herabhängenden Luftwurzeln und Ranken verliehen dem Tal eine gewisse wilde Schönheit, die nur durch das bedrükkende Dämmerlicht beeinträchtigt wurde.

Leovigild hielt nach Wild Ausschau, um die kargen Vorräte in seinen Satteltaschen zu schonen; aber keine größeren Tiere waren zu sehen, und die kleinen hielten Winterschlaf. Dennoch hielt er den mit Fell bezogenen Eibenbogen schußbereit in der Hand.

Allmählich bereute er, diesen Weg eingeschlagen zu haben. Zwar würden ihn hier keine von Totilas oder Alcuinas Männern aufstöbern, dafür aber sah es hier nach Drachen und Riesen aus. Seine Phantasie bevölkerte die Höhlen und Büsche mit Hexen. Hinter den mit Moos bewachsenen Steinen glaubte er Zwerge zu sehen. Er versuchte, diese unheimlichen Bilder abzuschütteln.

»Ammenmärchen, mit denen man Kinder erschreckt!« murmelte er vor sich hin. »Vor Männern muß ich mich hüten, nicht vor Kobolden.«

Nachdem Leovigild sich so Mut zugesprochen hatte, trieb er das Pferd voran. Vor ihm lag ein Schneehaufen, da hier die Bäume nicht so dicht standen. Und dann geschah alles auf einmal: Als er das Pferd um den Schneeberg herumlenkte, explodierte dieser plötzlich. Schneeklumpen flogen durch die Luft.

Leovigilds Pferd wieherte und machte vor Schrecken einen Satz, so daß der Jüngling aus dem Sattel fiel. Benommen lag er da. Hoch über ihm erhob sich ein Wesen aus einem Alptraum: Ein keilförmiger Kopf krönte den

Schlangenkörper, der so dick wie ein ausgewachsener Mann war. Tückisch funkelten die Schlitzaugen auf den hilflosen Leovigild herab. Ihm war klar, daß er gegen dieses vorsintflutliche Ungeheuer keine Chance hatte.

»Eine Schneeschlange!« stieß er hervor.

Reisende hatten behauptet, die riesigen Schlangen mit weißem Fell in Ländern nördlich der Waldgrenze gesehen zu haben, wo die Sonne ein halbes Jahr nie aufging und die andere Hälfte nie versank. Doch niemals in den Wäldern dieser Gegend.

Das Packpferd preschte in Panik zum oberen Ende des Tales weiter; aber sein Reitpferd stand vom Schrekken gelähmt da. Da Leovigild sich nicht regte, wandte sich das primitive Gehirn des Monsters dem Pferd zu. Im aufgerissenen Rachen der Schneeschlange sah Leovigild die nach hinten gebogenen Fänge, aus denen gelber Schleim tropfte. Dann stieß sie zu. Er hörte noch den schrecklichen Todesschrei des armen Pferdes, dann das grauenvolle Knacken seiner Knochen.

Unter Schmerzen richtete sich der junge Mann etwas auf. Aus einer sich windenden weißen Fellspirale ragten die Beine seines Reittieres heraus. Kaltes Grauen lief ihm über den Rücken. Das Monster verschlang das Pferd in einem Stück.

Aber das war die Gelegenheit zur Flucht. Auch bei einem so riesigen Untier dauerte es eine Zeitlang, ein ganzes Pferd zu verschlingen. Leovigild untersuchte seine Gliedmaßen. Sie taten ihm zwar teuflisch weh, aber auf allen vieren würde er kriechen können.

Langsam kroch er los. Die Schlange folgte seinen Bewegungen mit starrem Blick und versuchte, den Pferdekadaver loszuwerden. Doch gelang ihr das nicht, da die nach hinten gebogenen Fänge die Beute festhielten. Sie mußte das Pferd hinunterschlingen. Darüber verlor sie das Interesse an dem kleineren Beutetier Mensch.

Stöhnend, aber erleichtert zog Leovigild sich an einem jungen Baum hoch. Er blutete aus zahllosen Kratzern und fühlte sich, als sei König Odoacs Halle auf ihn heruntergestürzt. Langsam marschierte er weiter und überdachte seine Lage.

Wenn er sich vorher schon arm und verlassen gefühlt hatte, war jetzt alles noch schlimmer. Er hatte die Kleider, die er auf dem Leib trug, sein Schwert und ein Messer, dazu noch einen relativ heilen Körper. Das Packpferd mit den anderen Sachen war irgendwo weit vorn. Mit etwas Glück konnte er es wieder einfangen. Doch der Gedanke, daß er beinahe als Schlangenfraß sein Leben beendet hätte, hielt ihn davon zurück, sein Unglück zu verfluchen.

Er blieb stehen, um Atem zu schöpfen. Unter Schmerzen verneigte er sich und berührte die Erde. »Vater Ymir, ich danke dir, daß ich so glimpflich davongekommen bin.« Er hegte den Verdacht, daß Ymir an ihm nur wenig Interesse hatte. Trotzdem konnte es nicht schaden, sich mit den Göttern gutzustellen.

»Welch seltene Frömmigkeit bei einem so jungen Mann!«

Leovigild wirbelte beim Klang der menschlichen Stimme herum. Er sah niemanden. »Zeig dich!«

»Ich bin hier direkt vor deinen Augen.«

Leovigild strengte seine Augen in diesem Zwielicht an und sah einen großen mit Moos bewachsenen Stein nur wenige Schritte entfernt. Unter den langen, herabhängenden Flechten glich der obere Teil fast einem menschlichen Gesicht. In dunklen Vertiefungen funkelten eindeutig Augen! Normalerweise wäre es ihm wieder eiskalt über den Rücken gelaufen, doch so kurz nach der Begegnung mit der Schneeschlange fand er den Steinmann nur seltsam.

»Was für ein Geschöpf bist du?« fragte er.

»Das könnte ich dich auch fragen, du Tor.«

Leovigild sah nun, daß auf dem Stein ein kleines verhutzeltes Männlein saß. Er hatte sich so seiner Umgebung angepaßt, daß Leovigild nicht wußte, ob er mit Lumpen oder Moos bekleidet war.

»Ich bin Leovigild, Erbe des Reiches der Thungier. Mein Pferd wurde von einer großen weißen Schlange verschlungen, und ich suche mein Packpferd.«

»Und was bringt dich hierhier, an einen Ort, den Menschen meiden, seit der erste den Fuß in diese Wälder setzte?« Eine große Hand tauchte auf und kratzte ein borkenbraunes Kinn.

»Das ist meine Sache. Ich will nur durch dies Tal hinauf nach Norden. Ich hatte gedacht, es in zwei Tagen zu schaffen; aber nach dem Verlust meiner Pferde kann es länger dauern.«

»Vielleicht bleibst du viel länger hier, als du je vorhattest«, sagte das häßliche Männlein.

Mit Unbehagen dachte Leovigild an die Märchen, die er als Kind gehört hatte, wo es Höhlen und Hügel gab, in die ahnungslose Reisende mit Musik oder geheimnisvollen Lichtern gezogen wurden, um mit Zwergen eine Nacht zu feiern. Wenn sie aber bei Morgengrauen diese Orte verließen, mußten sie feststellen, daß inzwischen zwanzig oder mehr Jahre vergangen waren.

»Willst du mich etwa verzaubern?« Er legte die Hand ans Schwert. Nach dem Sturz war er zwar nicht in Höchstform, hatte aber keine Zweifel, daß er diesen Homunculus besiegen konnte.

Das Männlein lachte laut. Es klang, als riebe man zwei Steine gegeneinander. »Der Tod ist die längste Verzögerung, und ihr Menschen seid eine so kurzlebige Rasse.« Er sprach langsam, als ob für ihn Zeit keine Rolle spiele.

»Ich muß jetzt mein Packpferd finden«, erklärte Leovigild ungeduldig. »Dies ist dein Tal. Ich wäre dir dankbar, wenn du mir bei der Suche helfen würdest. Wenn nicht, dann halte mich nicht länger auf.« Entschlossen wandte er sich zum Gehen.

»Nicht so hastig, mein Junge.«

Die Zwergengestalt hatte sich vom Stein erhoben. Sie reichte Leovigild bis zum Gürtel, war aber doppelt so breit wie hoch. Die überlangen Arme waren muskelbepackt. Jetzt war der junge Mann nicht mehr so siegessicher, das Männlein in einem Kampf zu schlagen.

»Dann wollen wir mal dein Tier suchen. Ich schwöre dir, allein würdest du in diesem Tal nicht lange leben.«

Der Zwerg nahm einen Prügel und legte ihn auf die Schulter. Es war ein knorriger Eichenknüttel, so lang wie Leovigilds Bein, alt und blank poliert. Das Männlein schwang ihn so leicht wie eine Weidengerte. Beide schritten nun nebeneinander dahin.

»Was für eine Sorte Mann bist du?« fragte Leovigild nochmals. »Ich bin bisher noch nie jemandem wie dir begegnet, obwohl du nicht weit von meiner Heimat entfernt lebst.«

»Ich bin kein Mensch, ich bin ein *Niblung*. Mein Volk lebte schon lange hier im Norden, ehe die Menschen mit ihren langen Beinen und ihrem kurzen Leben kamen. Ihr seid uns nur selten begegnet, weil wir das so wünschten. Dies Tal wirkt so unheimlich, daß nur wenige sich hereinwagen. Und dann drehen sie bald um, weil unerklärliche Furcht sie überfällt. Auch die, welche in der Nähe lagern, werden von bösen Träumen geplagt.«

»Das ist mir auch so gegangen«, sagte Leovigild und nickte. »Ich bin nur weitergeritten, weil es der einzig sichere Weg durchs Land meiner Feinde ist.« Die Worte waren ihm entschlüpft, ehe er sie zurückhalten konnte. Er hatte nicht beabsichtigt preiszugeben, daß er auf der Flucht war.

»Vielleicht helfen wir kleinen Leute dir«, sagte das Männlein. »Ich bin Hugin. Halte dich hinter mir, Jung-Leovigild. Vieles, was dir im Tal harmlos erscheint, birgt Gefahren für dich.«

»Einigen bin ich bereits begegnet«, sagte Leovigild.

»Stimmt. Und wenn du nicht einmal ein so großes Ding wie die Schneeschlange gesehen hast, wie willst du dann die kleinen Dinge erkennen, die ebenso tödlich sind?« Wie Fledermausflügel schlugen die bemoosten Augenbrauen auf und ab.

»Wie ist das Ungeheuer in dieses Tal gekommen?« fragte Leovigild. »Das sind Figuren aus unseren ältesten Märchen. Sie hausen angeblich in den Ländern des ewigen Schnees, hoch oben im Norden.« Sie kletterten über Baumstämme, die ein mächtiger Sturm vor Urzeiten entwurzelt hatte.

»Einige dieser Gattung leben dort oben«, erklärte Hugin. »Früher jedoch waren sie viel zahlreicher und verbreiteter. Vor langer, langer Zeit — länger, als ihr Menschen zurückdenken könnt —, da war die Welt von Eis und Schnee bedeckt. Damals herrschten Schneeschlangen, Mammuts und weiße Riesenaffen. Das Eis zog sich nach Norden zurück und die Schneeungeheuer mit ihm. Doch zuweilen rührt sich ein uralter Instinkt im Gehirn dieser Fellgeschöpfe und treibt sie nach Süden. Sie kehren bald wieder in den Norden zurück, da sie die Hitze nicht ertragen können und nicht die richtige Nahrung finden. Die Schlange wäre auch bald verschwunden, doch hat ihr dein Pferd eine feine Mahlzeit verschafft. Jetzt wird sie viele Tage schlafen.«

Leovigild kam es unglaublich vor, daß nach nur wenigen Stunden Fußmarsch rechts und links die vertrauten Kiefernwälder seiner Heimat standen. Dies Tal war eine Scheibe aus einer anderen Zeit.

Nicht alle Gefahren waren so exotisch wie die Schneeschlange. Hugin zeigte ihm in einer Mulde neben dem Bach ein Nest Vipern. Diese Sorte hatte Leovigild noch nie zuvor gesehen. Ohne Warnung wäre er leicht mitten hineingetreten. Immer wieder stießen sie auf Hufschlag. Da wußte er, daß sie seinem Packpferd noch auf den Spuren waren.

Gegen Mittag schlugen sie einen Bogen um ein Dikkicht, aus dem lautes Schnarchen ertönte. Leovigild konnte seine Neugier nicht bezähmen und spähte hinein, obwohl ihm Hugin davon abgeraten hatte. Zu seinem Erstaunen erblickte er einen schlafenden Eber, der so groß wie ein ausgewachsener Stier war. Seine Hauer waren so lang wie Arme. Leovigild wünschte seinen Wurfspieß herbei, doch wußte er, daß alle Sauspieße und Netze in Odoacs Schloß nicht ausreichten, um dieses riesige Tier zu erledigen. Es hätte nur zu einem Blutbad unter den Jägern geführt.

Da kam Leovigild plötzlich ein Gedanke. »Hugin, vor einigen Tagen verschwand die Königin der Cambrer. Sie heißt Alcuina und soll eine außergewöhnlich schöne Frau sein. Möglicherweise ist sie in Begleitung ihres besten Kriegers, eines schwarzhaarigen Fremden, der ungewöhnlich gut mit dem Schwert umgehen kann, wie ich gehört habe. Sind sie hier durchgekommen?«

»Nein«, antwortete Hugin. »Das hätte ich gehört.«

»Schade«, meinte Leovigild und verzog enttäuscht das Gesicht.

Die Moosbrauen klappten wieder nach oben. »Es scheint dir viel daran zu liegen, den Aufenthaltsort der schönen Königin zu erfahren.«

»In der Tat! Ich würde viel darum geben, wenn ich ihn wüßte, wenn sie noch am Leben ist. Es ist für ihr und mein Volk sehr wichtig.«

»Und für dich!« setzte Hugin mit rasselndem Lachen hinzu. »Ich werde dich zu jemandem bringen, der dir vielleicht mehr über deine verlorene Königin sagen kann — und über viele andere Dinge. Folge nur dem alten Hugin.«

»Zu wem führst du mich?« fragte Leovigild. Doch Hugin antwortete nicht.

Je weiter sie nach Norden gingen, desto weiter wurde das Tal. Unvermittelt kamen sie auf eine kleine Lichtung.

Dort stand Leovigilds Packpferd unter einer großen Eiche und graste. Dann sah er, daß das Tier an einen jungen Baum gebunden war.

»Wer hat das Pferd eingefangen und angebunden?« fragte er.

»Das wirst du noch früh genug sehen.« Das Männlein watschelte zur Eiche, wo ein Bündel lag. Leovigild erkannte seine Sachen. Es war alles da, was auf dem Packpferd gewesen war. Jetzt war er nicht mehr ganz so verzweifelt.

»Wen hast du mitgebracht, Hugin?« Leovigild schaute umher, sah aber niemanden. Langsam gingen ihm diese körperlosen Stimmen auf die Nerven. »Hier oben«, rief die weibliche Stimme aus dem Baum. Er legte den Kopf nach hinten und schaute hinauf.

Auf den dicken unteren Ästen stand auf einer kleinen Plattform eine Hütte. Eine dünne Rauchfahne kam von einem Feuer, das er nicht sehen konnte, ebensowenig wie die Sprecherin.

»Zeig dich!« rief er.

»Komm in mein Haus, wenn du mich sehen willst, junger Mann.«

Es kam ihm so vor, als habe die Stimme etwas spöttisch geklungen. Gut so! Sonst hätte er bei dieser Einladung Verrat gewittert. Bei ihm zu Hause war es Sitte, daß ein Mann, der einen anderen in dessen Heim aufsuchte, sich zeigte, damit man sah, daß er ehrliche Absichten hatte. Und vom Herrn des Hauses erwartete man, daß er herauskam und den Besucher begrüßte, unbewaffnet oder zumindest mit den Händen weit von den Waffen entfernt. Die Bewohner dieses Tales hatten merkwürdige Gebräuche. Leovigild war beruhigt, daß es eine Frauenstimme war, was man seiner Jugend und Unerfahrenheit zugutehalten muß.

Aus dem Stamm der Eiche ragten einige Aststümpfe wie eine Leiter heraus. Trotz des umgegürteten Schwertes kletterte Leovigild leicht hinauf. Wer Eber und Bären in den Wäldern des Nordens jagte, mußte auch schnell auf Bäume klettern können. Doch als er die Frau sah, die im Schneidersitz auf der Schwelle ihrer Hütte saß, verlor er beinahe das Gleichgewicht. In letzter Minute erwischte er noch einen Ast, der ihn vor einem bösen Sturz und — was noch schlimmer gewesen wäre — vor dem Verlust seiner Würde bewahrte.

Er hatte eine weibliche Ausgabe des häßlichen Zwerges Hugin erwartet. Statt dessen saß da eine junge, bildschöne Frau. Sie trug auch nicht so ein rauhes Gewand wie der *Niblung,* sondern gar keine Kleidung. In Leovigilds Kopf drehte sich alles vor Aufregung und Verwirrung.

»Setz dich zu mir!« sagte die Frau noch belustigter als vorher.

Leovigild gehorchte. Obwohl er sich größte Mühe

gab, konnte er kein Auge von der Frau wenden. Noch nie hatte er eine solche Frau getroffen, ganz zu schweigen von der Tatsache, daß sie splitterfasernackt war. Ihr Haar war rabenschwarz, was im Norden selten war, ihre Haut aber so hell und zart, daß sie beinahe durchsichtig war. Sie hatte ein herzförmiges Gesicht mit hohen Backenknochen und große, schräggestellte Augen in der Farbe von Smaragden. Ihr Körper war zierlich, aber mit vollen Brüsten und wohlgerundeten Hüften unter der schmalen Taille.

Leovigild mußte mehrmals schlucken, ehe er seine Stimme wiederfand. »Ich — äh — danke Euch für die freundliche Einladung, Herrin.«

In seinem ganzen Leben war er sich noch nie so dumm vorgekommen. Dann überlegte er, wie sie sich vor dem Erfrieren schützte. Na schön, im Tal war es etwas wärmer als in den Wäldern draußen; aber doch so kalt, daß selbst er als zäher Nordmensch nicht ohne dikken Umhang auskam.

»Du scheinst dich aber gar nicht wohl zu fühlen«, sagte sie.

»Verzeiht, aber dort, wo ich herkomme, begegnet man nicht oft nackten Frauen.« Von Galanterie hielt man im Norden nicht allzuviel.

»Oh, ich verstehe. Sei unbesorgt, meine Rasse leidet nicht so unter der Kälte wie deine.«

Leovigild verspürte den dringenden Wunsch, das Thema zu wechseln. »Hugin sagte mir, daß Ihr mir vielleicht bei ein paar Fragen helfen könnt, die mich belasten. Ich möchte nicht aufdringlich sein, aber ich wäre für jede Hilfe dankbar.«

»Und in welcher Form willst du diesen Dank abstatten?« Ihre grünen Augen waren unergründlich. Er wußte nicht, ob sie sich über ihn lustig machte oder die Worte ernst meinte. Ihr Gesicht war ernst, aber auch das konnte Spott verbergen.

»Wie Ihr seht, besitze ich nicht viel«, erklärte er. »Aber was ich habe, gebe ich Euch gern.«

»Keine Angst«, sagte sie. »Ich werde nichts von dir verlangen, was du mir nicht gern gibst.«

Sie nahm einige Borkenstücke aus einem Korb und warf sie auf die Glut in dem kleinen Steinherd. Eine duftende Rauchwolke stieg auf. Sie atmete tief ein.

Der Rauch kratzte Leovigild in der Nase, als er ihn ebenfalls einsog. Eine ungewohnte Benommenheit überfiel ihn. Mit tränenden Augen blinzelte er und sah die Frau mit neuer Klarheit, als sei das Licht stärker geworden.

»Wie heißt du?« fragte er ungehobelt.

Sie hatte die Augen geschlossen. Jetzt öffnete sie sie. Ihr Smaragdblick schien in weite Fernen zu reichen. »Meinen wahren Namen darfst du nicht kennen, denn das würde dir Macht über mich verleihen. Du kannst mich Atalia nennen. Ich gehöre zu einer Rasse, die so alt ist wie die Hugins. Während sein Volk aus Erde und Wasser ist, sind meine Elemente Luft und Feuer. Uns sind Geheimnisse der Vergangenheit und der Zukunft offenbar. Frage mich jetzt!«

Leovigild hatte schon von Hexen und Seherinnen gehört, die die Zukunft weissagten und Zauberkunst ausübten, hatte sie aber bisher eher für Scharlatane oder Halbirre gehalten. Diese Frau war anders. Obwohl Antlitz und Gestalt so schön waren, wie er es nie hätte träumen können, war sie ihm doch so fremd wie der Zwerg Hugin. Vielleicht verfügte sie wirklich über die Gabe der Prophetie? Aber was sollte er sie fragen? Seine Zukunft interessierte ihn; aber die Märchen seines Volkes waren voll von Helden und Königen, denen ihr

Untergang geweissagt worden war und die alles in ihrer Macht mögliche taten, um die Katastrophe abzuwenden. Unweigerlich waren die Handlungen, die sie ausführten, um ihrer Vernichtung zu entgehen, solche, die sie nur beschleunigten.

Die Götter wollten eben nicht, daß die sterblichen Menschen zuviel über ihre Zukunft wußten. Die Vergangenheit kümmerte ihn nicht. Doch gab es in der Gegenwart viel, das ihn verwirrte. Vielleicht würden Vater Ymir und die niedrigeren Götter nichts dagegen haben, wenn er sich etwas Kenntnis verschaffte, wie die Dinge außerhalb dieses kleinen Tales standen.

»Wo ist Alcuina, die Königin der Cambrer?« fragte er.

Atalias Lider sanken herab. Sie atmete tief den Rauch ein. Nach langem Schweigen begann sie langsam und mit tieferer Stimme als vorher zu sprechen.

»Sie ist an einem Ort, der sich nicht in diesem Tal befindet, auch nicht in einer Welt, die du kennst.«

Das war eine Enttäuschung! Die Frau sprach in Rätseln, wie die Drachen in den Märchen. »Willst du damit sagen, daß sie tot ist?«

»Nein. Es gibt noch andere Orte. Zu manchen haben Zauberer Zugang. Andere sind für Sterbliche verboten. Sie wurde durch das Wirken dunkler Mächte an diesen Ort gebracht.«

»Iilma!« flüsterte er. »Ist sie allein?«

»Zwei Männer folgten ihr. Einer ist ein alter Mann, ein Magier. Der andere ist sehr groß. Sein Haar ist so schwarz wie meines. Er ist kein gewöhnlicher Mann, sondern trägt das Zeichen eines seltsamen Schicksals. Er ist ein Fremder auf der Durchreise, denn sein Schicksal erfüllt sich nicht in diesen Wäldern im Norden.«

»Das muß ihr Zauberer Rerin sein und ihr Champion, dessen Name ich nicht kenne. Dann ist ihre Lage nicht ganz verzweifelt? Und was ist mit ihrem Volk, den Cambrern?«

Nach abermaliger Pause sprach Atalia weiter. »Sie sind führerlos und verzweifelt. Bei einem Angriff wären sie eine leichte Beute, da ihr Herz von ihnen gegangen ist.«

Leovigild wählte die nächsten Worte sehr sorgfältig. »Ich frage dich nicht, was ich tun soll, auch nicht, wie lange ich noch zu leben habe. Aber was wäre die weiseste Wahl, wie ich handeln soll?«

Sie lächelte. »Du bist vorsichtig. Das ist gut, denn vorsichtige Männer leben länger als Hitzköpfe. Ich gebe dir daher einen Rat, keine Prophezeiung. Geh zu den Cambrern und ihrer Königin. Zum Guten oder Schlechten — dein Geschick liegt bei ihnen, und es frommt keinem Mann zu versuchen, seinem Schicksal zu entfliehen.«

»Gut, dann auf zu den Cambrern.«

Leovigild kam es vor, als sei eine große Last von ihm genommen worden. Es war eine Entscheidung gefallen. Jetzt brauchte er sich nicht länger den Kopf zu zerbrechen. Er würde von hier weggehen, das Tal verlassen und zu Alcuinas Festung auf der Ebene der großen Steine reiten. Dieser so unheimliche Ort würde nach den seltsamen Ereignissen in diesem Tal fast anheimelnd sein.

»Da ist noch die Sache mit meiner Bezahlung«, sagte Atalia. In ihren grünen Augen lag jetzt ein anderer Schein.

»Und was soll ich dir geben?« fragte Leovigild.

Sie stand auf und schien in seine Arme zu schweben. Durch sein Gewand spürte er die Hitze ihres nackten Körpers, der wärmer als der jeder sterblichen Frau war. »Wie ich dir schon sagte«, flüsterte sie ihm zu, »wirst du bestimmt nicht bereuen, mich zu bezahlen.« Langsam zog sie ihn in ihre Hütte.

Es war ein frostiger Morgen. Siggeir stand Wache. Wie schon so oft in den vergangenen Wochen suchte er mit den Augen den großen Steinkreis auf der Ebene ab und hoffte vergeblich, daß Alcuina wieder an der Stelle auftauchen möge, an der sie so geheimnisvoll verschwunden war. Er hatte die anderen aufgefordert, eine Strafexpedition gegen Totila zu führen, den König zu töten und seinen Zauberer Iilma gefangenzunehmen. Wie die meisten war Siggeir sicher, daß Alcuinas Verschwinden das Werk dieses Zauberers war. Vielleicht konnte man Iilma durch allerlei Methoden überreden, ihnen die Königin zurückzubringen. Einige hatten mitgehen wollen; aber die meisten hatten zuviel Angst vor Totila und Iilma, so daß Siggeirs Bitten umsonst gewesen war.

Aber regte sich dort hinten nicht etwas? Ja, ein Reiter näherte sich auf einem kleinen Pferd aus Westen. Um diese Jahreszeit waren nur wenige Menschen unterwegs. War es ein Bote oder ein umherziehender Barde, der für ein Nachtlager und ein warmes Mahl seine Lieder sang? Als der Mann näher kam, sah Siggeir, daß es ein hübscher junger Mann in feinem Gewand war.

»Wer bist du?« rief er hinunter.

Der junge Mann schaute empor und lächelte. »Ich bin Leovigild, früher Prinz der Thungier, jetzt aber ein Verbannter. Wer führt in Abwesenheit von Königin Alcuina das Kommando? Ich habe interessante Neuigkeiten.«

König Totila langweilte sich. Das Leben im Winter kreiste nur um Essen, Schlafen und Spielen. So verbrachte man die langen dunklen Tage bis zum Frühling. Dann begannen wieder Kampf, Jagd und Beutezüge, Vergnügungen, die einem Mann mit vornehmer Herkunft entsprachen. Manchmal fanden auch Jagden im Winter statt; aber jetzt war das große Mittwinterfest bereits vorbei. Das Wild machte sich rar. Wenn nicht einer seiner Jagdgehilfen zufällig einen unvorsichtigen Eber oder Hirsch erwischte, mußte man sich mit Rauchfleisch und Trockenfisch begnügen.

Es könnte aber schlimmer sein! Er hatte schon Winter erlebt, in denen seine Krieger wie Leibeigene von Käse und Hirsebrei leben mußten. Bei dem Gedanken lief es ihm kalt über den Rücken. Ein sauberer Tod auf dem Schlachtfeld war ihm lieber als ein solches Fretterleben. Er hatte von großen Königen im Süden gehört, wo das ganze Jahr hindurch Frühling herrschte, wo es immer prickelnden Wein statt sauren Biers gab, das zu lange im Faß gelagert war. So sollte ein König leben! Und so wollte auch Totila leben, sobald die Sache mit seinen Nachbarn erledigt war. Dann würde er die Grenzen nach Süden vorantreiben und in der Nähe der zamorischen Grenze eine südliche Hauptstadt errichten.

Doch das waren Zukunftsträume. Zunächst stand er vor dem Problem, die Nachbarn zu unterwerfen. Dazu brauchte er seinen Magier Iilma, auf den er sich immer mehr verließ. Der König war nicht sicher, ob das gut war; aber was konnte er tun? Ein König brauchte einen Berater, denn die wahre Aufgabe eines Herrschers war die Kriegsführung.

Wie gerufen erschien Iilma in der Halle. Nur wenige Krieger schenkten ihm Beachtung. Sie hatten sich an ihn gewöhnt. Außerdem pflegten die Männer im Winter jeden Spielzug peinlich genau zu überlegen, da die Zeit ja keine Rolle spielte.

»Ich bringe Euch Neuigkeiten, Herr«, sagte Iilma.

»Ich könnte eine Ablenkung gebrauchen«, sagte Totila. »Gehe ich recht in der Annahme, daß es sich um Alcuina handelt? Bist du gekommen, um mir zu sagen, daß deine von dir so hochgepriesenen verbündeten Geister sie bei dir abgeliefert haben und du sie mir bringst?«

»Das nicht, Herr. Wie ich schon sagte: In der Geisterwelt ist Zeit nicht dasselbe wie bei uns. Wenn hier viele Wochen vergehen, bedeutet das dort vielleicht einen oder zwei Tage.«

Dem Zauberer war bei diesen Fragen gar nicht wohl. Irgend etwas mußte in der Geisterwelt ernstlich schiefgegangen sein. Er hatte keine Ahnung, welcher Störfaktor seine wohldurchdachten Pläne hätte vereiteln können. Iilma war nicht sicher, wie lange er Totila noch hinhalten konnte. Doch jetzt hatte er eine Ablenkung.

»Es geht um Eure Nachbarn, die Thungier und Cambrer.«

»Ach wirklich?« Totilas Neugier war geweckt. Er nahm seinen Helm und drehte ihn in den Händen. Wie alle Krieger im Norden bewunderte auch der König feine Metallarbeiten.

»Ich habe Kunde, daß König Odoac seinen Erben, den jungen Leovigild, vertrieben hat. Vor einigen Tagen ritt er vom Hof weg, und niemand weiß, was aus ihm geworden ist.«

Totila lachte dröhnend. »Damit ist die Sippe erledigt! Das dumme Schwein Odoac schaufelt sich sein eigenes Grab. Ohne Thronfolger aus ihrem eigenen Blut werden die Thungier mich bereitwillig als neuen Herrscher anerkennen, wenn ich Odoac getötet habe.«

»Ihr habt auch keinen Erben, Herr«, gab der Zauberer zu bedenken.

Unter zusammengezogenen Brauen blickte der König ihn finster an. »Ich werde einen haben, sobald du mir

Alcuina herbeischaffst. Außerdem bin ich viel jünger als Odoac. Bei mir zweifelt niemand an meiner Fähigkeit, einen Erben zu zeugen. Außerdem bin ich ein bewährter Kriegsheld. In meinen Adern fließt königliches Blut. Daher kann weder Alcuinas noch Odoacs Volk etwas gegen meine Oberherrschaft haben. Wenn ich Alcuina heirate, die ebenfalls aus einer uralten Familie stammt, muß unser Sohn für alle ein akzeptabler Erbe sein. Ist das nicht richtig, Zauberer?«

»Das ist richtig, Herr. Von den Cambrern weiß ich aber noch mehr. Seit meine Verbündeten Alcuina entführten, sitzen sie tatenlos in ihrer Festung auf der Ebene der Großen Steine. Ich habe in Erfahrung gebracht, daß Odoac plant, aus diesem führerlosen Zustand Nutzen zu schlagen und sie in wenigen Tagen anzugreifen.«

»Ein Winterfeldzug!« rief Totila begeistert. »Wer hätte gedacht, daß der alte Odoac noch so viel Unternehmungsgeist aufbringt! Sonst verdöst er doch den Winter im Suff.« Totila schwieg. Sein scharfer Verstand erwog alle Möglichkeiten dieser erstaunlichen Neuigkeiten. »Ja, jetzt verstehe ich seinen Gedankengang! Er hat seinen Erben verbannt. Jetzt muß er schnell beweisen, daß er immer noch ein ausgezeichneter Feldherr ist. Ansonsten erschlagen ihn seine Männer und holen sich Jung-Leovigild als neuen König. Mich wagt er nicht anzugreifen, aber die Cambrer sind ein verführerisches Ziel.«

Iilma nickte. Wieder einmal bestätigte sich, daß er eine weise Wahl getroffen hatte, Totila zu einem großen König zu machen. Dieser Mann hatte einen schnellen Verstand, einen starken Arm und kein Gewissen.

»So verführerisch, daß ich sie selbst erobern will«, erklärte Totila. »Ich werde beide Völker auf einmal verschlingen. Diese Gelegenheit darf ich nicht verstreichen lassen. Krieger!« rief er mit seiner dröhnenden Kommandostimme. »Packt eure Ausrüstung zusammen, verständigt eure Verwandten! Bereitet euch auf einen Winterfeldzug vor!«

Riesiges Jubelgeschrei folgte dieser Ankündigung. Und nun bereitete sich ein zweites Volk im Norden auf einen Krieg vor.

11

EIN JÄGER KOMMT

»Bist du sicher, daß du weißt, wohin wir gehen, Alter?« fragte Conan. Er ging vor den beiden anderen her und hielt nach Feinden Ausschau, die Körper besaßen, gegen die er kämpfen konnte. Rerin dagegen hielt all seine Sinne für Gefahren durch Zauberei offen.

»So sicher, wie man an diesem Ort sein kann. Und das ist nicht sehr sicher. Irgendwo vor uns liegt ein Tor. Durch dieses können wir in unsere Welt zurückkehren und in der Nähe der Stelle auftauchen, wo wir sie verließen. Darüber hinaus weiß ich auch nicht viel.«

Sie durchquerten einen Wald mit hohen Bäumen, fast ohne Dickicht. Zuweilen strichen große Schemen mit flatternden Schwingen über die Wipfel; aber die Kreaturen auf dem Boden waren klein und gingen den Menschen aus dem Weg.

»Ich bete zu Ymir, daß wir bald da sind!« sagte Alcuina.

Sie trug Conans Tunika. Der Cimmerier hatte sich seinen Wolfspelz übergeworfen. Alcuina hatte sich aus dem überschüssigen Material von Conans Kleidung behelfsmäßige Schuhe geschneidert. Da es verhältnismäßig mild war, reichte diese Bekleidung.

Sie hatten heute noch nichts gegessen und gestern zu

dritt nur ein kleines Tier verzehrt, das Conan getötet hatte. Aber die Menschen im Norden sind an längere Zeiten ohne Nahrung gewöhnt.

»Beim Thron des Schwarzen Erik!« fluchte Conan. »Ich hoffe, wir finden bald ein Stück Wild.« Sein Magen knurrte vernehmlich.

»Halt!« sagte Rerin.

»Was gibt's?« fragte Conan.

»Ich spüre etwas — ich bin nicht sicher. Etwas ist in unserer Nähe. Es ist voll des Bösen dieser Welt.«

»Kannst du etwas über seine Beschaffenheit sagen?« fragte Alcuina.

»Nein. In meiner Trance habe ich so etwas noch nie erblickt. Es ist nicht wie die Bewohner des Schlosses, auch nicht wie die Dämonen, die dich entführten. Mehr kann ich nicht sagen.«

»Hoffentlich nicht noch so ein Skorpionungeheuer«, meinte Conan. »Eins hat mir mehr als gereicht.«

»Nein, ich glaube nicht, aber ...« Er blickte nach oben. »Schaut!«

Sie folgten seinem ausgestreckten Finger. In der Ferne sahen sie auf einem Hügel eine Figur zu Pferd. Ein langer weiter Umhang blähte sich im Wind. Das Gesicht verbarg sich hinter einem leuchtenden Silberhelm. Aus den Augenschlitzen loderte übelverheißendes rotes Feuer. Aus so großer Entfernung konnten sie nicht feststellen, welche Waffen der Ritter hatte. Conan erinnerte sich, was die Dämonen ihm gesagt hatten, als er sie wegen Alcuina befragt hatte: »Ein Jäger wird kommen.«

»Wenn es ein Mensch ist«, sagte Conan, »dann sind er und sein Pferd um einiges größer als die Normalausgabe. Und bestimmt ist er uns nicht wohlgesonnen.«

»Hältst du ihn für einen Menschen?« fragte Alcuina Rerin.

»Ich bezweifle, daß es hier richtige Menschen gibt«, antwortete Rerin. »Außer uns und vielleicht noch einigen Gefangenen, die man aus der Menschenwelt entführt hat. Aber *was* es ist, kann ich nicht sagen.«

Ohne Vorwarnung riß die Gestalt das Pferd herum und galoppierte weg.

»Mir hat dieser Reiter überhaupt nicht gefallen«, sagte Alcuina.

Conan zuckte mit den Schultern. »In dieser verflucht dichten Luft konnte ich ihn nicht richtig erkennen. Ausgesehen hat er wie ein Riese; aber vielleicht ist das eine Luftspiegelung.«

Insgeheim glaubte er letzteres keineswegs, wollte aber seine Gefährten nicht noch mehr beunruhigen. Wenn dieses Ding Übles plante, konnte er sich immer noch Sorgen machen, wenn die Gefahr unmittelbar da war.

Sie wanderten weiter durch den Wald. Langsam ging er über in ein kärglicher bewachsenes Land mit kleinen Bäumen, Bächen und Wiesen. Conan fand, es ähnelte dem Gebiet, das er mit Rerin gleich nach ihrem Eintritt ins Dämonenland durchquert hatte. Ihm war etwas wohler, zumal auch die Sicht hier besser war, so daß er einen Feind von weitem erkennen und sich auf ihn einstellen konnte.

In dieser Nacht lagerten sie auf einer Wiese. Conan hatte ein rehähnliches Wild erlegt, indem er aus einem Ast einen Speer gefertigt hatte. Zur Abwechslung aßen alle gut und reichlich von dem Braten.

»Morgen früh sind wir am Tor«, erklärte Rerin. »Ich kann seine Nähe deutlich spüren. Es ist nicht mehr weit.«

»Was ist mit dem Reiter?« fragte Conan. »Kannst du seine Anwesenheit jetzt fühlen?«

Rerin konzentrierte sich einige Augenblicke. »Ich bin nicht sicher. Jedes magische Ding umgibt eine bestimmte Aura, die von denen, die darin geschult sind, entdeckt werden kann. Doch sind manche stärker, manche schwächer. Eine starke Aura kann eine schwächere überlagern, so wie das Licht einer Kerze im Sonnenschein nicht zu sehen ist. Hier übertrifft eine magische Aura die andere, so daß es schwierig ist, sie zu unterscheiden. Das Signal, welches das Tor aussendet, ist stark und unmißverständlich. Der Reiter« — er zuckte mit den Schultern — »seine Aura ist nicht so stark, aber durch und durch böse.«

»Conan, meinst du, du kannst diesen unheimlichen Reiter besiegen?« fragte Alcuina.

»Wenn er sterblich ist, bestimmt. Und er muß sterblich sein!«

»Wieso bist du so sicher?« fragte sie.

»Weil er einen Helm trägt«, antwortete Conan gelassen. »Unsterbliche brauchen keine Rüstung. Er trägt einen Helm, weil er keinen gespaltenen Schädel haben will.«

»Ich hoffe, du hast recht«, sagte Rerin. »Mein Gefühl sagt mir, daß wir morgen bestimmt mehr darüber wissen.«

Am folgenden Tag zogen sie durch ein Bergland mit großen Steinformationen und vereinzelten niedrigen Bäumen. Die Luft war immer noch dicht und ähnlich wie Wasser, wodurch alle Formen schemenhaft verschwammen. Einmal meinten sie, in der Ferne das Donnern von Hufen zu hören. Mit äußerster Wachsamkeit gingen sie weiter, da der Feind zuschlagen würde, ehe sie das Tor erreichten.

»Dort!« rief Rerin, als sie eine Anhöhe erklommen hatten. Vor ihnen stand in einer Mulde ein steinernes

Tor wie das, durch welches sie ins Dämonenland eingetreten waren. Die gewaltigen Steine ragten aus dem Grasboden auf, auf dem kein tierisches Leben zu herrschen schien. Vorsichtig, auf alles vorbereitet, schritten sie näher.

»Wieviel Zeit brauchst du?« fragte Conan.

»Eine Stunde, vielleicht auch zwei. Länger nicht«, antwortete Rerin. Er holte aus seinem Beutel Pflanzen, Gesteinsbrocken, Tierknochen und ähnliche Gegenstände. »Alcuina, hilf mir, Holz zu sammeln und ein Feuer zu machen. Ich muß schnell arbeiten. Trotzdem darf ich beim Zaubern nichts übereilen. Lasse ich nur ein Wort oder eine Geste aus, muß ich wieder von vorn beginnen.«

»Kann ich auch irgendwie helfen?« fragte Conan. Er haßte es, bei Zauberei mitzumachen, war aber bereit, seinen Widerwillen zu überwinden, wenn er damit ihre Haut rettete.

»Du mußt Wache halten! Wenn unser Verfolger kommt, darf er mich nicht stören.«

»Ich werde mir Mühe geben, ihn von dir fernzuhalten«, sagte Conan. »Macht euch an die Arbeit! Ich werde dort auf die Kuppe hinaufgehen und Wache halten.«

Oben angelangt, sah er nichts außer der Landschaft ringsum. Wer war dieser Reiter? Über welche Kräfte gebot er? Conan tat es leid, daß er seinen Küraß nicht mehr hatte. Auch wenn er sich nur selten auf eine Rüstung verließ, wußte er, wie lebensrettend dieser Schutz in einem Nahkampf sein konnte. Er hatte jetzt Schwert und Helm, aber keinen Schild. Was soll's! Er hatte schon mit viel weniger gekämpft und lebte immer noch. Der Cimmerier setzte sich und wartete.

Zaubergesänge und viel Rauch stiegen von dem Feuer empor, neben dem Rerin und Alcuina vor dem großen Steintor saßen. Der Rauch wechselte ständig die Farbe und waberte um das Tor. Die Stimme des alten Magiers wechselte von hohen Klagelauten zu tiefem Dröhnen. Bei diesen magischen Handlungen knirschte Conan mit den Zähnen. Er war direkt erleichtert, als er das Donnern schwerer Hufe hörte.

Der Cimmerier stand auf und zog sein Schwert. Lässig strich er mit dem Daumen über die Schneide, während er auf den Reiter wartete.

Dieser tauchte am Waldrand auf. Eine menschenähnliche Gestalt auf einem pferdeähnlichen Tier. Beim Näherkommen sah Conan aber, daß es sich weder um einen Menschen noch um ein Pferd handelte. Beide schienen wie aus einem Guß gemacht und steckten in schimmernder Rüstung, von der man wegen des weiten Umhangs des Reiters allerdings nicht viel erkennen konnte. Langsam schritt das Pferdewesen auf den Cimmerier zu. Die Augen leuchteten blutrot, wie die des Reiters, durch die Schlitze des glatten Helmes.

»Das ist weit genug!« rief Conan. »Was führt dich her? Wage es nicht, diese Menschen zu stören!« Er deutete mit dem Kopf auf Rerin und Alcuina, ohne den Reiter dabei aus den Augen zu lassen.

»Ich bin ein Jäger«, sagte eine Stimme, die sehr hohl klang. »Ich bin gekommen, um euch alle zu meinem Herrn zu bringen.«

»Und wer ist das?« fragte Conan. Eigentlich war ihm die Antwort egal; aber jede Sekunde, die er den stählernen Reiter aufhielt, gab Rerin mehr Zeit, seinen Zauber zu vollenden.

»Ich diene dem Lord des Dämonenlandes. Kommt mit!«

»Wenn wir deinem Herrn einen Besuch abstatten wollten, wären wir nicht hier«, erklärte Conan. »Pack dich fort! Versuche nicht, uns aufzuhalten, falls dir dein Leben lieb ist.«

Ohne ein weiteres Wort zu verlieren, griff der Jäger an. Beinahe hätte er Conan überrumpelt. Ein normales Pferd geht leicht zurück und preßt die Hinterhufe tief in den Boden, ehe es losgaloppiert. Nicht so dieses Tier! Alle vier Hufe stemmten sich gleichzeitig ein. Mit atemberaubender Geschwindigkeit raste das Tier auf Conan zu. Der Reiter machte keinerlei Bewegung, eine Waffe zu ziehen, aber trotzdem blitzte in seiner Rechten eine lange, spitze Klinge auf, die auf Conan herabstieß. In letzter Sekunde konnte der Cimmerier noch ausweichen, so daß der Hieb nur ein Stück seines Wolfsfells abtrennte.

Instinktiv führte Conan einen Schlag aus der Hinterhand gegen die Flanke des Tieres, um ein Bein des Reiters abzuschlagen. Hohl dröhnte die Klinge gegen die Beinschiene. Dann sprang Conan beiseite. Es war ihm nicht gelungen, den Reiter zu verwunden. Zu seiner Bestürzung hatte er nicht einmal das Gefühl gehabt, daß unter der Rüstung ein Bein *war.*

Verblüfft wartete Conan auf den nächsten Angriff. Er kämpfte nur selten defensiv, wußte aber, daß es unklug war, dreinzuschlagen, ehe er Stärken und Schwächen des Gegners kannte.

Wieder griff das Biest an. Der Reiter beugte sich am Hals des Tieres tief nach vorn und versuchte, Conan wie ein Brathuhn mit der Klinge aufzuspießen. Doch diesmal war Conan vorbereitet, warf sich nach links, um einen mächtigen Hieb gegen die linke Seite des Reiters zu führen. Er holte tief nach hinten aus, als plötzlich aus der linken Hand des Reiters eine vier Fuß lange Klinge hervorstieß, um dem Cimmerier den Schädel zu spalten. Verzweifelt parierte Conan. Es gelang ihm, den

Stahl des Feindes vom Schädel abzulenken; aber er mußte einen schmerzhaften Schnitt in der linken Schulter hinnehmen.

»Crom!« rief Conan. »Woher kam diese Klinge?« Dann schrie er zu Rerin und Alcuina hinunter: »Wie lange noch?«

»Nur noch ein paar Minuten«, rief Rerin zurück. »Der Zauberspruch ist schon zu Ende; aber er braucht ein bißchen Zeit, bis er wirkt.«

»Versuche, die Sache zu beschleunigen!« rief Conan. »Das Ding kämpft, wie ich es noch nie erlebt habe.«

Wieder griff der stählerne Reiter an. Conan wußte, daß es sich um kein menschliches Wesen handelte. Flucht wäre angebrachter, als sich im Kampf zu stellen. Aber der Cimmerier war pflichtgetreu. Er mußte diesen Jäger von seiner Königin fernhalten, solange er noch atmete und Blut in seinen Adern floß. Diesmal preschte der Jäger mit ausgebreiteten Armen auf ihn zu, aus denen zwei lange Klingen ragten. Conan erwartete ihn, das Schwert mit beiden Händen über der rechten Schulter, bereit zuzuschlagen. Seitwärts ausweichen konnte er nicht, daher wollte er dem Pferd den Schädel spalten. Noch nie hatte er eine Rüstung gesehen, die sich nicht mit einem mächtigen Schwerthieb spalten ließ.

Als der Jäger etwa zehn Schritte entfernt war, schoß zwischen den Augen des Pferdes ein meterlanges Horn hervor, das sich wie ein Bohrer drehte. Die scharfen Stahlzähne blitzten wie Silber. Conan hob schnell einen Stein auf und schleuderte ihn gegen den Reiter. Das Geschoß traf genau die Sehschlitze des Visiers. Das Pferd scheute kurz. Das rotierende »Horn« war kaum eine Handbreit von Conans Brust entfernt. Der Cimmerier sprang auf und schlug dem Reiter mit aller Kraft gegen die Schulter. Dieser schwankte etwas. Die Schwertklinge hatte auf der Rüstung jedoch kaum Spuren hinterlassen.

Als der Jäger wieder losritt, packte Conan den Umhang, um ihn aus dem Sattel zu reißen. Das schwere Tuch löste sich von der Gestalt. Jetzt sah Conan zum ersten Mal deutlich, wogegen er kämpfte. Der glatte Helm saß auf einer Gestalt aus unzähligen beweglichen Stahlringen, die miteinander verbunden waren. Ein komplizierter Mechanismus verband den Leib mit dem Pferd zu einer Einheit aus Mann und Tier.

Während der Jäger den nächsten Angriff vorbereitete, suchte Conan nach irgendeiner Schwachstelle dieses Dinges. Die Ringe schienen so eng gearbeitet, daß keine Nadel durch die Ritzen paßte. Aber es mußte doch einen Zugang zu den empfindlichen inneren Teilen geben! Conan dachte angestrengt nach. Die einzige Möglichkeit boten die Augenschlitze. Vielleicht lagen dahinter keine Augen; aber mit Sicherheit Teile, die weniger stahlabweisend waren als die Rüstung des Jägers.

Als das Pferd auf ihn zu raste, war Conan bereit. Genau im richtigen Augenblick machte er einen Schritt zur Seite, wich dem Schwert in der rechten Hand des Jägers aus und packte diesen um die Mitte. Dann schwang er sich hinter ihn aufs Pferd. Das Schwert ließ er fallen und zog den Dolch.

Gerade wollte er damit in einen Augenschlitz stoßen, als eine Reihe scharf geschliffener Klingen aus dem Rückgrat des Jägers ausfuhr. Blitzschnell ließ sich Conan über die Kuppe hinuntergleiten. Das war keine Sekunde zu früh gewesen, da jetzt ähnliche Messer, nur länger, aus der Stelle hervorbrachen, wo er gerade noch gesessen hatte. Der Cimmerier ergriff sein Schwert. Wann würde dieser Alptraum zu Ende sein? Er haßte dieses Gefühl der Hilflosigkeit.

»Komm!« rief Rerin. »Das Tor öffnet sich!«

Conan rannte hinunter. Die Füllung des steinernen Tores war ein einziger Luftwirbel aus Farben. Alcuina winkte ihm. Er wagte nicht, einen Blick zurückzuwerfen und zu sehen, wie nah der Jäger ihm auf den Fersen war. Mit Riesensprüngen hastete er hinab und schob Alcuina und Rerin durchs Tor. Dann erst drehte er sich um, da er die Rücken der beiden nicht ungeschützt lassen konnte.

Der Feind preschte auf ihn los, war aber noch so weit entfernt, daß Conan schnell die paar Schritte rückwärts ins Tor machen konnte.

Alles um ihn herum drehte sich. In diesem Wirbel verlor er jede Orientierung. Dann spürte er bittere Kälte. Er stand knöcheltief in Schnee. Die Luft war kalt und wunderbar dünn und klar. Conan machte einige Schritte. Da sah er die Menge um ihn. Sie standen auf der Ebene der Riesensteine, umringt von Alcuinas Kriegern. Noch mehr Menschen liefen aus der Festung zu ihnen.

»Bleibt vom Tor weg!« rief Conan.

Ein Schreckensschrei kam aus der Menge, als der Jäger durchs Tor sprengte. Wie benommen blieb er stehen und schaute umher, als suche er aus dieser Masse menschlicher Körper eine geeignete Beute. Verzweifelt ließ auch Conan seine Blicke schweifen. Endlich sah er eine geeignete Waffe. Ein Mann hielt einen zwölf Fuß langen Speer, wie das Fußvolk ihn gegen Reiter im Kampf benutzte.

»Reccared!« rief Conan. »Gib mir deinen Speer!«

Der Mann schleuderte die Waffe zu Conan, ohne den grauenvollen Reiter aus den Augen zu lassen. Conan untersuchte die Spitze. Lang und schmal, genau was er brauchte!

Beim Klang von Conans Stimme hatte der Reiter den Kopf gedreht. Jetzt gruben sich die Hufe in den Schnee, um loszurasen. Diesmal ragten aus den Flanken des Pferdes lange, gekrümmte Säbel und aus der Brust über den Vorderbeinen zwei Hellebarden. Doch schien sich das Stahltier nicht so schnell oder so sicher wie vorher zu bewegen.

Ehrfürchtiges Staunen ging durch die Menge, als sich das anscheinend unbesiegbare Ungeheuer aus Stahl der relativ kleinen Gestalt Conans näherte. Wie konnte ein Geschöpf aus Fleisch und Blut eine solche Höllenmaschine aufhalten? Die Menge erwartete, daß der Cimmerier auf der Stelle zerstückelt zu Boden sänke.

Conan aber stand da, die Hände um den Speerschaft gelegt. Einen Versuch hatte er! Danach war er entweder Sieger oder tot. Die Augenschlitze waren eng. Er mußte die Speerspitze quer hineinstoßen, sonst blieb er hängen, ohne etwas auszurichten.

Da war der Jäger vor und über ihm. Conan stieß zu. Unbeirrt bohrte sich die Speerspitze in den linken Schlitz. Etwas zerbrach dahinter. Dann riß die Vorwärtsbewegung des Pferdes Conan nach hinten. Wild entschlossen hielt er den Schaft fest, obwohl ein entsetzliches Kribbeln hindurchlief.

Funken und Rauch brachen aus dem beschädigten Schlitz. Ein merkwürdiger Geruch füllte die Luft, als habe ein Blitz in der Nähe eingeschlagen. Der Jäger drehte sich wie wild um die eigene Achse. Conan flog wie ein kleiner Junge am Ende des Speerschaftes durch die Luft. Die starke Esche brach nicht. Da schoß eine Garbe blauer Flammen aus den Augenschlitzen. Rauch drang aus den Fugen der Rüstung. Der Reiter sank ihn sich zusammen. Zitternd verharrte das Pferd. Totenstille herrschte.

Schimmernd wie aus Eis waren Roß und Reiter erstarrt. Das Ding war tot, wenn es je gelebt hatte.

»Was war das?« fragte Alcuina. Sie war neben den Cimmerier getreten. Auch die anderen kamen näher.

»Wir sahen einen Lichtschein bei den Großen Steinen, Herrin«, erklärte Siggeir. »Da sind wir herübergelaufen, um zu sehen, ob Ihr und der Magier vielleicht zurückgekehrt seid. Doch jetzt kommt mit in die Festung. Hier draußen sind wir alle in großer Gefahr.«

»Gefahr?« fragte Alcuina erstaunt. Mit der Vernichtung des Jägers schien für sie jede Gefahr gebannt.

»Unsere Feinde sind auf dem Vormarsch«, erklärte Siggeir. »Laßt uns hinter die Mauer gehen, wo wir uns verteidigen können.«

»Seht!« rief einer.

Alle blickten zum metallenen Jäger. Mit unirdischer Geschwindigkeit breitete sich Rost aus. Quietschend und knarzend fiel ein Arm ab, dann knickten die Pferdebeine ein, und das Ding fiel krachend in sich zusammen. Es platzte. Rädchen, Hebel, Schrauben und viele andere Dinge quollen heraus.

»Es gehörte nicht in unsere Welt«, bemerkte Rerin.

»Ich bin überglücklich, Euch in Sicherheit zu sehen, Herrin.«

Alcuina wandte die Augen von dem rostigen Schrott zu dem gutaussehenden jungen Mann mit blonden Locken und blondem Bart. »Ich bin Leovigild, der Neffe Odoacs, des Königs der Thungier.«

Alcuina funkelte ihn an, doch war ihr Interesse unverkennbar.

»Ist meine Festung von Feinden erstürmt worden, daß Odoacs Erbe jetzt zwischen meinen Kriegern sitzt?«

»Ich bin nicht mehr der Erbe«, versicherte ihr der Jüngling. »Und ich schwöre, daß ich nicht Euer Feind bin. Laßt uns zu Eurer Halle gehen. Dort könnt Ihr passendere Kleidung anlegen. Danach besprechen wir alles bequem und in Ruhe.«

Alcuina nahm königliche Haltung ein, nickte dem jungen Mann zu und ging zur Festung. Die anderen folgten ihr. Conan ging als letzter. Er fühlte sich etwas um den Ruhm betrogen. Seine Großtat wurde von der neuesten politischen Entwicklung in den Schatten gedrängt. Rerin kam zu ihm.

»Komm, Conan! In der Halle ist es warm, und es gibt etwas zu essen. Wenn du dir ewigen Ruhm erhofft hast, hättest du einen Barden bestellen müssen, der bei deinen Kämpfen neben dir steht.«

»Schätzt sie meine Dienste wirklich so gering ein?« fragte der Cimmerier verletzt. »Es wird noch einige Jährchen dauern, bis aus diesem grünen Jungen ein richtiger Krieger wird.«

»Krieger kommen und gehen«, sagte Rerin. »Alcuina ist eine Königin und muß an das Wohl ihres Volkes denken. Im Vertrauen, ich hatte mit ihr über die Möglichkeit gesprochen, dich als Prinzregenten zu wählen und ...«

»Ha!« unterbrach ihn Conan. »Ich werde das erste Schiff nehmen, das im Frühling nach Süden fährt. Wenn ich ein Königreich will, dann erobere ich mir eins! Bei Crom! Ich erheirate mir doch keins!«

»Dann ist ja alles gut. Leovigild stammt aus königlichem Geblüt, wie auch Alcuina. Vielleicht können sie vereint ihre Völker retten.«

12
BLUTIGER SCHNEE

Finster starrte Conan in den Krug mit Ale, während die Königin der Cambrer und der verbannte Erbe der Thungier Rat hielten. So sehr der Cimmerier es auch haßte, er mußte zugeben, daß der Jüngling weise und beherzt sprach, wenn auch für seinen Geschmack etwas zu vorsichtig. Conan sah, daß Alcuinas Männer den Thungier mit Respekt anblickten, was er bei einem so sippenverhafteten Volk nicht erwartet hätte. Aber natürlich wurden königliche Hoheiten nie so wie das niedere Volk behandelt. Könige und Königinnen mußten Fremde heiraten, damit ihre Nachkommen nicht degenerierten.

»Alcuina, wir haben es mit zwei Feinden zu tun«, erklärte Leovigild. »Erstens mit den Thungiern, unter Führung meines Onkels. Zweitens, und das ist viel gefährlicher, mit Totila und den Tormanna. Odoac ist ein Meuchelmörder und mit dem Alter etwas schwachsinnig geworden. Totila dagegen ist ein hervorragender Krieger in der Blüte seiner Manneskraft. Auch hat er seine Männer nicht durch Mangel an Betätigung verweichlicht werden lassen. Die Cambrer sind nicht sehr zahlreich. Du kannst dich vielleicht hier hinter deinen Steinmauern gegen eines der feindlichen Heere verteidigen, nie aber gegen beide.«

»Aber vielleicht kommt es nicht soweit«, warf Siggeir ein. »Warum sollten sich die Tormanna und Thungier nicht gegenseitig bekriegen, statt gegen uns vorzugehen?«

»Beide Könige wollen eine Königin«, erklärte Alcuina. »Sie wollen mich. Bald schon werden sie wissen, daß ich wieder da bin, und schnell handeln. Sie werden miteinander erst abrechnen, nachdem sie uns bezwungen haben.«

»So ist es«, stimmte Leovigild ihr zu. »Und ich glaube, ich weiß, wie es ablaufen wird: Totila wird Odoac ein Bündnis auf Zeit vorschlagen. Dann werden beide Könige mit ihren Armeen hier angreifen. Sobald das erledigt ist, werden sie gegeneinander um Alcuina, ihr Land und ihr Volk kämpfen. Da mein Onkel nicht nur verrückt, sondern auch ein Dummkopf ist, wird er sich auf diesen Handel einlassen.

Totila hat sich sein Reich nicht geschaffen, weil er ein Dummkopf ist. Irgendwann wird er Odoac bei der Belagerung ermorden lassen. Dann müssen die Thungier, weil sie keinen König haben und ich in der Verbannung bin, sich dem einzig vorhandenen Führer im Feldzug anschließen: Totila.« Mit Nicken und zustimmendem Gemurmel wurde diese scharfsinnige Beurteilung gelobt.

»Für einen jungen Mann sprichst du sehr weise«, sagte Rerin. »Wir müssen nun Pläne machen, wie wir dieses Unglück abwenden können.«

»Laßt uns aufbrechen und Odoac auf offenem Felde entgegentreten«, schlug Siggeir vor. »Mit ihm und den Thungiern werden wir leichter fertig als mit Totila. Wir besiegen sie und ziehen uns hinter unsere Mauern zurück. Dann warten wir auf die Tormanna.«

»Selbst wenn wir die Thungier schlagen«, sagte Alcuina, »würde uns das erheblich schwächen. Außerdem könnte Totila unsere Feste erobern, während die Krieger weg sind.«

Conan lächelte vor sich hin. Keiner schlug die Lösung vor, die für eine Königin im Süden auf der Hand lag: Den schwächeren der beiden Feinde heiraten und ihn dann in Ruhe im Schlaf erdolchen. Nein, im Norden würde eine Königin so etwas nur tun, um blutige Rache zu nehmen. Da Alcuina persönlich gegen keinen der Könige etwas hatte, kam ihr eine solche Idee nicht.

»Ich fühle mich nicht berechtigt, in Fragen der Taktik etwas zu raten«, sagte Leovigild, »da meine Erfahrungen im Krieg sehr begrenzt sind. Ferner kann ich auch nicht gegen mein Volk die Waffen aufnehmen, selbst wenn ich verbannt bin. Doch bin ich gern bereit, gegen die Tormanna zu kämpfen. Aber einer unter uns hat noch gar nichts gesagt. Königin Alcuinas Champion ist nicht nur ein hervorragender Krieger, er hat auch in vielen fremden Ländern gedient. Ich vermute, daß er Möglichkeiten kennt, auf die wir nie kämen. Conan, sage uns, was du denkst.«

Conan wischte sich den Mund mit dem Handrücken ab. Im Norden wurde ein guter Krieger wegen seines Rates ebenso geschätzt wie wegen seines Schwertarms. Auch darin unterschieden sich die Heerhaufen des Nordens von den Armeen im Süden. »In offener Feldschlacht haben wir keine Chance. Gegen keinen der beiden Könige, schon gar nicht gegen beide zusammen. Darüber sind wir uns alle im klaren. Ich habe eine Idee, wie wir die Armeen entscheidend schwächen können, ehe es zu einer Schlacht oder Belagerung kommt. Dazu gehören Geschick und Mut. Alcuina, Ihr müßt alle Eure Treiber und Jagdgehilfen zusammenrufen.«

»Meine Treiber?« fragte Alcuina. »Warum?«

»Weil sie das Land besser als jeder Krieger kennen. Wenn Odoac und Totila kommen, müssen sie sich mit ihrem Heerwurm mühsam durch den Schnee kämpfen. Wir postieren unsere Waldleute in der Nähe der Durchgangsstraßen, damit sie uns über den Vormarsch auf dem laufenden halten. Statt einer Armee werden wir viele kleine berittene Abteilungen aufstellen. Ohne

Warnung müssen wir den Feind auf dem Marsch angreifen, etliche töten und dann abdrehen und wegreiten, um ihn an anderer Stelle wieder anzugreifen. Sobald die Feinde in Stellung gehen und mit den Schilden eine Schildkröte bilden, reiten wir schnell ins Lager zurück und schlagen erst am nächsten oder übernächsten Tag wieder zu. Selbst wenn wir nur einige töten, werden sie schon bald besiegt sein, ehe sie vor den Mauern eintreffen. Die tapfersten Krieger verlieren ihren Biß, wenn sie es mit unbekannter Taktik zu tun haben.«

»Von solcher Kampftechnik habe ich noch nie gehört«, sagte Siggeir kopfschüttelnd.

»Odoac und Totila bestimmt auch nicht«, meinte Leovigild. »Ich glaube, Conan hat uns unsere einzige Chance aufgezeigt.«

»Gegen Odoac können wir diese Taktik mehrmals einsetzen, nicht aber gegen Totila«, warnte Conan.

»Warum?« fragte Alcuina.

»Wegen dieser verdammten Elstern! Totila wird schnell erkennen, was wir tun. Und dann läßt Iilma durch die Vögel von oben nach uns Ausschau halten. Wie könnten wir uns vor einem fliegenden Feind verstecken?«

»Unter dichten Bäumen vielleicht«, schlug Leovigild vor.

»Sie sehen unsere Spuren im Schnee«, sagte Conan.

»Ich glaube, da könnte ich helfen«, meinte Rerin.

»Sprich!« drängte Alcuina den Alten. »Wir können jede Hilfe brauchen.«

»Gegen Iilma oder seine Elstern konnte ich nie viel ausrichten«, gab der alte Mann zu. »Seine Zauberkunst ist für mich zu mächtig. Aber ich habe einen Zauber, mit dem ich im Winter einen kurzen, heftigen Schneefall auslösen kann. Sobald wir in Wartestellung sind könnte uns der Schnee vor den Vögeln verbergen.«

Conan lächelte und nahm einen kräftigen Schlug Ale. »Alter«, sagte er. »Vielleicht hast du uns gerade den Sieg beschert.«

Die Waldgehilfen der Königin waren kleine, kräftige Burschen. Sie trugen Kleidung aus Leder und rauhem Tuch. Die meisten waren dunkler als die Kriegerklasse. Nach Conans Meinung hatten ihre Vorfahren hier schon gelebt, lange ehe die blonden Menschen einwanderten. Ihnen unterstand das Wild in den Wäldern. Sie sollten die aristokratischen Jäger zu den besten Abschußplätzen führen. Sie genossen dafür viele Vorrechte und waren ihrer Königin treu ergeben.

»Einige von euch sollen die Überfallkommandos zu sicheren Lagerplätzen führen«, erklärte ihnen Conan. »Andere werden die Leibeigenen einweisen, die Futter für die Pferde bringen sollen. Wieder andere bleiben den beiden Heeren auf den Fersen, die gegen uns heranziehen. Seid vorsichtig, damit der Feind euch nicht bemerkt. Haltet euch auf den Höhen, dann stoßen die Krieger nicht auf eure Spuren im Schnee, da sie bestimmt auf den unteren, breiteren Wegen bleiben. Ihr arbeitet in kleinen Gruppen, von denen einige ständig den Feind beobachten, während andere zurücklaufen, um uns Bericht zu erstatten. Solltet ihr erwischt werden, kämpft nicht — das ist Aufgabe der Krieger —, sondern lauft weg. Und jetzt meldet euch beim Krieger Siggeir. Er wird jedem seine Aufgabe zuteilen.«

Die Waldhüter gingen weg. Conan stand jetzt vor einer überaus schwierigen Aufgabe: Er hatte nur einen, im Höchstfall zwei Tage, um den Kriegern die Grundbegriffe des Kampfes zu Pferde beizubringen. Er war froh, daß sie nur lernen mußten zuzuschlagen und dann wegzureiten. Ausgeklügeltere Manöver zu Pferde hätten Monate harten Drills beansprucht. Die Schwerter der Cambrer waren zu kurz, um sie wirkungsvoll vom Pferd aus einzusetzen. Daher brachte er ihnen bei, die Speere vom Sattel aus zu gebrauchen.

Vor der Mauer hatte er Strohpuppen auf Pfosten aufstellen lassen. Die Männer ritten darauf zu und stachen wie wild mit den Speeren darauf ein. Jedesmal, wenn einer sich verschätzt hatte und vom Pferd fiel, lachten alle wie die Irren.

»Das ist kein Spaß!« brüllte Conan. »Das ist Krieg! Hört auf, so kräftig zu stechen! Da verliert ihr das Gleichgewicht. Ihr müßt den Feind nicht in Grund und Boden stoßen, sondern die Klinge nur einige Zoll in seine Brust senken! Locker im Sattel sitzen! Beim Werfen etwas abstützen! Das sind keine ausgebildeten Kriegsrosse. Ihr dürft sie nicht so scheu machen!« Wieder fiel ein Mann aus dem Sattel, und alles lachte. Conan stöhnte vor Verzweiflung laut auf.

Als die erschöpften Männer am Abend die Pferde zurück in den Hof führten, nahm Alcuina Conan beiseite. »Haben sie eine Chance?« fragte sie ohne Umschweife.

»Sie werden langsam besser«, antwortete der Cimmerier diplomatisch. »Und der Feind hat noch nie gegen Reiter gekämpft. Das ist unser großer Vorteil. Außerdem wollen wir sie schwächen, nicht besiegen.«

»Mehr können wir uns nicht erhoffen, nehme ich an. Mit dir, Rerin und Leovigild gelingt es uns vielleicht, den Angriff durchzustehen.«

»Ist dieser Junge wirklich so wertvoll?« fragte Conan, über ihre offensichtliche Bevorzugung Leovigilds verärgert.

Kalt musterte ihn die Königin. »Selbstverständlich.

Wenn Odoac stirbt, werden die Thungier ihm ohne Zweifel die Treue schwören. Dann können wir mit ihnen ein Bündnis gegen die Tormanna schließen.«

»Eine königliche Hochzeit, gefolgt von einem Zusammenschluß der Völker?«

»Gewiß doch«, erklärte Alcuina. »So ist es Sitte in königlichen Familien. Wenn wir Totila umbringen, wählen uns vielleicht auch noch die Tormanna. Er hat keinen Erben.«

»Dann sei es!« stieß Conan wütend hervor, machte auf dem Absatz kehrt und wollte gehen.

»Conan!« rief Alcuina.

Er drehte sich um, sein Ärger war wie weggeblasen. Da stand sie vor der mächtigen Mauer: Klein, doch königlich. Ihre Stimme war sehr weich.

»Conan, wenn eine Königin ihre Zukunft plant, darf sie das nicht als Frau tun, die ihrem Herzen folgt, sondern als Herrscherin. Stets muß sie das Wohl ihres Volkes im Sinne haben. Ich wünschte, es wäre nicht so.« Sie sah ihm tief in die Augen und ging dann wortlos weg. Conan schaute ihr noch lange hinterher.

An diesem Abend ging es in der Halle hoch her. Allerdings hatte Alcuina das Ale rationiert. Noch vor Tagesanbruch wollten sie ausreiten und den ersten Überfall auf den Feind versuchen. Sieg oder Verlust, dieser Angriff würde unvergessen bleiben, da er eine völlig neue Taktik einführte. Manche der älteren Krieger bezweifelten den Erfolg einer Taktik, die aus dem Ausland kam. Wie konnte ein Mann richtig kämpfen, wenn er keinen festen Boden unter den Füßen spürte? Aber niemand war niedergeschlagen oder pessimistisch. Das war bei Nordländern am Abend vor einer Schlacht auch unmöglich. Da überwog die Kampflust.

Conan riß ein Stück aus dem gebratenen Kalbsfuß.

Alcuinas Männer waren keine ausgebildete Armee; aber er hatte für richtige Armeen sowieso nicht viel übrig. Außerdem hatte er schon wildere Haufen in den Kampf geführt. Diese Männer waren tapfer und loyal. Da berührte ihn jemand an der Schulter. Leovigild stand neben ihm.

»Conan«, fing der junge Mann an. »Ich glaube, du bist der Retter unserer Leute. Deine Dienste werden nicht unbelohnt bleiben. Wenn alles vorbei ist, kannst du ein großer Fürst werden, mit Ländereien, Bauern und Leibeigenen. Habe ich erst mein Erbe angetreten, werde ich als König nicht undankbar sein.«

Conan packte den Jüngling am Arm und zog ihn neben sich auf die Bank. Dann beugte er sich zu ihm und sprach eindringlich: »Drei Sachen, Junge ...« Er streckte einen fettigen Finger in die Luft. »Erstens, ich diene Alcuina, nicht dir! Eine Belohnung ist daher allein ihre Sache, nicht deine. Zweitens« — er hob den zweiten Finger — »beglückwünsche nie einen Mann zu einem Sieg, der noch nicht gewonnen ist. Die Götter mögen das nicht und haben schon oft solche Anmaßung bestraft. Drittens« — jetzt streckte er drei Finger hoch — »segle ich im Frühjahr nach Süden! Es ist schwierig, soviel Land mit an Bord zu nehmen. Deshalb kassiere ich meine Belohnung in Gold, wenn Crom und Ymir uns den Sieg gewähren.«

Zu Conans Überraschung grinste Leovigild nur. »Wahrlich, die Cimmerier sind so grimmig und griesgrämig, wie man sich erzählt. Ich danke dir für deine weisen Worte. Wir sprechen später über die Belohnung. Im Augenblick bist du der größte Krieger im Norden und ich ein Habenichts in der Verbannung, der froh ist, dir in die Schlacht folgen zu dürfen. Möge der Sieg so fallen, wie die Götter es wünschen.«

Auch Conan lächelte. Auch wenn er sich dagegen sträubte, er hatte den Jungen irgendwie gern. »Wo auch immer der Sieg hinfällt — bald wird sich der Schnee blutig färben.«

Conan musterte seine kleine Heerschar. Einen kostbaren Tag hatten sie noch, um im Feldlager zu üben. Hier konnte er ihnen beibringen, wie sie im Wald Deckung suchen und erst auf ein Signal hin gegen den Feind losstürmen sollten. Die Männer waren in sechs Abteilungen eingeteilt. Drei für jede feindliche Armee. Conan hatte den ganzen Tag gebraucht, um sie so zu drillen, daß sie einigermaßen gleichzeitig den Feind vorn, in der Mitte und hinten angreifen würden. Er war allerdings nicht so sicher, daß sie sich vom Feind wieder losrissen, wie er befohlen hatte. Aber jetzt waren die Würfel gefallen.

Als sie abstiegen und sich beim Lagerfeuer auf die Nacht einrichteten, war er im Grunde zufrieden. Mehr konnte er mit ihnen nicht machen.

Da liefen einige Waldhüter herbei. Ein kraushaariger Junge mit einem Sauspieß meldete ihm atemlos:

»Wir haben die Tormanna gefunden, Herr. Sie brauchen noch etwa acht Stunden bis hierher, so langsam wie sie marschieren. Jetzt haben sie bestimmt schon ihr Nachtlager aufgeschlagen, etwa sechs Stunden entfernt.«

»Haben sie eine Vorhut ausgeschickt?« fragte Conan.

Der Junge schüttelte den Kopf. »Nein. Alle marschieren zusammen, nur ein paar Reiter vorneweg. Wir haben König Totila gesehen. Den haben wir am Umhang aus Menschenhaar erkannt.«

»Gut«, sagte Conan. »Du führst vor Morgenanbrauch eine Abteilung an einen Platz, der auf ihrem Weg liegt und sich gut für einen Überfall eignet.« Keine Stunde später meldeten ihm andere Treiber, daß sie die Thungier aufgestöbert hätten, die etwas südlicher anrückten. Wenn alles gutging, würden Alcuinas Krieger morgen mittag ihren ersten Überfall reiten.

Man hatte sich geeinigt, daß Conan die Abteilungen gegen die Thungier führen sollte und Leovigild die gegen die Tormanna. Eigentlich war Conan das nicht recht, weil er Totila und seine Mannen für den gefährlicheren Gegner hielt, und lieber selbst gegen ihn gekämpft hätte. Doch wollte Leovigild nicht gegen seine Landsleute kämpfen. Da hatten die Krieger darauf bestanden, wenn sie schon nicht vom Champion der Königin geführt würden, wenigstens einen Führer aus königlichem Geblüt zu haben. Manche rechneten sich auch eine gute Chance aus, ihre Kühnheit und Loyalität dem Manne zu zeigen, der wahrscheinlich ihr nächster König sein würde.

Noch ehe die Wintersonne zögernd aufging, machten sich alle fertig. Conan nahm Siggeir noch schnell beiseite. Er sollte neben Leovigild reiten und stellvertretend das Kommando führen. Ihm oblag es auch, das Signal zum Angriff zu geben. »Siggeir, laß Leovigild nicht selbst gegen Totila kämpfen. Das wäre der sichere Tod für den Jungen, wenn er als junger Spund einen so erfahrenen Krieger herausforderte.«

Siggeir schwieg einen Augenblick. »Ich werde mein bestes tun; aber wie kann man einen feurigen jungen Mann davon abhalten, soviel Ruhm wie möglich zu suchen? Mit Sicherheit will er Alcuina beweisen, daß er nicht nur klug, sondern auch tapfer ist.«

Conan schlug ihm auf die Schulter. »Tu, was du kannst! Gefährlich ist es für uns alle.« Dann wandte Conan sich an die Krieger. »Aufsitzen! Wir reiten los!« Er schwang sich in den Sattel seines kleinen nordischen Hengstes und ritt zu Leovigild. Der Cimmerier hob einen Arm. »Waidmannsheil, Prinz!«

Leovigild erwiderte seinen Gruß. »Wir sehen uns wieder, Krieger. In Alcuinas Halle oder in Ymirs.«

Hufe donnerten, Schnee stob auf. Dann teilten sich die beiden Heerhaufen. Einer ritt nach Westen, der andere nach Süden.

Conan stand neben seinem Pferd und hielt das Tuch, das sein Gesicht bedeckte. Seine Männer waren alle in Deckung hinter Bäumen, hatten aber einen guten Blick auf den Weg weiter unten. Die Thungier rückten an. An zwei von Conans Schwadronen waren sie schon vorbei. Der Cimmerier wollte mit seiner Abteilung die Spitze angreifen. Seine Hand lag am Schwert.

Er hatte in Alcuinas Waffenkammer lange gesucht, bis er eines gefunden hatte, das so lang war, daß er vom Pferd aus zuschlagen konnte. Schließlich fand er ein Schwert, das wohl aus Aquilonien stammte. Wahrscheinlich ein Geschenk eines Fürsten aus früherer Zeit. Da es für den Kampfstil der Cambrer nicht geeignet war, hatte es wahrscheinlich noch niemand benutzt.

Conan fand, daß die Thungier jetzt nahe genug waren. »Aufsteigen!« befahl er leise.

Die Männer nahmen die Decken von den Pferden. Alle blickten wild entschlossen drein. Sie griffen zu den Speeren. Conan zog sein Schwert aus der Scheide. Er nickte Hagbard zu, der neben ihm stand. Der Mann setzte ein Jagdhorn an die Lippen und blies lang und laut das Fanal. Mit Kampfgeschrei galoppierten die Cambrer den Abhang hinunter.

Verblüfft blickten die Männer unten auf die kleine Reiterschar, die auf sie zustürmte. Das konnte doch kein

Angriff sein! Warum saßen die Männer zu Pferd? Für einen Kampf mußten sie doch absteigen! Warum hatten sie die stets üblichen Prahlereien und Trutzreden unterlassen, die einem Kampf vorausgingen? Länger konnten Odoacs Männer nicht mehr grübeln, denn jetzt waren die Reiter über ihnen.

Conan beugte sich vor und schwang sein Schwert über den Schildrand. Der Gegner war an solche Schläge nicht gewöhnt und hielt den Schild nicht hoch genug. Die Klinge spaltete seinen Bronzehelm. Ein Blutstrom quoll heraus, als er zu Boden stürzte. Conan blickte umher und sah, daß seine Männer sich wacker hielten und von oben mit den Speeren zustießen. Einige hatten der Versuchung, die Speere zu werfen, nicht widerstehen können, obwohl er das ausdrücklich verboten hatte. Jetzt hatten sie nur ihre Kurzschwerter.

Ein Mann stieß mit dem Speer nach Conan. Doch er parierte und versenkte sein Schwert in die Schulter des Feindes. Fluchend brach er zusammen. Dann sah Conan ein dichtes Knäuel Krieger um einen fetten, graubärtigen Mann in kostbarer Rüstung. Das mußten Odoac und seine Leibgarde sein! Conan versuchte, sich einen Weg dorthin zu bahnen; aber sein Pferd war an Kriegsgetümmel nicht gewöhnt und scheute.

»Hagbard!« rief der Cimmerier. »Stoß in dein Horn!«

Auf Hagbards Signal hin drehten die meisten Männer um und ritten zurück in den Wald. Conan wartete noch einen Augenblick, um zu sehen, wie viele dem Signal gehorchten. Wie er befürchtet hatte, kämpften einige wie die Beserker weiter. Sie wurden schnell überwältigt und niedergemacht.

Unter dem Schutz der Bäume sammelten sich alle. Conan zählte. Sie hatten zehn Männer verloren. Das war weniger, als er befürchtet hatte. Ab jetzt würden sie noch weniger Verluste haben, da die Hitzköpfe und Dummköpfe tot waren.

»Sollen wir es gleich noch mal versuchen?« fragte ein Mann, dem das Blut unter dem Helm hervorlief.

»Nicht heute«, antwortete Conan. »Die Pferde sind zu scheu. Wir suchen uns einen guten Lagerplatz und schlagen morgen früh wieder zu. Und dann noch ein oder zwei Mal, ehe die Nacht hereinbricht.«

Die Männer saßen an diesem Abend glücklich am Lagerfeuer und redeten, als hätten sie einen großen Sieg errungen und nicht nur unbedeutende Scharmützel ausgetragen, bei denen kaum zwanzig Feinde verwundet oder getötet worden waren. Conan lächelte grimmig. Morgen abend würden sie nicht mehr so übermütig sein! Dann würden sie gemerkt haben, daß dieser Partisanenkrieg lang, hart und gefährlich war und zudem wenig Ruhm einbrachte.

»Worüber denkst du nach, Conan?« fragte Hagbard. »Haben wir unsere Sache heute nicht gut gemacht?«

»Doch«, antwortete Conan. »Die meisten Männer waren besser, als ich befürchtet hatte.«

Hagbard grinste. »Die Thungier haben sich wie Schafe aneinandergedrückt. Die werden uns nicht aufhalten.«

»Heute haben wir sie überrascht. Morgen schon weniger. Es ist nur eine Frage der Zeit, bis sie herausfinden, wie sie gegen Reiter kämpfen müssen, die nicht auf kampferprobten Pferden sitzen.«

»Und ist das leicht?« fragte Hagbard ernüchtert.

Conan nickte. »Heute haben sie gewohnheitsmäßig nach den Reitern geschlagen. Bald wird ihnen klar werden, daß es viel leichter ist, die Pferde zu töten. Sobald wir sehen, daß die Thungier auf die Pferde statt auf die Reiter zielen, ist es Zeit, zurück zu Alcuina zu reiten.«

Totila verfluchte diesen elenden Schneefall. Zweimal hatten die Reiter gestern zugeschlagen und heute schon einmal. Die Elstern flogen dicht über seinen Kopf hinweg und setzten sich auf Iilmas Schultern.

»Haben sie was gesehen?« fragte Totila übellaunig.

»Nein, mein König«, antwortete Iilma. »Der Schnee fällt zu dicht.« Er zögerte. »Ich spüre, daß bei diesem Schnee Zauberei im Spiel ist. Der hat keinen natürlichen Ursprung.«

Totila überlegte kurz. Beide Male hatten die Reiter gestern im dicken Schneegestöber angegriffen. Heute auch wieder.

»Alle zusammenrotten!« rief er. »Formt ein Bollwerk aus den Schildern! Sie werden uns gleich angreifen!«

Schnell löste sich die Kolonne auf und stellte sich im Kries auf, die Schilde als Schutz nach außen gekehrt. Alle waren grimmig und kampfbereit. Diese Reiter waren wie Irrlichter aufgetaucht und verschwunden, ohne daß sie ihre Wut an ihnen hätten auslassen können. Doch diesmal war der König bereit, die verhaßten Reiter gebührend zu empfangen. Schweigend warteten die Tormanna.

Leovigild wartete nervös am Waldrand. Sie konnten die Feinde unten marschieren hören, sie aber nicht sehen. Das hatte er nicht bedacht, als der alte Magier seinen Schneevorschlag gemacht hatte. Der Schnee raubte den Elstern die Sicht, blendete aber auch die Reiter. Er wandte sich an Rerin.

»Das mißfällt mir. Wir sind nur im Vorteil, wenn wir etwas sehen können. Vielleicht war dieser Schnee doch keine so gute Idee.«

»Er war unsere einzige Hoffnung«, entgegnete Rerin. »Und wir haben schon drei Überfälle geschafft.« Prüfend blickte er in den Schnee. »Du solltest zuschlagen. Der Schnee wird gleich dünner.«

»Sie haben angehalten«, sagte Siggeir, der neben Leovigild war.

Leovigild dachte nach. »Totila ist kein Dummkopf. Dreimal haben wir ihn bei Schneegestöber überfallen. Jetzt erwartet er uns, da es wieder schneit.« Dann fällte er blitzschnell eine Entscheidung. »Siggeir, reite los und hole die anderen beiden Abteilungen her! Wenn sie nicht länger in der Kolonne marschieren, ist es sinnlos, mit drei kleinen Schwadronen anzugreifen. Wir müssen uns statt dessen auf eine Stelle im Wald der Schilde konzentrieren und dort mit vereinter Kraft voll zustoßen.«

»Das ist aber gegen Conans Befehl«, gab Rerin zu bedenken.

»Conan ist nicht hier«, sagte Leovigild. »Aber ich.«

»Bleib du bei deinen Zaubersprüchen, Rerin«, sagte Siggeir. »Überlaß Kämpfe den Kriegern.« Schnell ritt er von dannen. Die vielen Beulen und Kratzer an Leovigilds Rüstung zeugten von seiner Bereitschaft, sich mitten ins Kampfgetümmel zu stürzen. Das reichte den Cambrern.

»Mach dir keine Sorgen«, beruhigte Leovigild lächelnd den alten Magier. »Ich bin sicher, daß Conan ebenso entschieden hätte, wäre er hier.«

Noch ehe der Schnee dünner fiel, waren die übrigen Männer da und scharten sich um Leovigild. »Uns erwartet unten ein Bollwerk aus Schilden«, erklärte er. »Diesmal dürfen wir uns nicht teilen, sondern müssen mit geballter Kraft an einer Stelle durchbrechen. Verzettelt euch nicht in Einzelkämpfen, sondern helft euren Kameraden, den Wall zu durchbrechen. Nur so können wir sie empfindlich schwächen. Wenn ich das Hornsignal geben lasse, reitet ihr so schnell wie möglich zurück in den Wald.«

»Wo wollen wir zuschlagen?« fragte Siggeir.

»Dort, wo Totila steht«, antwortete Leovigild. »Ihr habt ihn inzwischen alle gesehen. Folgt mir! Sobald ich ihn entdeckt habe, reite ich auf ihn zu. Wenn wir Totila töten können, haben wir vielleicht den Sieg in der Tasche. Also los! Reiten wir!« Mit wildem Geschrei setzten die Männer Leovigild nach. Nur Rerin blieb zurück und schaute ihnen besorgt hinterdrein.

»Da kommen sie!« rief Totila und grinste. Er zog sein Schwert. »Mal sehen, wie gut sie gegen Krieger kämpfen, die vorbereitet sind!« Seine Männer jubelten beifällig.

Die angreifenden Reiter drehten ab, als sie innerhalb der Reichweite der Speere waren, und preschten an den Schilden vorbei. Totila wußte, daß sie nach ihm Ausschau hielten. Er versteckte sich aber keineswegs. Sein Helm und Umhang waren im ganzen Norden berühmt. Der König war begierig, sich mit dem besten Kämpfer der Cambrer zu messen.

An der Spitze der Angreifer ritt ein gutaussehender, blonder Jüngling, der ihm wegen seiner Kühnheit schon vorher aufgefallen war. Ohne Zweifel war das der junge Leovigild, den Odoac verbannt hatte. Totila hielt aber nach dem schwarzhaarigen Champion Alcuinas Ausschau. Ihn hielt er für einen würdigen Gegner. Andererseits wäre es ein geschickter politischer Schachzug, den Erben Odoacs zu töten.

Leovigild sah Totila ganz vorn stehen. Dieser Mann verkroch sich nicht hinter seiner Leibgarde wie Odoac. Der Anblick des furchtlosen Totila ließ Leovigild Conans, Rerins und Siggeirs wohlmeinende Ratschläge vergessen. Er hob den Speer und ritt geradewegs auf Totila zu. Kurz ehe er die Schilde erreichte, rief Totila seinen Männern zu: »Zielt auf die Pferde! Sie sind ohne Pferde hilflos!«

Leovigild schleuderte kraftvoll den Speer nach dem Mann mit dem glänzenden Helm und dem Umhang aus Menschenhaar. Doch Totila wehrte die Speerspitze mit Leichtigkeit ab. Hätte Leovigild Conans Rat beherzigt und einem anderen Krieger Platz gemacht, um sein Glück gegen Totila zu versuchen, wäre das besser gewesen. So aber zog er wutentbrannt sein Schwert und führte einen Schlag auf den prächtigen Helm, den Totila mit dem Schild mühelos abfing. Jetzt sprang Leovigild aus dem Sattel und ging zu Fuß auf Totila los. Überlegen lächelnd empfing ihn der König. Dann hagelten seine Schwerthiebe so schnell und so dicht auf den tollkühnen Jüngling hernieder, daß dieser sich kaum schützen konnte, und schon gar nicht seinerseits angreifen konnte.

Leovigild versuchte verzweifelt, Totilas Knie zu treffen. Doch mit für einen so großen Mann erstaunlicher Gewandtheit wich der König aus. Leovigild wurde durch den Schlag ins Leere nach vorn gerissen und senkte den Schild. Totilas erster Schlag schmetterte gegen den Helm des Jünglings, der zweite spaltete den Bronzeküraß.

Schon holte Totila zum Todesstreich aus, als ihn Cambrer mit Speeren wegdrängten. Der größte von ihnen beugte sich nach unten, packte Leovigild an der Halsberge und zog ihn aufs Pferd. Dann setzte Leovigilds Retter ein Jagdhorn an die Lippen und blies zum Rückzug. Die Reiter stoben wie der Wind davon.

Totila nahm das Lob für seinen Kampf mit Leovigild gelassen hin. Dann erkundigte er sich nach den Toten des Feindes. Mindestens ein Dutzend. »Wie viele haben wir verloren?«

»An die zehn Männer«, antwortete ein grauhaariger Krieger, der sich eine Armwunde verband.

»Dann hat ihnen dieser Überfall nichts eingebracht«, sagte Totila triumphierend. »Also: Wenn es klar ist, warnen uns Iilmas Vögel vor ihrem Kommen. Schneit es so dicht, daß die Elstern nicht fliegen können, wissen wir, daß sie kommen! Wir haben nichts zu befürchten. Laßt uns zu Alcuinas Festung marschieren und die Sache hinter uns bringen!» Mit Freudengeschrei folgten die Tormanna ihrem König.

Conan und seine Männer hatten auf dem Heimritt noch einmal ihr Nachtlager aufgeschlagen, als die übrigen Cambrer sie einholten. Ein Treiber lief zu Conans Feuer und kündigte sie an. Der Cimmerier stand auf, um sie zu empfangen. Ihm schwante nichts Gutes, als er die leblose Gestalt quer vor Siggeirs Sattel sah. Er half, den Jüngling auf den Boden zu betten. Mit erfahrenen Augen erkannte er, daß Leovigild sich die schweren Wunden an Kopf und Brust geholt hatte, als er gegen einen größeren Mann zu Fuß gekämpft hatte.

Fragend schaute er Siggeir und Rerin an. »Totila?«

Siggeir nickte. Er berichtete Conan alles. Rerin holte Kräuter herbei und kümmerte sich um die Wunden des jungen Mannes.

Conan schüttelte den Kopf, als Siggeir mit seinem Bericht fertig war. »Ein geballter Angriff auf den Schildwall war ein kluger Schachzug«, sagte er. »Aber abzusteigen, um zu kämpfen — noch dazu gegen einen Mann wie Totila —, war selten töricht.«

»Und wie soll ein Mann aus adligem Haus sich deiner Meinung nach verhalten, wenn er Totila so königlich an der Spitze seiner Krieger stehen sieht?« fragte Siggeir. »Konnte er sich anders verhalten? Seine Ehre gebot ihm, sich mit Totila auf gleicher Ebene zu messen.«

Die umstehenden Cambrer nickten. Sie wollten einen König, der ein Führer auf Feldzügen war. Wenn Leovigild den sicheren Tod um der Ehre willen riskierte, war er ihr idealer König. Das ließen sie sich nicht nehmen.

Conan lächelte über die grimmigen Gesichter. »Nordmänner! Ihr seid wirklich sture Idioten! Aber auch ich bin ein Mann des Nordens!« Er blickte zu Leovigild hinab. »Er wird euch ein guter König sein — wenn er überlebt.«

»Seine Wunden sind schwer, aber ich kann ihn heilen. Wir müssen ihn nach Hause schaffen. In meiner Hütte kann ich viel mehr für ihn tun als hier«, sagte Rerin.

Conan ließ eine Bahre bauen und rief einige Waldleute. »Sie können ihn schneller durch die Wälder bringen als eine von Pferden gezogene Bahre«, erklärte er Rerin. »Wir übrigen werden hinterherreiten und euch gegen den Feind nach hinten abschirmen.«

»Wie ist es dir mit Odoac ergangen?« fragte Siggeir.

»Wir haben viele getötet«, antwortete Conan. »Wir haben fünfmal zugeschlagen, ehe sie eine Schildmauer bildeten und versuchten, die Pferde aufzuspießen. Leider versteckte sich Odoac hinter seiner Leibgarde. Wir hatten keine Möglichkeit, ihn zu töten.«

»Das ist sehr schade«, meinte Siggeir. »Vielleicht haben wir sie aber doch so geschwächt, daß wir sie bei einer Belagerung schlagen können.«

Conan nickte, behielt aber seine Meinung für sich.

Alcuina sah, wie der Mann auf der Bahre auf den Hof getragen wurde, und ihr blieb fast das Herz stehen. Seit die Männer in den Krieg geritten waren, hatte sie die meiste Zeit oben auf dem Wehrgang verbracht und auf eine Nachricht gewartet. Ihre größte Sorge war, daß man Conan oder Leovigild tot zurückbringen würde. Sie brauchte beide, wenn ihr Volk überleben sollte. Jetzt war sie sicher, daß es einer von beiden war. Aber wer? Welcher Tod würde sie härter treffen? Sie schob die Antwort in Gedanken weit weg und lief den Männern entgegen.

Ein tiefer Seufzer entrang sich ihrer Brust, als sie das blasse Gesicht Leovigilds erblickte. Sie fühlte große Erleichterung, war aber nicht sicher, ob diese davon herrührte, daß es nicht Conan war oder daß Leovigild noch lebte.

»Wir müssen ihn in meine Hütte bringen«, sagte Rerin.

Alcuina gab den Leibeigenen den Befehl, und Leovigild wurde in die Hütte des alten Magiers gebracht. Dieser stieg ächzend vom Pferd.

Während er sich um Leovigilds Wunden kümmerte, erstattete er Alcuina Bericht. »Wir waren erfolgreich«, sagte er abschließend. »Aber ich glaube nicht, daß wir sie so stark schwächen konnten, wie Conan gehofft hatte.«

»Und jetzt ist der arme Leovigild kampfunfähig«, meinte sie.

»Er war nicht nur als Krieger wertvoll«, sagte Rerin. »Er hat sich vor allem als Führer bewährt. Falls jemand Zweifel an dem Jungen hatte, waren diese wie weggeblasen, als die Männer sahen, wie er gegen die Tormanna und vor allem gegen Totila kämpfte. Die Krieger werden jetzt ebenso entschlossen weiterkämpfen, als stünde er in erster Reihe.«

»Meinst du, er wäre ein guter König?«

»Ein hervorragender«, versicherte ihr Rerin.

Alcuina nickte. »Dann soll er auch König werden.«

Conan und seine Männer ritten bei Sonnenuntergang ein. Müde stiegen sie ab und überließen den Stallburschen die Pferde. Die Verwundeten gingen zu Rerins Hütte, um sich behandeln zu lassen. Alcuina trat aus der Hütte und ging zu Conan.

»Wie viele haben wir verloren?« fragte sie.

»Etwa zwanzig. Und ebenso viele sind verwundet, allerdings nicht schwer. Der Feind dürfte aber dreimal so hohe Verluste erlitten haben. Die meisten Männer verloren wir beim ersten Angriff. Danach wußten meine Leute, worauf es ankam. Allerdings erkannte der Feind dann auch, wie er sich verteidigen konnte.«

»Reicht das?«

»Vielleicht. Wir werden es bald wissen. Auf alle Fälle sind wir in einer besseren Position als noch vor einigen Tagen. Wie geht's dem Jungen?«

»Sprich respektvoller vom zukünftigen König der Cambrer! Rerin sagte, er wird durchkommen. Allerdings dürfte es einige Wochen dauern, bis er wiederhergestellt ist.«

»Ich freue mich ungemein zu hören, daß er wieder wird und daß deine Zunge immer noch so spitz ist.«

Alcuina lächelte ihn an. »Es ist nicht gut, wenn man einem Lehensmann zu vertraulichen Umgang gestattet, auch nicht einem schwarzhaarigen Fremden, den es mit aller Macht nach Süden zieht, in die heißen Länder und zum süßen Wein. Komm mit, Leovigild hat angeordnet, daß du gleich nach deinem Eintreffen zu ihm gebracht wirst.«

»Benimmt sich schon ganz wie ein König, was?« Conan tat so, als sei er verstimmt. Aber in Wahrheit war er froh, daß der Junge überleben würde.

Sie gingen in die Halle, wo ein großes Festmahl für die heimgekehrten Krieger vorbereitet wurde. Leovigild lag hinter dem Gobelin am Ende der Halle auf einem Lager aus Bärenfellen und anderen Pelzen. Kopf und Brust waren verbunden, sein Gesicht war bleich. Trotzdem gelang ihm ein Willkommenslächeln, als er Conan sah.

»Ich fürchte, ich habe mein erstes Kommando nicht besonders gut gemacht, Champion. Hoffentlich ist es dir besser gegangen.«

»Du warst ein hirnverbrannter Idiot, als du allein gegen Totila kämpfen wolltest«, sagte Conan, wofür Alcuina ihm einen giftigen Blick zuwarf. »Aber ansonsten hast du dich ausgezeichnet gehalten. Deine Männer haben keinen Grund zur Klage, weil du sie geführt hast. Nun, jetzt hast du ein paar feine Narben aufzuweisen.«

»Glaubst du, ich habe in der Achtung der Krieger verloren, weil ich Totila nicht besiegen konnte?«

»Es soll nur einer wagen, ein Wort zu sagen, dann lasse ich ihn ...«, fuhr Alcuina wütend dazwischen.

»Nein«, unterbrach sie Conan. »Niemand erwartet, daß ein junger Mann bei seinem ersten Zweikampf einen Mann wie Totila bezwingt, ganz gleich wie blau sein Blut ist. Du warst sehr gut, Leovigild; denn dein Haar ziert jetzt nicht seinen Umhang.«

Rerin kam herbei, um nach seinem Patienten zu sehen. »Ihr dürft ihn nicht ermüden. Er braucht Ruhe.«

Conan grinste. »Ärzte sind überall gleich! Wir sprechen morgen weiter, Leovigild. Ich würde mich in jedem Kampf auf deinen Schild als Schutz meiner rechten Seite verlassen.« Er wandte sich zum Gehen. Da sagte Leovigild:

»Conan, du mußt Totila töten. Du bist der einzige Mann im Norden, der gegen ihn eine Chance hat.« Seine Augen weiteten sich vor Entsetzen. »Es war, als kämpfe man gegen einen Berg.«

Conans Gesicht wurde ernst. »Mein Haar bekommt er auch nicht!«

Beim abendlichen Festmahl hatten alle Gelegenheit, mit ihren Taten während der Überfälle anzugeben. Nur Conan saß still da und glättete mit dem Wetzstein einige Scharten in seiner Klinge. Da trat Rerin neben ihn.

»Wie geht's, Rerin?«

Der Alte nahm auf der Bank neben dem Cimmerier Platz und schüttelte den Kopf. »Ich mache mir große Sorgen. Es sind nämlich drei Kämpfe, auf die wir uns einrichten müssen.«

Conan hob das Schwert und blickte prüfend die Scheide entlang. »Wieso drei?«

»Da ist der Kampf der Armeen, der Kampf der Könige und der Kampf der Magier. Um zu überleben, müssen wir alle drei gewinnen.«

Conan drehte das Schwert und prüfte die andere Schneide. »Und du glaubst, das schaffen wir nicht?«

»Am meisten Angst habe ich vor dem Magierduell. Ich verstehe zwar mein Handwerk, wie du selbst gesehen hast; aber Iilma verkehrt mit Mächten, die ich nie und nimmer anzurufen wagte. Am Ende werden sie ihn zerstören; aber bis er von den Früchten seines Ehrgeizes überwältigt wird, gebietet er wahrscheinlich über Mächte, die weitaus stärker sind als alles, was ich aufzubieten vermag.«

Conan steckte das Schwert zurück in die Scheide und hängte es an den Pflock. »Es gibt kaum etwas Schlimmmeres für ein Heer als zuviel über eine Niederlage zu reden, ehe der Kampf begonnen hat. Dann bist du nämlich schon geschlagen, ehe du eine Chance hattest.

Wenn du in Gedanken bereits verloren hast, braucht Iilma keinen Finger mehr zu rühren.«

»Das mag auf Krieger zutreffen, aber ich kann meine und Iilmas Macht ganz klar beurteilen, ohne Optimismus oder Defätismus. Und da hat er ganz klar die Oberhand.«

»Das reicht jetzt. Morgen oder übermorgen wird der Kampf beginnen. Gibt es eine Möglichkeit, unsere Lage bis dahin irgendwie zu verbessern?«

Rerin lächelte. »Du bist nicht nur der primitive Krieger, wie du vorgibst.«

Conan griff zum Trinkhorn und nahm einen kräftigen Schluck Ale. »Wenn es zu einem Kampf kommt, ziehe ich es vor, meinem Gegner Mann-gegen-Mann und Schwert-gegen-Schwert gegenüberzustehen. Zauberei ist etwas anderes. Ich kann sie nicht ausstehen. Und wenn ich sie schon ertragen muß, dann will ich jeden Vorteil haben, den ich kriegen kann. Was schlägst du also vor? Du bist doch nicht gekommen, um mit mir fröhlich zu plaudern.«

»Das stimmt. Glaubst du, daß du Totila besiegen kannst?«

Conan zuckte mit den Schultern. »Bisher habe ich noch keinen Mann getroffen, der besser war als ich. Aber das heißt nichts. Totila ist ein ausgezeichneter Kämpfer. Wenn wir aufeinanderstoßen, wird sich herausstellen, wer besser ist.«

»Odoac stellt keinerlei Gefahr dar«, sagte Rerin. »Wie die Thungier kämpfen werden, hängt davon ab, wer Odoac zuerst umbringt — wir oder Totila. Ohne König werden sie sich wohl dem anschließen, der ihn getötet hat. Der wunde Punkt ist Iilma, und der ist zur Zeit bei Totila schlecht angeschrieben.«

»Wie das?« fragte Conan erstaunt.

»Er hat mehrere Male versagt, trotz aller seiner Mächte. Seine wandernden Toten konnten uns nicht besiegen; seinen Dämonenentführern gelang es nicht, ihm Alcuina zu bringen. Selbst meine armseligen Schneestürme verhinderten die Unterstützung seiner Elstern auf dem Marsch. Er dürfte verzweifelt darum ringen, Totilas Gunst zurückzugewinnen. Vielleicht finden wir in seiner Verzweiflung eine Schwachstelle.«

»Sprich weiter!« Conan war jetzt ganz Ohr. Der Magier und der Champion unterhielten sich noch lange an diesem Abend.

13

DÄMONENVÖGEL

Ein Teil der Halle war durch Vorhänge abgetrennt. Dort hatte man ein Lazarett für die Schwerverwundeten eingerichtet. Mit der typisch dickfelligen Art der Nordländer spielten die Männer ihre Verletzungen herunter, obwohl sie wußten, daß einige das Frühjahr nicht mehr erleben würden. Leovigilds Schmerzen waren so stark, daß jeder Atemzug eine grauenvolle Qual bedeutete. Dennoch schätzte er sich glücklich, mit diesen Männern zusammenzuliegen, und gab sich Mühe, die Schmerzen zu unterdrücken.

Er würfelte gerade beim Knöchelspiel mit einem Mann, der zwei Finger und ein Auge verloren hatte, als der Gobelin beiseite geschoben wurde und eine Schar älterer Krieger mit Alcuina, Rerin und Conan eintraten.

»Ich hoffe, du bist auf dem Weg der Besserung, Leovigild«, sagte Alcuina.

»Ich habe mich selten so wohl gefühlt«, antwortete er tapfer, obwohl er niemanden täuschen konnte. »Ich hoffe, bald wieder mein Schwert für Eure Sache zu schwingen.«

Alcuina lächelte. Sie war so wunderschön, daß die Erinnerung an Atalia wie weggewischt war. Der phantastische Tag und die Nacht, die er in dem kleinen Tal mit ihr verbracht hatte, kam ihm nur noch wie ein Traum vor, der verblaßte, wie Träume nach dem Aufwachen zergehen.

»Ich werde nach deinem Schwertarm erst rufen, wenn du wieder ganz gesund bist«, sagte Alcuina. »Es gibt aber einen kühnen Plan, wie man Totila schwächen könnte, und da finde ich es richtig, daß du an unserer Beratung teilnehmen solltest.«

»Ich fühle mich geehrt, daß Ihr meine Meinung so hoch einschätzt, Herrin«, sagte er. Dann fügte er mit einem Lächeln zu Conan hinzu: »Und ich wette, daß dieser große, schwarzhaarige Kerl hauptsächlich beteiligt ist, wenn es sich um einen tollkühnen Plan handelt.«

Lässig stellte Conan einen Fuß auf Leovigilds Lager und beugte sich vor. »Wir haben die Schnauze voll von diesem elenden Zauberkünstler Iilma. Unser guter Rerin glaubt, eine Möglichkeit zu sehen, wie wir ihn treffen können.«

»Das wäre allerdings großartig«, sagte Leovigild. »Aber was kann ein einfacher Krieger gegen jemanden ausrichten, der mit den schwarzen Mächten im Bunde ist?«

»Rerin«, mischte sich Alcuina ein, »erkläre Leovigild und diesen Kriegern, was du mir heute abend gesagt hast.«

Der alte Mann strich sich durch den grauen Bart. »Ich habe von den Umtrieben dieses Iilma mehr gesehen, als mir lieb war. Seine Art der Magie unterscheidet sich von meiner gewaltig. Ich bemühe mich, die Kräfte zum

Guten einzusetzen, die in Pflanzen, Steinen und Tieren wohnen. Damit will ich die Hilfe der Götter und Geister in Wald und Strom für mein Land und meine Königin herbeirufen. Diese übernatürlichen Wesen verhalten sich Menschen gegenüber nicht feindlich, solange man ihnen die gebührende Achtung erweist. Durch meine Zaubersprüche lassen sie sich herbei, uns zu helfen, indem sie strenge Winter mildern, den Tierreichtum in den Wäldern mehren und die Fische im Wasser, so daß die Netze der Fischer voll sind. Sie sorgen dafür, daß Kühe, Schafe, Schweine und Pferde gesund sind und sich vermehren. Andere gütige Geister helfen mir, Pestilenz abzuwehren und Wunden schneller zu heilen, wie jetzt bei den Kriegern, deren ehrenvolle Verletzungen sie meiner Obhut anvertrauten.« Liebevoll beschrieb er mit dem Arm einen Halbkreis und schloß alle Verwundeten ein, die ohne zu klagen auf den Strohmatten lagen.

»Der Hyperboräer Iilma ist eine andere Art Magier.« Rerins Gesicht war ernst und besorgt. »Er will nicht Menschen helfen in ihrem Kampf gegen Naturkatastrophen. Er ist nur an seiner eigenen Macht interessiert. Da er mit Wissen und Geschicklichkeit aber nur bis zu einem bestimmten Punkt gelangen kann und man die Menschen nur durch Waffengewalt erreicht, hat er sich einem König angeschlossen — einem emporgekommenen Räuberhauptmann —, der Iilma für seine Unterstützung auf dem Weg nach oben dankbar sein muß.

Für eine Macht, wie sie Iilma anstrebt, sind kleine Götter und Geister wenig nützlich. Daher schloß er vor langer, langer Zeit einen furchtbaren Pakt. Er nahm die Verbindung mit den großen Mächten der Welten jenseits von unserer auf. Welten, in die ich bis vor kurzem nur in Trance flüchtige Blicke tat. Die Wesen dieser Welten können einem Sterblichen riesige Macht verleihen, doch für einen schrecklichen Preis. Sein Verstand, ja seine Seele, ist auf ewig verändert. Wird ein solcher dunkler Pakt abgeschlossen, gibt es einen Austausch. Der Magier dieser Welt gibt einen Teil von sich, einen wesentlichen Bestandteil seiner Seele, der auf ewig verflucht ist. Im Gegenzug empfängt er einen oder mehrere Geistergehilfen, die seine Macht wesentlich vergrößern und als Boten zwischen ihm und den anderen Welten dienen.«

»Die Elstern!« warf Leovigild ein.

»So ist es! Das sind natürlich keine echten Elstern. Es sind Dämonen einer anderen Welt; aber sie könnten in unserer Welt ihre wahren Gestalten nicht behalten, was sie auch gar nicht wollen, da eine ihrer Aufgaben das Ausspionieren für ihren Herren ist und sie dabei keine Aufmerksamkeit erregen wollen. Sehr gern nehmen sie die Gestalten von Vögeln oder Fledermäusen an, wie ich alten Überlieferungen entnehme. Bei den Vögeln sind Aasfresser besonders beliebt: Elstern, Krähen, Raben. Denn wer beachtet diese schon? Sie können durch die Lüfte streifen und ihrem Herren melden, was immer er wissen möchte. Ein Habicht oder Adler erregt Aufmerksamkeit. In bestimmten Gegenden sind Zaunkönig oder Sperlinge nicht heimisch. Eulen sind reine Nachttiere, die man tagsüber nicht sieht. Aber Aasfresser gibt es überall.«

Conan unterbrach die langatmigen Ausführungen. »Heute abend gehe ich auf Elsternjagd!«

»Wenn Iilma auf seine Gehilfen verzichten muß«, sagte Rerin, »verliert er viel von seiner Macht.«

»Ich bin dafür, daß Conan einige Krieger mitnehmen sollte«, erklärte Alcuina. »Für einen einzelnen Mann ist ein solches Abenteuer zu gefährlich.«

»Nein!« entgegnete der Cimmerier. »Wäre es ein Kampf gegen Männer, dann je mehr Krieger desto besser. Aber ich bin hinter zwei Vögeln und einem Zauberer her. Da ist eine zahlenmäßige Überlegenheit kein Vorteil. Außerdem muß es nachts geschehen, und keiner hier ist im Nachtkampf geschult.«

»Wir haben gegen die Toten nachts gekämpft«, hielt Siggeir dagegen. »Allerdings brauchten wir den Schein der Feuer, um unser Ziel zu erkennen. Welche Krieger kämpfen lieber nachts, wenn man den Freund vom Feind nicht unterscheiden kann und niemand die Taten der Tapferen sieht?«

»Pikten«, antwortete Conan und lächelte.

»Pikten?« fragte Leovigild. »Was ist das für ein Volk?«

»Ein Volk, das zu jeder Tages- und Nachtzeit liebend gern kämpft«, sagte Conan. »Und sie sind im Nachtkampf einzigartig. Es gibt noch andere, die im Dunkeln nicht schlecht sind — Afghulen, himelische Bergvölker, die Pygmäen im südlichen Kush —, aber die Pikten sind die besten. Ich habe gegen sie gekämpft und unter ihnen gelebt.«

»Trotzdem ist ein nächtlicher Kampf nichts für richtige Krieger«, erklärte Siggeir von oben herab.

»Wie dem auch sei«, sagte Alcuina. »Jemand muß es tun, und Conan allein ist dazu fähig. Außerdem verdient er als mein Champion diese Ehre.«

»Ich wünsche dir viel Erfolg, Conan«, sagte Leovigild. »Wenn einer Iilmas Helfer besiegen kann, dann du.«

Die Sichel des aufgehenden Mondes stieg gerade über die Berge im Osten, als Conan auf dem Wehrgang erschien. Die Wachen starrten verwundert auf seine bizarre Erscheinung. Der Cimmerier war ganz in schwarze Wolfsfelle gekleidet. Mit einer Mischung aus Wachs und

Ruß hatte er Gesicht und Arme geschwärzt. Um die Metallschließen seines Schwertgurtes hatte er schwarzes Tuch gewickelt, um sie zu tarnen und jedes Geräusch zu verhindern. Ein ledernes Stirnband bändigte die rabenschwarze schulterlange Mähne.

»Es ist Zeit«, sagte er.

»Vater Ymir möge dich beschützen«, sagte Rerin, der mit Alcuina und einigen anderen ebenfalls heraufgestiegen war.

»Crom ist mein Gott!« erklärte Conan ernst. »Man sagt, er und Ymir verstünden sich nicht besonders. Ich verlasse mich im Kampf auf meinen Schwertarm.«

»Die Treiber berichten, daß Totila und seine Krieger nicht mehr weit seien«, sagte Alcuina mit ihrem Sinn für praktische Tatsachen. »Sie marschieren langsam, wie du vorhersagtest. Viel Glück, Cimmerier! Aber sei vorsichtig. Es ist lediglich ein Schlag gegen Iilma. Der richtige Kampf steht uns noch bevor. Da brauche ich dich.«

»Keine Angst, Alcuina«, sagte Conan. »Ich werde Euch nicht vorzeitig meiner Dienste berauben.« Dann sprang er auf die Palisade, zögerte kurz und schwang sich darüber. Er verschmähte das Seil, das von einem Pfosten herabhing. Da die Möglichkeit bestand, daß Totila doch einen Posten vorausgeschickt hatte, um das Tor zu überwachen, hatte Conan beschlossen, auf der gegenüberliegenden Seite über die Mauer zu gehen.

Leichtfüßig landete er, indem er den Aufprall in den Knien abfing. Das schwache Mondlicht verwandelte die schneebedeckte Ebene in ein silbern glänzendes Tuch. Er konnte in der Ferne kaum die großen Steine sehen.

Die Treiber hatten gemeldet, daß Totilas Heer durch die östlichen Berge komme. In diese Richtung trabte Conan los. Einen solchen Dauerlauf konnte er die ganze

Nacht durchhalten. Nach wenigen Minuten war er im Wald. Er bewegte sich dort so sicher wie auf freiem Feld. Seine Augen sahen in der Dunkelheit so klar wie die einer Eule.

Nach vier Stunden ging der Atem des Cimmeriers noch immer nicht schneller. Er verlangsamte das Tempo, da Totila nicht mehr weit sein konnte. Ja, jetzt roch er Rauch. Der Geruch führte ihn zu den glimmenden Lagerfeuern.

Er zählte die Feuerstellen und kannte damit die ungefähre Stärke des Feindes. Die Truppe war größer, als er erwartet hatte. Totila war offensichtlich ein Mann mit Macht und Durchsetzungsvermögen, wenn er mitten im Winter so viele Männer mobilisieren konnte.

Conan blickte angestrengt zum Lager hinüber. Wo lagerten die Anführer? Wo waren Schwachstellen? Wie erwartet, gab es keine Wachtposten. Eine Räuberbande, wie Totilas Heer immer noch war, hätte solche Vorsichtsmaßnahmen für weibisch und feige gehalten. Conan umkreiste vorsichtig das Lager, konnte aber kein Zelt entdecken. Offensichtlich schlief Totila auf blanker Erde und wickelte sich wie seine Krieger nur in seinen Umhang. Er führte durch sein Beispiel. Das mußte man im Auge behalten.

Aber in dieser Nacht war Totila nicht Conans Beute, sondern sein Zauberer Iilma. Conan setzte sich mit dem Rücken an einen Baum und schloß die Augen. Jeder unbefangene Beobachter hätte geglaubt, der Cimmerier schliefe. Doch weit gefehlt! Er sog alle Düfte ein und lauschte auf jedes Geräusch. Mit der Konzentration eines zamorischen Kundschafters registrierte er jede Einzelheit.

Geräusche gab es wenig, doch der Duft des Rauches lag schwer in der Luft, hauptsächlich von den Lagerfeuern, die nach Kiefern rochen. Doch bald mischte sich ein anderer Duft in den beißenden der Kiefern. Genau konnte Conan ihn nicht bestimmen, möglicherweise Kräuter und Rinde. Genau darauf hatte er gewartet.

Der Cimmerier erhob sich und folgte der Duftspur. Sie führte ihn oberhalb des Lagers in eine Talmulde. Jetzt hörte er auch seltsame Laute: Rasseln und Krächzen. Auf einem Abhang stand ein dichter Busch. Dorthin schlich er sich und nahm Deckung.

In der engen Mulde stand ein Zelt aus Rentierhäuten. Davor saß ein Mann, ebenfalls in Rentierfelle gekleidet. Ein Geweih dieser Tiere krönte den Kopfputz. Zu leisem Singsang bewegte er eine Kürbisrassel in verschlungenen Gesten über ein winziges Feuer, dessen Flammen in vielen unnatürlichen Farben spielten. Conan suchte nach dem Ursprung des Krächzens.

Einige Schritte neben dem Feuer hockten die Elstern. Er hatte sie schon früher hoch über Alcuinas Feste fliegen sehen. Damals hatten sie sich wie ganz normale Vögel benommen. Jetzt aber lief dem Cimmerier bei ihrem Anblick ein eiskalter Schauer über den Rücken. Sie krächzten und gaben noch andere Laute von sich, die unmöglich zu beschreiben waren, alles im Takt mit Iilmas Zaubergesängen. Rhythmisch nickten ihre Köpfe. Dann machten sie nach rechts und links Schritte, als führten sie einen rituellen Tanz auf. Alle Bewegungen geschahen absolut gleichzeitig, als würden die Vögel von einem Willen gelenkt.

Welchen Höllenzauber braute dieser Hyperboräer da zusammen? Wollte er mit seiner teuflischen Kunst Totila stärken oder Alcuina schwächen? Vielleicht trachtete er sogar ihm nach dem Leben. Conan war versucht, hinzulaufen und den Zauberer mittendrin niederzumachen. Doch Rerin hatte ihn vor dieser Torheit gewarnt.

Iilma, hatte er gesagt, ist ein Magier, der mit den dunklen Mächten in Verbindung steht und mit Sicherheit Wachen zu seinem persönlichen Schutz aufstellt. Ein Zauberer wie er hat genug Mühe, sich vor den Dämonen zu schützen, die er einsetzt. Da will er sich nicht noch Sorgen machen müssen, daß irgendein sterblicher Mensch ihn angreift.

Conan hatte auch erfahren, daß Zauberer am verwundbarsten waren, wenn sie mitten in einer Zauberhandlung steckten, die ihre ganze Konzentration erforderte. Wie andere Menschen auch waren sie im Schlaf verwundbar. Verwundbar hieß aber nicht schutzlos. Conans Überlegungen wurden durch das Erscheinen eines schwachen Schemens über dem Feuer beendet. Was war das?

Während Iilma weitersang und die Vögel krächzten, verdichtete sich die Gestalt, blieb aber anscheinend schwerelos über den bunten Flammen schweben. Das Gesicht war nicht deutlich; aber er hatte langes blondes Haar. Beinahe wie Leovigild, dachte er. Spionierte der Zauberer dem Jüngling nach? Das konnte nicht sein, den der Phantomjüngling trug keine Verbände, sondern war im Jagdgewand.

Abrupt brach Iilma den Zaubergesang ab und machte eine entlassende Geste. Die Geistererscheinung verblaßte, ebenso wie die unnatürlichen Farben der Flammen. Als das Feuer wieder ganz normal brannte, sagte Iilma etwas zu den Vögeln. Conan verstand die Sprache nicht, hörte aber den Triumph heraus. Conan vermutete, daß der Magier einen Zauber ausprobiert hatte, den er später einsetzen wollte, und jetzt siegessicher war. Die Elstern nickten mit den Köpfen, als wollten sie zustimmen.

Conan erstarrte das Blut in den Adern, als einer der

Vögel den Kopf drehte und ihn direkt anblickte. Die Augen glühten heller als die Glut. Sofort fixierten ihn auch der andere Vogel und Iilma, als könnten ihre Augen die Dunkelheit und den Busch durchdringen.

»Wer wagt es, mir bei meinen Zeremonien nachzuspionieren?« zischte der Zauberer wütend.

Ohne Zögern sprang Conan auf und trat hinaus. Mit gezücktem Schwert lief er auf den Zauberer zu, der blitzschnell Abwehrgesten ausführte.

Doch Conans Klinge zielte nicht auf den Hyperboräer. Sie blitzte im Feuerschein, ehe sie auf eine Elster herniederschwirrte. Conan erwartete, daß von dem Vogel nur noch ein blutiger Federklumpen übrig sei. Zu seinem Schrecken traf er aber auf einen so festen Brokken, daß ihm der ganze Arm bis in die Schulter geprellt wurde. Es war, als habe er voll ein riesiges gepanzertes Tier getroffen.

Schnell riß er das Schwert zurück und wollte sich auf die andere Elster stürzen. Doch diese war zurückgewichen und veränderte ihre Gestalt. Der Cimmerier sah mit Grauen, wie die gefiederten Schwingen immer größer wurden. Jetzt bedeckten glitzernde Schuppen die ledrige Haut. Auch die Beine wurden länger, ähnelten Menschenbeinen, doch liefen die gekrümmten Zehen in bronzene Hakenklauen aus.

Da wußte Conan, daß er jetzt die wahre Gestalt dieses Dämons erblickte. Eine grauenvolle Verbindung von Mensch, Vogel und Reptil, einen Kopf größer als er, stand da. Aus dem aufgerissenen Rachen mit Fangzähnen schoß eine gespaltene, schwarze Zunge hervor. Nur die brennenden, haßerfüllten Augen waren dieselben. Sie lähmten Conan, während sich die mit Krallen besetzten Flügel auf ihn herabsenkten.

Die Bewegung riß Conan aus der Lähmung. Er ging

zum Angriff über und sprang zwischen die Flügel. Dann schlug er nach dem Schultergelenk des linken Flügels. Rerin hatte gesagt, daß diese Geschöpfe gewissen natürlichen Gesetzen der Menschenwelt unterlagen, sonst konnten sie dort nicht existieren. Das bedeutete, sie konnten verwundet und getötet werden. Das Schwert schnitt tief ins Fleisch. Eklige, faulig stinkende Flüssigkeit bespritzte Conan. Er riß die Klinge heraus und führte blitzschnell einen Schlag gegen die andere Schulter. Dann traf ihn ein böser Schlag ins Gesicht. Er taumelte betäubt nach hinten, ohne zu wissen, was ihn getroffen hatte. Dann sah er das Blut auf der wie eine Peitsche hin- und herschlagenden Zunge.

Der Dämonenvogel stieß ohrenbetäubende Schreie aus, als die verletzten Flügel herabfielen. Auch Iilma hatte wieder seine Zaubergesänge aufgenommen. Plötzlich sprang das Biest mit ausgefahrenen Krallen wie ein Falke, der auf sein Opfer herunterstößt, nach vorn. Conan stieß sein Schwert in den Bauch des Dämonenvogels. Dann packten ihn Krallen bei der Brust und drückten ihn zu Boden. Er spürte, wie sich die Krallen in seine Schultern bissen, als er wie verrückt an dem Schwert zog, das tief in den Eingeweiden des Ungeheuers steckte.

Der Dämonenvogel beugte sich vor. Der schnabelähnliche Rachen war weit aufgerissen. Schon schoß die Zunge heraus. Conan fühlte, wie etwas gegen seine Schulter schlug. Dann zischte es, und der Gestank brennender Haare verbreitete sich. Die Zunge schnellte zurück und kam wieder heraus. Diesmal blieb sie direkt vor Conans Gesicht stehen. Zwischen den beiden Spitzen war ein runder Mund, von winzigen spitzen Zähnen bekränzt, aus dem stinkende Flüssigkeit tropfte. Nur sein dickes Wolfsfell hatte ihn gerettet. Wenn dieser Mund sein nacktes Gesicht berührte, war er verloren.

Verzweifelt zerrte Conan an seinem Schwert. Endlich! Doch waren seine Schultern so beengt, daß er nicht richtig ausholen konnte. Als die Zunge näher kam, stieß er die Klinge zwischen die Zähne. Instinktiv biß das Ungeheuer zu. Die scharfe Klinge schnitt die todbringende Zunge ab. Das widerliche Organ fiel zu Boden, wo es noch zuckte.

Der Dämonenvogel lockerte den Griff und stieß den Todesschrei aus. Der Cimmerier kroch schnell weg. Noch wand sich das Biest. Sein »Blut« strömte aus dem Rachen. Allmählich aber verlor es die Form, schmolz zu grauem Schleim, den die Erde gierig aufsaugte.

Da traf Conan ein harter Schlag von hinten. Diesmal fiel er nicht hin, sondern rollte ab. Blitzschnell war er wieder auf den Beinen und blickte mit gezücktem Schwert in die Richtung, aus der er den Schlag erhalten hatte.

Der zweite Dämonenvogel! Bei dem verzweifelten Kampf hatte er die andere Elster ganz vergessen. Sie war ernsthaft verletzt, die Gestaltenumwandlung nicht vollständig gelungen. Die rechte Seite war von seinem Hieb offen und blutete. Der rechte Flügel trug noch das Federkleid der Elster. Doch zischend ging das Ungeheuer zum Angriff über.

Conan fühlte sich von der gerade überstandenen Strapaze noch sehr geschwächt und hatte keine Lust, gegen die Klauen und die todbringende Schlangenzunge anzukämpfen. Er wich zurück. Iilma sang immer noch seine Zauberlieder. Conan hielt die Schwertspitze gegen das Ungeheuer gerichtet und riskierte einen Blick auf den Zauberer, der einige Schritte hinter ihm stand. Mit geschlossenen Augen konzentrierte er sich ganz auf seine schwarze Kunst.

Conan ging noch ein paar Schritte zurück, auf Iilma zu. Dann wirbelte er plötzlich herum und führte einen mächtigen Schlag gegen den Magier. Leider hatte er aber die Entfernung falsch eingeschätzt, so daß ihn der Schwung eine volle Drehung trug und er wieder vor dem Dämonenvogel stand.

Den Magier hatte er nur mit der Schwertspitze an der Wange ritzen können. Aber er hatte ihn damit aus der Konzentration gerissen. Der Singsang verebbte, als sich die Augen des Zauberers weiteten. Iilma fuhr sich mit der Hand an die verwundete Wange.

Mit leiser werdendem Gesang schwanden auch die Kräfte des Dämonenvogels. Schwach sank er in sich zusammen. Das war alles, was Conan brauchte. Sofort griff er an und zerhackte das Ungeheuer mit schnellen, kräftigen Schwerthieben, denen es aus Schwäche nicht mehr ausweichen konnte. Als er vorwärts stürzte, zertrümmerte er ihm mit einem letzten Streich die Wirbelsäule. Jetzt begann die schwabbelige Masse die Farbe zu wechseln.

Nun blickte sich der Cimmerier nach Iilma um. Seine Brust arbeitete wie ein Blasebalg nach der Anstrengung dieses schrecklichen Kampfes. Wie schön wäre es, wenn er jetzt auch noch den Hyperboräer erledigen könnte. Dann würde alles ausgestanden sein. Ohne die Vögel hatte der Magier viel von seinem Schutz verloren. Doch Iilma war nirgendwo zu sehen. Conan suchte im Schnee nach frischen Spuren, konnte aber keine ausmachen. Fluchend reinigte er die Schwertklinge und steckte sie zurück in die Scheide.

Dann machte er sich auf den Heimweg, da er vor Sonnenaufgang wieder bei den Cambrern sein wollte. Auf alle Fälle war der Zauberer jetzt geschwächt. Er hatte seine scharfsichtigen Augen verloren. Rerin hatte gesagt, Iilma müsse einen weiten Weg zu einem verhexten Ort zurücklegen und langwierige Zeremonien abhalten, ehe er neue Gehilfen bekäme. Doch bis dahin konnten ihn Schwerter und Speere der Menschen verwunden.

14

KÖNIGE UNTER SICH

Totila richtete sich im Sattel auf und blickte zurück auf die lange Kolonne seiner Krieger, die sich auf dem Waldweg dahinzog. Alle waren guter Laune, da diese Schmeißfliegen, diese Reiter, sie seit gestern in Ruhe ließen. Der König glaubte nicht, daß er sie wiedersehen würde, ehe er nicht vor Alcuinas Tor stand. Mit dieser Taktik hatten die Cambrer ihn schwächen wollen, und sie hatten sie aufgegeben, sobald die Tormanna ihnen mit einer guten Verteidigungstaktik geantwortet hatten. Wo hatten die Cambrer gelernt, so zu kämpfen? Er vermutete, daß Alcuinas schwarzhaariger Champion dafür verantwortlich war. Je mehr Totila über diesen Mann erfuhr, desto gieriger wurde er, ihm gegenüberzutreten.

Iilma ritt neben dem König. »Meine Vögel melden mir, daß die Cambrer sich in Alcuinas Feste verkrochen haben, wie Schafe in ihrer Hürde.«

Totila streifte den Zauberer mit finsterem Blick. »Deine verdammten Vögel haben uns bisher wenig genützt.«

Iilma zuckte mit den Schultern und verbarg seine eigenen Zweifel. »Ein kleines Mißgeschick. Wer hätte auch gedacht, daß ein so armseliger Zauberer wie Rerin plötzlich solche Einfälle hat? Auf alle Fälle haben sie mir etwas gemeldet, was dich sicher interessieren wird.«

»Dann rede schon!« fuhr Totila ihn an.

»Etwa eine Meile weiter vorn trifft dieser Weg mit einem anderen aus Süden zusammen. Auf diesem marschieren König Odoac und seine Krieger. Wir dürften gleichzeitig bei der Gabelung eintreffen.«

Totila strich sich das Kinn und lächelte. »Odoac, ja? Es ist höchste Zeit, daß ich diesem thungischen Schwein ein Gespräch aufdränge.«

»Vielleicht wäre eine Allianz zum jetzigen Zeitpunkt ...«

»Bleib du bei deiner Magie«, unterbrach ihn Totila. »Und überlasse mir die Staatskunst.« Schweigend ritten sie weiter.

Als die Sonne höher stand, suchte der König der Tormanna den wolkenlosen Himmel ab. »Wo sind deine Elstern, Magier? Ich habe sie heute noch gar nicht gesehen.«

»Ich habe — ich habe sie mit einem Auftrag weggeschickt, Herr. Es geht um eine Kriegslist, die dir bei der Eroberung von Alcuinas Feste sehr helfen wird.« Iilma wagte nicht, seine Schwächung zuzugeben. Der König mußte ihn für so mächtig wie eh und je halten. Er dankte seinen dunklen Göttern, daß er die Vorbereitungen für den Phantomzauber abgeschlossen hatte, ehe er seine Gehilfen verlor.

»Hat das mit dem Lärm zu tun, der gestern von deiner Hütte herkam?« fragte Totila. »Die Männer haben sich heute morgen beschwert. Sie sagten, es habe fürchterlich geklungen, so als ob Riesenschlangen, Eber und Adler miteinander kämpften.«

»Deine Männer gehen meine Künste überhaupt nichts an, ganz gleich wie laut es dabei zugeht.«

Die Tormanna erreichten die Weggabelung als erste. Totila gebot den Kriegern zu rasten, warnte sie aber, daß bald Besuch käme. Jeder Mann sollte die Waffen griffbereit haben. Keine Stunde später sahen sie die Thungier die südliche Straße heraufmarschieren.

Odoac blieb fast das Herz stehen, als er die Armee erblickte. Ein Hinterhalt der Cambrer? Aber diese Männer gaben sich keine Mühe, sich zu verstecken. Dann sah er den hochgewachsenen Mann mit dem Umhang aus Menschenhaar und dem Adlerhelm. Da erschrak er noch mehr. Er hatte gehofft, die führerlosen Cambrer fielen ihm als leichte Beute zu. Totila und seine Tormanna, alle kampfbereit, waren düstere Aussichten. Aber er konnte nichts anderes tun, als gute Miene zum bösen Spiel machen, wenn seine Männer ihm weiterhin folgen sollten.

»Sieht so aus, als seien wir nicht die einzigen, die einen Winterfeldzug gegen die Cambrer führen«, sagte Odoac. Obwohl ihm der Schweiß unter dem Helm hervorlief, brachte er die Worte einigermaßen fest über die Lippen. Die Mienen seiner Krieger wurden grimmig. Sie packten ihre Waffen fester.

Als die Thungier näher kamen, ging Totila ihnen entgegen. Seine Krieger blieben sitzen. Das beruhigte Odoac etwas. Allerdings wurde er sich seines Alters und seiner schwindenden Kräfte immer mehr bewußt, als der große König der Tormanna auf ihn zuschritt und ihm beim Gruß fast die Hand zerquetschte.

»Sei gegrüßt, Odoac, mein königlicher Bruder! Wir sehen uns viel zu selten.« Dann legte er einen Arm um Odoacs Schulter und winkte den Umstehenden zu, damit alle sehen konnten, wieviel größer und jünger er war als der König der Thungier.

»Ich grüße dich, Totila«, antwortete Odoac und vermied bewußt den Titel König. »Gehe ich recht in der Annahme, daß wir eine ähnliche Mission durchführen?«

»Das ist durchaus möglich. Laß uns beiseite gehen und die Sache unter vier Augen besprechen, wie es Königen geziemt.«

Odoac begab sich höchst ungern außerhalb des Schutzes seiner Leibgarde, wagte jedoch nicht, seine Angst vor Totila zu zeigen. »Ruht euch hier aus, Männer«, sagte er scheinbar unbekümmert. »Totila und ich müssen uns über wichtige Dinge beraten.«

Die beiden Männer gingen darauf zu einem kleinen Hügel.

»Mein Magier sagt«, fing Totila an, »daß Alcuina wieder da ist, nachdem sie unter so mysteriösen Umständen verschwand.«

»Das freut mich aber«, sagte Odoac überrascht. »Dann kann ich sie jetzt fragen, warum sie meinen Antrag noch immer nicht beantwortet hat.«

»Ich hatte vor, eine ähnliche Frage zu stellen. Vielleicht möchtest du auch deinen Neffen, diesen Herumtreiber, züchtigen?«

Odoac schäumte vor Wut, zeigte sie aber nicht. Dieser Kerl genoß die Hilfe des verfluchten Iilma! Warum war der Hyperboräer nicht zu einem wahren König wie Odoac gekommen, statt zu diesem Emporkömmling?

»Es ist wahr! Der Junge hat mich zutiefst enttäuscht. Ich habe ihn aufgezogen, als wäre er mein eigener Sohn, um meines lieben Bruders willen. Und dieser Schurke hat die Frechheit, nach meinem Thron zu trachten.« Er lächelte Totila gequält an. »Sei froh, daß du nie geheiratet und auch keinen Erben hast.«

»Diese Situation werde ich alsbald ändern und bereinigen. Schließlich wäre es doch eine Schande, eine Frau aus königlichem Geschlecht wie Alcuina unvermählt durchs Leben gehen zu lassen, wo doch alle drei unserer Reiche zur Zeit ohne Erben sind. Aber angenommen, du und ich würden uns hier bekämpfen, wer würde Nutzen daraus ziehen? Nur die Cambrer! Denn wer von uns beiden auch gewinnt, der wäre zu geschwächt, um die Cambrer zu schlagen.«

»Ein Bündnis gegen die Cambrer! Das ergibt Sinn«, sagte Odoac und nickte. Dabei hatte er diesen Vorschlag Totilas sehnlich erhofft. »Es bleibt nur die Frage unserer persönlichen Ziele. Eine Allianz bringt wenig, wenn wir hinterher um Alcuina, ihr Land und ihr Volk kämpfen.«

»Diese Dinge lassen sich bestimmt regeln«, versicherte Totila. »Wir sollten das schon tun, ehe wir weiter vorrücken. Bei Land und Leuten sind wir uns schnell einig. Wir halbieren sie einfach von Norden nach Süden entlang des Flusses Gernach, der durch die Mitte des Königreiches fließt. Der Norden geht an mich, der Süden an dich.«

Odoac dachte einen Moment nach. »Damit bin ich einverstanden. Aber was ist mit Alcuina? Wir brauchen beide eine Frau, und ich sehe keine Möglichkeit, sie ebenso zu teilen wie ihr Land.«

»Also, ich sehe das so:« erklärte Totila hinterlistig. »Du hast hier zwei Ziele: Du willst Alcuina haben und gleichzeitig Leovigild loswerden. Es sähe nicht gut aus für deine Männer, wenn du ihn mit eigener Hand tötest. Obwohl dir das keinerlei Schwierigkeiten machen würde. Da bin ich sicher.«

»Natürlich könnte ich diesen jungen Spund töten«, sagte Odoac großspurig. »Aber du hast recht. Es wäre politisch gesehen nicht klug von mir. Manche würden mich einen Königsmörder nennen, selbst wenn ich mich nur verteidigen mußte.«

»Ich dagegen könnte ihn ungestraft töten«, erklärte Totila. Er erwähnte nicht, daß er ziemlich sicher war, den Jüngling bereits getötet zu haben. »Leovigilds Leben für Alcuina. Das ist doch ein fairer Handel, oder? Schließlich bekomme ich sie nur mit der Hälfte ihrer Mitgift.«

Odoac strich sich durch den Bart und tat so, als denke er gründlich nach. »Aber ich brauche trotzdem einen Erben.«

Da verlor Totila die Geduld. »Benutze deinen Kopf, Mann! Es gibt jede Menge adliger Damen mit Töchtern im heiratsfähigen Alter, die liebend gern einen König als Schwiegersohn hätten! Oder suche dir einen Bauerntölpel und erkläre, er sei der verlorene Sohn deines Bruders. Du würdest ihn sowieso nicht bis zur Mannbarkeit leben lassen. Aber so könntest du dir noch fünfzehn bequeme Jahre auf dem Thron sichern.«

»Was du sagst, ist sehr klug, mein Bruder«, sagte Odoac eingeschüchtert. »Laß uns folgendermaßen übereinkommen: Wir vereinigen unsere Heere gegen die Cambrer. Nach dem Kampf bekommst du Alcuina, wenn du Leovigild umgebracht hast, und dazu ihr halbes Reich. Ich bekomme die südliche Hälfte. Danach scheiden wir als Freunde und marschieren mit unseren Kriegern nach Hause.«

Totila streckte die Hand aus, und Odoac schlug ein. Keiner der beiden hatte im geringsten die Absicht, das Abkommen einzuhalten. Mit den Armen über den Schultern des anderen schritten sie lächelnd zurück zu ihren Kriegern.

»Ist Odoac ein solcher Narr?« fragte Iilma ungläubig.

König und Magier saßen in einem kleinen Zelt aus geölten Häuten, einen halben Tagesmarsch vor Alcuinas Feste. Es war Nacht, und die Männer ruhten sich aus, um für die Strapazen des morgigen Tages frisch zu sein. Iilma hatte ein kleines rauchloses Feuer entzündet, das unheilvolle Schatten auf ihre Gesichter warf. Sie beratschlagten.

»Er ist zwar ein Narr, aber so dumm ist er auch nicht. Odoac ist ein verängstigter alter Mann, dessen bessere Tage vorüber sind und der für die paar Jahre, die ihm noch bleiben, sein Königreich nicht verlieren will. Jetzt weiß er nicht, wen er mehr fürchten soll — mich oder Leovigild. Natürlich gefällt ihm das Bündnis nicht, das ich ihm aufgezwungen habe; aber ihm bleibt keine andere Wahl.«

»Läßt du ihn friedlich nach Hause ziehen, wenn der Kampf vorbei ist?«

»Das kommt darauf an, wie die Dinge dann aussehen. Wenn er viele Männer verloren hat, wir aber nur wenige, rechne ich mit ihm vielleicht gleich dann ab. Ansonsten müssen wir eben ein oder zwei Jahre warten. Wir könnten sie selbstverständlich jederzeit schlagen; aber warum in einem zweiten Kampf Verluste einstecken, wenn es eleganter gemacht werden kann? Ich habe große Pläne. Meine kleinen Rivalen im Norden auszuschalten, ist nur ein kleiner Teil davon. Ich möchte nicht geschwächt werden, weil ich den Süden erobern will.«

»Wie Ihr schon andeutetet, Herr«, sagte Iilma, könnte man doch die Sache vereinfachen, indem man Odoac im bevorstehenden Kampf tötet, oder?«

Totila dachte nach. »Vielleicht. Wenn die Cambrer ihn töten. Stirbt er von meiner Hand, würden mir seine Männer nicht folgen.«

»Und angenommen, Leovigild bringt ihn um?«

»Was?« Totila war überrascht. »Leovigild? Den Jungen habe ich bereits erledigt. Mit den Wunden dürfte er kaum noch leben.«

»Das wissen die Thungier aber nicht! Ich kann ein

Phantom heraufbeschwören, das dem jungen Leovigild vollkommen gleicht. Die Thungier sehen dann, wie Leovigild Odoac niedermacht. Anschließend könnt Ihr das Phantom töten, das ganz realistisch sterben wird.«

Totila grinste. »Kannst du das wirklich? Dann wären die Thungier ehrenvoll verpflichtet, mir zu folgen, dem Rächer ihres Herrschers.«

»Genau so!« sagte Iilma.

Totila klatschte sich vor Vergnügen auf die Schenkel. »Das machen wir! Ich habe noch nie denselben Mann zweimal getötet, bin aber bereit, es zu tun.«

Odoac saß mit seinen Hauptleuten am Lagerfeuer und starrte niedergeschlagen in die Flammen. Begierig hatten sie den Kampf gegen die Cambrer erwartet. Das Auftauchen der Tormanna hatte ihre Begeisterung spürbar gedämpft. Ein alter grauhaariger Krieger wandte sich an den König.

»Wir kamen her, um Alcuinas Land zu erobern. Das wird uns nicht gelingen, wenn Totila da ist. Ich bin dafür, daß wir nach Hause gehen und auf eine bessere Gelegenheit warten.«

Einige stimmten ihm zu. Es gab aber auch Gegenstimmen. »Nein! Soll man uns nachsagen, daß die Thungier zu einem Feldzug aufbrachen und, ohne einen Streich geführt zu haben, wie geprügelte Hunde zurückliefen? Mit solcher Schande will ich nicht leben!« Starker Beifall folgte diesen Worten.

»Und so sollten alle aufrechten Krieger denken!« rief Odoac. Er wollte auf keinen Fall zurückgehen und die Männer den ganzen Winter lang über das Fiasko nachdenken lassen, in das ihr König sie geführt hatte.

»Wenn wir jetzt die Hälfte des Landes bekommen — was soll's? Das nächste Jahr kommt bestimmt. Im Augenblick können wir es nicht mit Cambrern und Tormanna gleichzeitig aufnehmen. Vielleicht sieht das nächstes Jahr schon anders aus. Dann holen wir uns erst den Rest des Landes der Cambrer. Danach ziehen wir nach Westen und vernichten Totila. Deshalb müssen wir jetzt das Bündnis eingehen. Nach gewonnener Schlacht bindet uns nichts mehr.« Diesmal stimmten fast alle Krieger zu. Auch wenn der Plan nicht perfekt war, gestattete er es ihnen, zu kämpfen und ehrenvoll heimzuziehen. Keinem behagte der Gedanke, den Frauen und Alten mit Speeren ohne jeden Blutspritzer gegenüberzutreten.

Odoac lächelte seinen Männern zu und verbarg seine Erleichterung. Er wollte jetzt nur ein kleines Stück Land, seinen Ruf als Befehlshaber in einem Feldzug nicht geschädigt sehen und Leovigilds Leiche vor den Füßen. Und all das würde er morgen vielleicht schon erreicht haben.

»Da sind sie«, sagte Conan.

Er stand neben Alcuina auf dem Wehrgang. Alle kampffähigen Cambrer, die ein Plätzchen dort oben ergattern konnten, drängten sich ebenfalls hinter der Palisade. Auf dem Wehrgang lehnten hastig gefertigte Speere und aufgeschichtete Steine, von Faustgröße bis zu Felsbrocken mit einem Fuß Durchmesser. Diese Art der Verteidigung war den Cambrern unbekannt; aber Conan hatte darauf bestanden, daß darin ihre einzige Chance lag, da der Feind zahlenmäßig weit überlegen war. Sie hatten gelernt, in solchen Situationen dem Wort des Cimmeriers zu trauen.

»Es sind wirklich sehr viele«, sagte Alcuina und gab sich Mühe, die Angst in ihrer Stimme zu unterdrücken.

Am Waldrand hinter den Großen Steinen marschierten immer mehr Krieger auf. Im Sonnenlicht glänzten die Bronzehelme und Kürasse. Sonst sah man von den Männern nur die großen Rundschilde. Sie standen in zwei beinahe gleich großen, aber räumlich deutlich getrennten Abteilungen.

»Sie mögen Verbündete sein«, bemerkte Siggeir grinsend, »aber zwischen Thungiern und Tormannas herrscht wenig Liebe.«

Jetzt hörte man, wie Bäume gefällt wurden.

»Sie gehen ans Werk«, sagte Conan. »Sie bauen Leitern, um die Mauern zu ersteigen.«

»Wird ihnen das gelingen?« fragte Alcuina bang.

»Wenn man ihnen genügend Zeit läßt, bestimmt«, erklärte Conan. »Diese Festung steht nicht auf einem steilen Berg. Eine erfahrene Armee könnte die Feste schnell erstürmen. Da aber diese Männer wohl nur über Mauern geklettert sind, um beim Nachbarn Hühner zu stehlen, dürften sie einen oder zwei Tage brauchen.«

»Reicht uns das?« fragte sie.

»Wenn alles gutgeht, schon. Du siehst da draußen auf der Ebene sehr viele Krieger; aber es gibt nur zwei Männer, die gefährlich sind: Iilma und Totila. Ich werde mich um Totila kümmern, und Rerin sagt, er könne mit Iilma fertigwerden.«

»Ich bete zu Ymir, daß dem so sein möge.« Alcuina zog ihren Pelz enger, doch nicht wegen der Kälte.

Eine Stunde später rückte der Feind gegen die Festung vor. Conan befahl allen, außer den Kriegern, den Wehrgang zu räumen. Da der Feind keine Belagerungsmaschinen hatte, bestand für die Bewohner keine unmittelbare Gefahr auf dem Hof. Möglich, daß sich der eine oder andere Speer dorthin verirrte. Aber Conan war der Meinung, daß jemand, der einem Speer nicht ausweichen konnte, verdiente, aufgespießt zu werden.

»Macht euch bereit!« rief der Cimmerier. »Werft nicht, bevor ihr ganz sicher sied, auch zu treffen. Kein Grund zur Eile! Sie bieten ein leichtes Ziel, sobald sie unten am Fuß der Mauer sind.«

Die Gesichter der Männer um ihn zuckten vor Erregung. Sie waren begierig zu kämpfen. Bei den Armeen im Süden hatte Conan als Offizier die größte Mühe gehabt, die widerstrebenden Männer in den Kampf zu treiben. Hier mußte er höllisch aufpassen, daß sie nicht in den Hof liefen, das Tor aufrissen und sich mit gezückten Schwertern auf den Feind stürzten. Mann-gegen-Mann-Kampf. Den liebten die Krieger des Nordens.

Die Feinde kamen mit Geschrei. Einige trugen lange Leitern. Conan sah an der Bauweise der Leitern, daß diese Krieger noch nie eine Mauer erstürmt hatten. Aber sie würden es schnell lernen, so wie sie auch gelernt hatten, sich gegen Reiter zu schützen. Er ließ seine Blicke über den wahllos anstürmenden Haufen Krieger schweifen. Da waren etliche lange Piken, wie er sie gegen den Jäger benutzt hatte. Conan war erleichtert, daß es nicht allzu viele waren, da man mit ihnen die Verteidiger von der Palisade auf der nicht besonders hohen Mauer zurücktreiben konnte, um einigen unerschrockenen Männern den Aufstieg zu ermöglichen. Hatte aber der Feind erst einmal auf dem Wehrgang sicheren Fuß gefaßt, würden die anderen wie Ameisen über die Leitern heraufkrabbeln. Dann konnte man die Mauer nicht mehr verteidigen, und die Belagerung war zu Ende. Danach kam nur noch das Abschlachten der restlichen Verteidiger.

Die Angreifer hatten den Fuß der Mauer erreicht. Jetzt prasselten die Geschosse auf sie nieder. Sie hoben die Schilde und riefen den Verteidigern zu, herunterzukommen und wie echte Männer zu kämpfen. Die Antwort war ein weiterer Steinhagel. Ungeschickt legten sie die Leitern an. Anfangs stießen die Verteidiger die Leitern mühelos weg. Doch dann wurden die Versuche der Angreifer entschiedener. Und bald tauchten die Köpfe der Tapfersten vor der Palisade auf.

Direkt vor Conan schoben sich ein Schild und ein Helm über die Mauer. Der erste Schlag des Cimmeriers traf den Schild, der zweite spaltete den Helm. Beim Sturz riß der Krieger seinen Hintermann auf der Leiter mit in die Tiefe. Conan beugte sich vor, um die Leiter wegzustoßen; aber zufällig oder geplant — die Leiter stand goldrichtig. Ihre Spitze blieb ein Stück unter dem Mauerkranz. Um sie wegzustoßen, mußten sich die Verteidiger weit hinauslehnen. Ein Speerhagel trieb Conan zurück.

Ein Mann erreichte die Leiterspitze ohne Schild.Er schwang eine Axt so blitzschnell, daß der Cimmerier Mühe hatte, die Schläge mit seinem Schild abzuwehren. Er wartete, bis der Gegner zu einem weiten Schlag ausholte, sprang vor und stieß dem Mann den metallenen Schildbuckel mitten ins Gesicht. Dann setzte er noch einen Schwerthieb in die rechte Seite nach. Rippen knackten unter dem bronzenen Küraß. Schreiend fiel der Mann nach unten. Jetzt griff Conan zu einem Langspeer, benutzte die Palisade als Hebelpunkt und stieß so die Leiter weg. Dies gelang ihm aufgrund seiner Riesenkraft, obwohl drei Männer auf der Leiter standen.

Auch an anderen Stellen wurden die Leitern ebenso erfolgreich abgewehrt. Die Angreifer versuchten, ihrerseits mit Speeren die Verteidiger zu treffen, was ihnen aber nicht gelang, da es viel schwieriger ist, von unten nach oben zu werfen. Nach einiger Zeit hörte man ein Trompetensignal.

Conan hielt nach dem Bläser Ausschau und sah drei Männer auf einem Hügel stehen. Einer war klein, fett und hatte einen grauen Bart. Der zweite trug die Felle und das Geweih von Rentieren. Aber der dritte erregte Conans Aufmerksamkeit. Die sinkende Sonne ließ den prächtig verzierten Helm aufblitzen. Ein langer, schekkiger Umhang hing von den breiten Schultern. Odoac, Iilma und Totila! Odoac wirkte nur so klein, weil er neben dem hühnenhaften König der Tormanna stand. Das also war der Mann, mit dem Conan es aufnehmen mußte.

Totila selbst hatte das Signal geblasen. Die Männer zogen sich von den Mauern zurück. Sie brüllten wütend aus Enttäuschung über solch unmännliche Kriegstaktik. Die Verteidiger jubelten oben auf der Mauer und riefen den sich zurückziehenden Feinden wüste Beschimpfungen hinterher.

»Wir haben sie geschlagen! Seht! Wie geprügelte Hunde rennen sie mit eingekniffenem Schwanz weg!« brüllte Siggeir und ließ einen der alten Siegesschreie los.

»Wartet mit der Siegesfeier lieber bis morgen abend«, warnte Conan. »Wir haben sie jetzt zwar zurückgeschlagen; aber beim nächsten Mal wissen sie, was sie erwartet. Da werden sie besser sein. Und beim dritten Mal werden wir sie nicht abwehren können, es sei denn, ein unvorhergesehener Glücksfall kommt uns zu Hilfe.«

»Du bist immer so verflucht pessimistisch, Conan«, beschwerte sich Siggeir.

»Ich bin einer der Fröhlichsten«, sagte Conan, »sobald der Sieg unser ist.«

»Totila kommt!« rief einer.

Mit weiten Schritten kam der König herüber. Odoac

hatte Mühe, an seiner Seite zu bleiben. Von Iilma war nichts zu sehen. Conan lächelte. Irgendwie mußte er Totila bewundern, auch wenn er sich dagegen sträubte. Selbst wenn in den Adern dieses Mannes kein blaues Blut floß, war er ebenso königlich wie jeder Monarch, den Conan je bei einer Parade in Purpurmantel gesehen hatte. Furchtlos schritt Totila auf die Mauer zu, ohne Rücksicht auf die Gefahr durch Speere oder Steine. Odoac war mitgekommen, weil er sich vor seinen Männern nicht blamieren wollte.

»Königin Alcuina!« rief Totila.

»Die Königin will mit Leuten wie euch nichts zu tun haben«, rief Conan zurück und spuckte von der Mauer.

Totila tat, als habe er die Worte dieses Mietlings nicht gehört. »Königin Alcuina, ich möchte mit Euch sprechen!« Totila stand da, als sei er entschlossen, bis zum Ende seiner Tage zu warten. Alcuina trat vor.

»Aber Herrin!«, sagte Siggeir empört. »Ihr werdet Euch doch nicht so erniedrigen und mit diesem Abschaum sprechen! Jetzt, wo wir die Oberhand haben.« Die Umstehenden stimmten ihm zu.

»Hör dir an, was er zu sagen hat, Alcuina«, riet Conan. »Das ändert nichts an deiner Beziehung zu ihm; aber wir erfahren vielleicht, wie es unten steht.« Er deutete mit dem Kopf auf die beiden Heerhaufen vor der Mauer. Nach dem Angriff hatten die Männer sich wieder in zwei Gruppen gespalten.

»Ah, Alcuina, meine Teure, da seid Ihr ja«, rief Totila. »Wie gut von Euch, zu kommen. Diese Mißstimmung zwischen unseren Völkern betrübt mich sehr, und ebenfalls meinen königlichen Bruder, Odoac. Wir könnten das aber leicht aus der Welt schaffen. Bis jetzt habt Ihr mich noch keiner Antwort auf meinen Heiratsantrag gewürdigt. Ich bitte Euch, dies nun zu tun. Bedenkt, daß

Ihr auch nach unserer Vermählung Königin der Cambrer bleibt. Ihr gewinnt nur die Tormanna hinzu.«

»Und was fällt für Euren königlichen Bruder dabei ab?« fragte Alcuina hochmütig.

»Wo ist mein lieber Neffe Leovigild?« mischte sich jetzt Odoac ein. »Wir haben uns seit seiner überstürzten Flucht nicht mehr gesehen. Warum ist er nicht bei Euch auf der Mauer? Versteckt er sich vielleicht aus berechtigter Angst vor dem Zorn seines Onkels?«

»Wie kommt Ihr darauf, daß euer Neffe hier sein könnte, thungischer Fettwanst?«

Alcuinas Männer lachten laut über diese Bezeichnung. Auch die Tormanna lachten, allerdings gedämpfter. Selbst etliche Thungier konnten nur mühsam ein Grinsen unterdrücken. Andere blickten beschämt zu Boden. Nicht weil ihr König beleidigt worden war, sondern weil er sich so erbärmlich benahm. Conan registrierte das alles genau.

»Schert euch weg, beide!« rief Alcuina. »Ich werde weder ein Schwein noch einen Banditen ehelichen!«

Totila machte auf dem Absatz kehrt und schritt erhobenen Hauptes weg. Bei jedem Schritt blähte sich sein Umhang aus Menschenhaar und erinnerte alle daran, wie viele Fürsten und Krieger er erschlagen hatte. Odoac watschelte eifrig hinterher, begleitet vom Gelächter der Cambrer.

Alcuina stand neben Conan und sagte leise, so daß nur er ihre Worte hören konnte: »Es ist schade, daß Totila so ein Ungeheuer ist und mein Volk wie Leibeigene behandeln würde. Sonst würde ich ihn heiraten, ohne Rücksicht darauf, daß er nicht vornehmer Abstammung ist.«

Conan grinste. »Ja, wie du selbst gesagt hast: Eine Königin muß ihren Gatten aus politischen Gründen wählen. Totila ist ein richtiger Mann, das muß ich auch sagen.«

»Jetzt hast du ihn aus der Nähe gesehen. Glaubst du immer noch, daß du ihn besiegen kannst?«

Conan sah sie beleidigt an. »Ich sagte, er sei ein richtiger Mann. Aber ich bin besser!«

»Was ist das bloß für eine Art zu kämpfen?« beschwerte sich Odoac. »Wände hochklettern! Wie Leibeigene, die fliehen wollen!« Er spuckte aus Verachtung ins Feuer. »Warum kommen sie nicht raus und treten gegen uns an?«

»Weil wir zwei zu eins in der Überzahl sind«, erklärte einer seiner Hauptleute.

»Das ist doch kein Grund für einen richtigen Mann!« entgegnete Odoac verächtlich. »Ich bin ganz besonders von meinem Neffen enttäuscht. In seinen Adern fließt das gleiche Blut wie in meinen. Da müßte er doch mehr Kampfgeist haben. Vielleicht ist irgendein Leibeigener ins Bett meines Bruders gekrochen, während er auf einem Feldzug war, und zeugte Leovigild. Er ist eine Schande für die ganze Familie.«

»Ich sprach mit einigen von Totilas Männern«, sagte ein junger Krieger zögernd. »Einige erklären, Leovigild vom Sehen zu kennen. Sie sagen, er habe einen Reiterüberfall gegen die Tormanna angeführt.«

»Wirklich?« sagte Odoac. »Warum haben wir ihn dann heute nicht gesehen? Hat er vor seinem Onkel Angst?«

»Ich habe gehört, daß er gegen Totila gekämpft hat«, fuhr der junge Krieger fort, »und daß dieser ihn niederschlug. Man hält ihn für tot.«

Das erstaunte Odoac. Hatte er sich auf das Bündnis eingelassen unter einer Bedingung, die bereits erfüllt war? Hatte Totila gewitzt einen Trumpf als Köder ausgespielt, den er längst in der Hand hielt? Diese Gedanken brachten Odoac zur Weißglut. Aber unter keinen Umständen durften seine Männer denken, man habe ihn geleimt.

»Das muß irgendein anderer junger Spund gewesen sein. Mein Neffe hätte nie den Mut, mit Totila zu kämpfen.«

Ehe das Feuer herabgebrannt war, stattete Totila seinem Verbündeten einen Besuch ab. Theatralisch trat er in den rötlichen Feuerschein und baute sich vor dem sitzenden Odoac auf.

»Sei gegrüßt, Odoac. Wir haben heute keine rechten Fortschritte gemacht. Aber wir haben auch spät angefangen. Morgen wird noch vor Sonnenuntergang Alcuinas Feste in unserer Hand sein.«

»Und Alcuina in deiner«, sagte Odoac vorwurfsvoll.

»So lautet unsere Abmachung. Dafür bekommst du aber ...«

»Ich weiß schon, was wir ausgemacht haben«, unterbrach ihn Odoac. »Setz dich und trink einen Schluck Ale.«

Die beiden Könige saßen am Feuer, leerten die Trinkhörner und sprachen über Belanglosigkeiten. Den Thungiern boten sie das Bild völliger Einigkeit und Freundschaft. Da trat plötzlich eine hochgewachsene Gestalt aus dem Schatten in den Feuerschein.

»Seid gegrüßt, Onkel!«

Odoac blieb die Luft weg. Sein Gesicht lief rot an. »Leovigild! Du wagst es, Bursche ...«

Odoac stemmte sich hoch und griff nach dem Schwert. Totila stand hinter ihm. Die Thungier waren durch das unerwartete Auftauchen Leovigilds wie gelähmt.

Lächelnd stieß der junge Mann seinen Speer in Odoacs Bauch. Der König starrte ungläubig auf den Speerschaft, der aus seinem Bauch herausragte. Dann riß er den Mund auf, um einen Schrei auszustoßen. Aber es kam nur ein dunkler Blutstrom. Dann fiel Odoac seitwärts zu Boden und verschied.

Mit einem Schrei sprangen die Thungier jetzt auf. Doch Totila war schneller. Wie der Blitz hatte er sein Schwert aus der Scheide gerissen und den Schädel von Odoacs Mörder gespalten, ehe die ersten Krieger richtig standen. Blut, Gehirn und Zähne spritzten auf die Umstehenden, als der Jüngling tot zusammenbrach. Totila hatte ihn mit dem furchtbaren Schlag so verstümmelt, daß niemand das Gesicht erkennen konnte.

»Der Junge muß den Verstand verloren haben, so was zu versuchen.« — Totila blickte in die Runde. — »Wie es aussieht, sind jetzt Euer König und sein Erbe tot. Wir werden beide bei Sonnenaufgang verbrennen, mit allen Ehren, die ihrem königlichen Stand zukommen. Wollt ihr unter meiner Führung diesen Feldzug beenden, Männer?« Bewußt vermied er, sich als *König* zu bezeichnen.

»Wir haben Odoac die Treue geschworen, nicht Euch!« erklärte ein älterer Krieger.

»Dann hättet ihr ihn aber auch rächen müssen, oder?« sagte Totila unbeeindruckt. »Das habt ihr aber nicht getan, sondern ich. Schuldet ihr nicht dem Rächer eures Königs etwas?«

Die Thungier waren beschämt. Die Ereignisse überstürzten sich. Am besten war es nach alter Sitte zu verfahren. »Ja, das ist wahr«, sagte ein alter Krieger.

»Dann folgt mir, bis die Sache erledigt ist. Hinterher wollen wir uns zusammensetzen und über die Zukunft eures Volkes sprechen.« Totila reinigte sein Schwert von den Hautfetzen und dem Blut. Dann steckte er es wieder in die Scheide. Hocherhobenen Hauptes schritt er von dannen.

»Heißt das, daß Totila jetzt unser König ist?« fragte ein Thungier.

»Darüber müssen wir noch sprechen«, sagte der Alte. Dann blickte er auf die beiden Leichen hinab. »Was ist nur in den Jüngling gefahren, so etwas zu tun? Odoac hätte doch sowieso nicht mehr lange gelebt. Dann hätten wir ihn mit Jubel als König zurückgeholt. Wir haben ihn doch alle geliebt.«

»Vielleicht haben ihn Scham und Wut über das Bündnis mit Totila übermannt und ihm den Verstand geraubt«, sagte ein anderer Krieger.

»Vielleicht werden wir nie die Wahrheit erfahren«, meinte der Alte. »Aber jetzt stehen wir vor einem Problem: Odoac und Leovigild waren die letzten des königlichen Hauses. Wir haben keinen König mehr. Es bleiben nur Totila und Alcuina, und die wird Totila morgen sein eigen nennen.«

Alle schwiegen bedrückt. Der Mann, der sie im Dunkeln belauscht hatte, hatte genug gehört. Conan schlich sich in seiner schwarzen Fellkleidung und dem rußgeschwärzten Gesicht zurück. Er war so lautlos wie ein Pikte. Als er in ausreichender Entfernung von den Lagerfeuern war, sprang er auf und lief schnell zurück zur Mauer, wo ein Seil hing. Schnell wie ein Eichhörnchen war er hinaufgeklettert und begrüßte die Wachtposten. Viele Cambrer schliefen auf dem Wehrgang, um bereit zu sein, falls der Feind überraschend nachts angreifen sollte.

Conan eilte zu Rerins Hütte und riß die Tür auf. Der Alte war in eine seiner Zauberpraktiken vertieft. »Du hattest recht«, erklärte Conan. »Iilma hat heute abend zugeschlagen.«

»Ich wußte es! Ich habe es deutlich gespürt!«

Conan berichtete knapp über die Ereignisse, die er beobachtet hatte, und was er beim Feind belauschen konnte.

»Ich habe mir den Kopf zerbrochen, *wie* er es machen würde«, sagte Rerin. »Im Kampf hätten es zu wenige gesehen. Totila zerschmetterte den Kopf des falschen Leovigilds, weil die Ähnlichkeit schnell geschwunden wäre. Dann haben die Thungier jetzt also keinen König.«

»O nein!« verbesserte Conan ihn. »Sie haben einen. Sie wissen es nur noch nicht.«

Beide Männer lächelten still vor sich hin.

15

KRIEG DREIER VÖLKER

Totila erhob sich und legte seine Rüstung für den bevorstehenden Kampf an. Ihn erfüllte die tiefe Befriedigung eines Mannes, dessen sorgfältige Planung nun die Früchte ernten würde. Er gürtete sein Schwert um und verließ das Zelt.

»Sind die Scheiterhaufen fertig?« fragte er einen Krieger. Der Mann deutete auf zwei große Holzstöße, die man bei den großen Steinen aufgeschichtet hatte. »Dann laßt uns hingehen und die Kadaver verbrennen«, sagte Totila ungeduldig. »Wir müssen heute noch den Endkampf und eine königliche Vermählung schaffen.«

Die Thungier waren bereits um die Scheiterhaufen versammelt, die sie die ganze Nacht hindurch errichtet hatten. Die Tormanna lungerten in der Nähe, auf die Speerschäfte gestützt. Sie zeigten wenig Respekt vor den Toten. Die Sitte wollte es, daß Krieger, die im Kampf fielen, nach Beendigung einer Schlacht entweder verbrannt oder nach Hause geschafft wurden, wenn dies möglich war aufgrund der Entfernung.

Iilma gesellte sich zu Totila. »Bist du mit meinem Werk zufrieden, mein König?«

»Durchaus«, antwortete Totila. Er lächelte seinem Magier wohlwollend zu. »Noch vor kurzem hätte ich dich am liebsten umgebracht, weil du so oft versagt hattest. Aber jetzt sieht es so aus, als wendete sich alles zum Guten.«

»Ich wünsche meinem König immer nur das Beste«, lobhudelte Iilma. In den vergangen Tagen hatte er viel von seiner Arroganz eingebüßt. Konnte er unter dem Einfluß einer unheilbringenden Macht stehen? Aber sein letztes Werk konnte nicht mehr fehlschlagen! Da war er sicher.

Ohne schöne Worte zu verlieren, packte Totila eine Fackel und stieß sie in den größeren Scheiterhaufen. Dann sagte er lustlos: »Hiermit übergebe ich den Geist meines königlichen Bruders Odoac der ewigen Ruhe.«

Dann ging er unter dem unwilligen Gemurmel der Thungier zum kleineren Holzstoß. Bei einer Königsverbrennung mußte die feierliche Ansprache Stunden dauern. Totilas Verhalten war empörend! Aber es stand ihnen ein noch größerer Schock bevor.

»Die Cambrer kommen!« rief ein Krieger.

Alle schauten in Richtung Alcuinas Festung. Da rückte die gesamte Streitmacht der Cambrer an, mit der Königin an der Spitze!

»Welch Frevel!« rief Totila. Seine Stimme klang mehr überrascht als empört. »Selbst in größter Verzweiflung würde es kein Mensch wagen, eine Bestattung zu stören.«

»Sie halten die Speerspitzen gesenkt«, sagte ein alter thungischer Krieger. »Außerdem ist Alcuina bei ihnen. Vielleicht wollen sie nur die letzte Ehre erweisen.«

Totila lächelte überlegen. »O nein! Sie wollen sich ergeben. Warum würde Alcuina sonst selbst kommen? Nun, dann wollen wir sie geziemend empfangen.« Er schritt mit Iilma der Königin entgegen. »Seid gegrüßt, Alcuina!« rief er. »Wie schön, daß Ihr Euch besonnen habt und ein Ende ohne Blutvergießen wollt.«

»Was soll das heißen, Totila?« fragte Alcuina. »Ich bin gekommen, um an der Leichenfeier für die beiden teilzunehmen. Eine Königin darf bei solchen Zeremonien nicht fehlen.«

»Besonders, da ein Scheiterhaufen für mich bestimmt ist!« rief jemand.

Sprachlos sah Totila, wie sich die Schar der Cambrer teilte und vier Leibeigene mit einer Bahre vorließen. Auf der Bahre lag Leovigild. Er war blaß und trug Verbände; aber er war es. Daran bestand kein Zweifel. Die Thungier starrten ihn an. Sie trauten ihren Augen nicht. Doch dann erhob sich ungeheurer Jubel. Sie liefen auf den Jüngling zu. Dieser zeigte mit dem Finger auf Iilma.

»Dieser Zauberer verfertigte ein Phantom, das meine Züge trug! Das Phantom tötete Odoac, nicht ich!«

Blitzschnell zückte Totila sein Schwert. Ehe Iilma auch nur mit der Wimper zucken konnte, traf die Klinge des Königs seine Schulter und hielt nicht inne, bis sie die Taille erreicht hatte. Dann stemmte Totila einen Fuß gegen den sein Leben ausröchelnden schurkischen Magier und stieß ihn von der Klinge. Er wandte sich an Alcuina.

»So bestrafe ich Hinterhältigkeit! Ich versichere Euch, daß ich nichts von seinen Machenschaften wußte. Ich dachte, ich hätte Odoacs Tod gerächt.« Er zeigte auf den Leichnam Iilmas. »Das habe ich jetzt auch getan.«

Alcuina verzog spöttisch die Lippen. »Du bist wahrlich ein Mann schneller Entscheidungen. Aber diesmal nützt dir das nichts, Totila. Krieger folgen nicht lange einem Anführer voller Verrat und Hinterhältigkeit!«

Wie zur Bestätigung zogen die Thungier sich von den Tormanna zurück und gesellten sich zu den Cambrern.

Totila ließ die Maske der Freundlichkeit fallen und sagte mit kalter Stimme: »Sie folgen einem richtigen König, wenn kein anderer lebt!« Er ging auf Alcuina und Leovigild zu. Doch stand der schwarzhaarige Champion mit gezücktem Schwert vor ihm.

»Es wird Zeit, daß wir uns kennenlernen«, sagte Conan.

»Allerdings«, meinte Totila. »Schon viel zu lange fehlt in meinem Umhang ein schwarzer Skalp. Falls es dir gelingt, mich eine kurze Zeit zu amüsieren, erringst du vielleicht diesen Platz.«

Er nahm das berühmte Kleidungsstück ab und warf es einem Knecht zu. Ein anderer brachte seinen Schild. Die Männer wichen zurück und machten ihnen Platz. Alle waren erregt und gespannt. Dies würde ein seltenes Schauspiel werden!

König und Champion umkreisten einander. Beide hielten schützend die Schilde hoch. Totila griff zuerst an und führte einen horizontalen Schlag gegen Conans Kopf. Statt diesen mit dem Schild abzufangen, duckte sich der Cimmerier und schlug nach Totilas Mitte. Conan hatte den Hieb aber absichtlich zu kurz bemessen, so daß er vor Totilas Schild vorbeizischte. Gedankenschnell schlug der Cimmerier zurück und traf Totilas ungeschützte Seite mit der Rückhand. Doch Totila gelang es, das Schlimmste mit der flachen Klinge abzuwehren.

Lauter Jubel wurde laut. Alle waren des Lobes voll

über solche Schwertkampfkunst und die unglaubliche Stärke beider Männer, die schweren Schwerter mitten im Schlag abzuwehren. Üblicherweise wären die Gegner jetzt zurückgesprungen, ehe sie wieder angriffen. Nicht so diese beiden! Mit unglaublicher Schnelligkeit zielten sie auf Kopf, Schulter, Flanke und Beine des Gegners. Immer wieder klirrten die Klingen gegen Küraß, Helm und Schild. Sie kämpften so listig, daß die Hiebe nie gerade trafen, sondern immer von der Rüstung abgewehrt wurden, ohne ernstliche Schäden anzurichten.

Es schien unmöglich, daß Sterbliche solch ein Tempo lange durchhalten konnten. Doch stand die Sonne schon hoch am Himmel, als die beiden immer noch erbarmungslos auf die inzwischen zusammengehackten Schilde und verbeulten Rüstungen verbissen einhieben. Sie griffen einander mit der mitleidslosen Wut männlicher Raubtiere an, die um ihren Harem kämpfen. Keiner würde aufhören, ehe der andere nicht zu Boden gestreckt war.

Am Schluß jedoch erwiesen sie sich doch als sterblich. Allmählich erfolgten die Attacken nicht mehr so präzise, die Abwehr verlor an Schnelligkeit, Schweiß floß in Strömen bei beiden nahezu gleich starken Rekken. Ihr Atem klang wie Blasebälge. Aus kleinen Wunden an Armen und Beinen floß Blut.

Zum ersten Mal ließen sie voneinander ab. Für die Zuschauer sah es aus, als ruhten sich die Kämpfer für einen weiteren langen Waffengang aus. Totila und Conan kannten aber die Wahrheit. Sie waren gleichermaßen müde. Der Schildarm erlahmt schneller als der Schwertarm. Noch ein oder zwei, höchstens drei Schläge — dann war der Zweikampf entschieden.

»Ich danke dir für einen hervorragenden Kampf,

Cimmerier«, sagte Totila. »Wie immer er auch ausgeht, den wird so leicht niemand vergessen.«

»Ich grüße Euch, Totila«, erwiderte Conan. »Ihr hättet ein Krieger bleiben sollen, statt die Königswürde zu suchen.«

»Ein Mann muß den Pfad der Könige betreten, wenn er überzeugt ist, daß Größe auf seiner Stirn geschrieben steht. Komm, laß uns diesen Kampf beenden.«

Totila hob noch einmal den Schild. Nur die Augen waren über dem Rand zu sehen. Mit einem Schrei griff er an. Wortlos ging Conan zum Gegenangriff über. Das aus einer Schenkelwunde herausfließende Blut machte den Boden schlüpfrig, so daß er ausrutschte und beinahe stürzte. Totila nützte diesen Augenblick der Schwäche und holte zu einem gewaltigen Schlag aus. Dabei ließ er den Schild einige Finger breit sinken. Das reichte dem Cimmerier.

Conan hatte sein Gleichgewicht inzwischen wiedergefunden und setzte nun zum erstenmal die Schwertspitze ein. Mit vollem Körpergewicht stieß er zu. Die Spitze traf Totilas zu einem Schrei aufgerissenen Mund, zerschmetterte die Zähne und drang durch Gaumen und Schädeldecke. Dann ragte die Klinge zwei Handbreit über den schimmernden Helm hinaus. Conan riß das Schwert zurück. Einen Augenblick lang stand der mächtige Körper des Königs der Tormanna noch aufrecht da. Dann aber stürzte Totila wie ein gefällter Baum zu Boden.

Conan wandte sich an die Tormanna. »Wer will seinem König ins Reich der Nacht folgen?«

Die Tormanna, vor einer Stunde noch so zuversichtlich, waren am Boden zerstört. Ohne König standen sie da in einem fremden Land, dazu noch in der Minderzahl. Schließlich trat der alte Krieger, der schon in der vergangenen Nacht Wortführer gewesen war, zu Alcuina.

»Königin der Cambrer, unser König stammt aus keinem alten Adelsgeschlecht. Er hinterläßt auch keinen Erben. Wenn sich die Cambrer und die Thungier vereinen, werden auch die Tormanna diesem Bündnis beitreten, vorausgesetzt wir werden alle gleich behandelt.«

Alcuina blickte zu Leovigild. Er nickte. Da sprach sie zu dem Alten: »So sei es!« Das Schwören der Lehenstreue war im Norden eine einfache Sache. Sie zeigte auf Totilas Leiche. »Werft diesen Kadaver auf den Scheiterhaufen des falschen Leovigild. Totila war kein wahrer König.«

»Nein!« rief Conan. »Errichtet für ihn einen Scheiterhaufen, der höher ist als Odoacs! Dieser Mann war ein wahrer König! Wenn nötig, stapele ich das Holz mit meinen eigenen Händen auf, bei Crom!«

Alcuina schaute ihn nachdenklich an und sagte dann: »Tut, was mein Champion sagt. Verbrennt ihn mit Umhang, Schwert und Helm.«

Der Kaufmann Dawaz war gerade dabei, eine Schiffsladung zu löschen, als er eine ihm bekannte Gestalt sah. Die lange, rabenschwarze Mähne, die eine frische Brise blähte, war auch auf die Entfernung unverkennbar.

»Conan!« rief er und winkte.

Dann ließ er den Seefrachtbrief sinken und lief dem Krieger entgegen. Conan trug nicht mehr die bronzende Rüstung. Etliche breite goldene Armreifen, mit Edelsteinen besetzt, glänzten an seinen Armen. An der Seite hing ein aquilonisches Langschwert.

»Sei gegrüßt, Dawaz!« sagte Conan. »Wann segelt das Schiff nach Süden?«

»Morgen, sobald das Schiff gelöscht hat und ich meine Waren darauf verstaut habe. Wie ist es dir ergangen? Hat es dir im Norden gefallen?«

»Der Winter war gar nicht übel. Keineswegs so langweilig, wie ich befürchtet hatte«, antwortete Conan grinsend. »Hat das Schiff auch guten Südwein gebracht?«

»Turanischen, wirklich vom feinsten! Aber jetzt erzähl schon. Du mußt ja wahre Wundertaten vollbracht haben, um so goldbehangen zu sein.«

Vor dem Haus bleib Conan stehen. »Laß uns den Wein probieren. Dann erzähle ich dir alles. Obwohl es nicht allzu weltbewegend ist. Ich habe schon sehr viel aufregendere Winter erlebt.«

Dann gingen die beiden Männer ins Haus.

NACHWORT

Conan der Champion

von

Lyon Sprague de Camp

Der größte Held des an Magie reichen Hyborischen Zeitalters war ein Barbar aus dem Norden: Conan der Cimmerier, um dessen Taten sich ein ganzer Legendenkreis rankt. Diese Legenden beruhen zwar hauptsächlich auf bestätigten Tatsachen über Conans Leben, doch gibt es bei einigen Geschichten Abweichungen, die wir so gut wie möglich in Einklang bringen wollen.

In Conans Adern fließt das Blut der Menschen von Atlantis, diesem wunderbaren Stadtstaat, der bereits achttausend Jahre vor Conans Geburt vom Meer verschluckt worden war. Er wurde in einem Clan geboren, der ein Gebiet nordwestlich von Cimmerien sein eigen nannte, an den schattenverhangenen Grenzen von Vanaheim und der piktischen Wildnis. Sein Großvater hatte wegen einer Blutfehde seine Heimat verlassen müssen und bei den Stämmen im Norden Zuflucht gesucht. Conan selbst hatte auf einem Schlachtfeld — während eines Kampfes mit plündernden Vanir — das Licht der Welt erblickt.

Noch ehe Conan fünfzehn Winter gesehen hatte, war der junge Cimmerier für sein Kampfgeschick an den Ratsfeuern berühmt. In jenem Jahr begruben die cimmerischen Stammesbrüder ihren Zwist, um gemeinsam gegen die Gundermänner zu kämpfen, die über die aquilonische Grenze gekommen waren, um den Süden Cimmeriens zu kolonisieren. Dazu errichteten sie das Grenzfort Venarium. Conan war einer aus der heulenden blutdürstigen Horde, die von den Hügeln des Nordens brauste, die Festung mit Feuer und Schwert stürmte und die Aquilonier über ihre frühere Grenze zurücktrieb.

Bei der Plünderung von Venarium war Conan, obwohl noch nicht voll erwachsen, bereits sechs Fuß groß und wog hundertsechzig Pfund. Ihm waren die Wachsamkeit und die Lautlosigkeit des geborenen Waldläufers zu eigen, die eiserne Härte des Mannes der Berge, die herkulische Kraft seines Vaters, eines Schmiedes. Nach der Brandschatzung des aquilonischen Außenpostens kehrte Conan eine Zeitlang zu seinem Stamm zurück.

Doch trieb ihn das Ungestüm der Jugend wieder von dannen. Er schloß sich mehrere Monate lang einer Bande Æsir an, die Vanir und Hyperboräer überfielen. Dabei erfuhr er, daß mehrere hyperboräische Zitadellen von einer Kaste weithin gefürchteter Magier beherrscht wurden, die sich Zaubermänner nannten. Furchtlos nahm er an einem Raubzug gegen Burg Haloga teil. Dort erfuhr er, daß hyperboräische Sklavenhändler Rann gefangengenommen hatten, die Tochter Njals, des Häuptlings der Æsir.

Conan verschaffte sich Zugang zur Burg und befreite Rann Njalsdatter. Doch dann wurde Njals Trupp auf der Flucht aus Hyperborea von einer Schar lebender Toter überwältigt. Conan und die wenigen Überlebenden der Æsir wurden in die Sklaverei verschleppt.

Doch nicht lange blieb Conan Gefangener. Nachts feilte er so lange an seinen Ketten, bis ein Glied schwach genug war, um zu brechen. Mit der vier Fuß langen Kette kämpfte sich Conan dann in einer Sturmnacht aus dem Sklavenpferch frei und verschwand im strömenden Regen.

Auf einem Tonscherben aus Nippur gibt es aber

noch einen anderen Bericht über Conans frühe Jahre. Dieser Überlieferung zufolge wurde Conan als Junge von zehn oder zwölf Jahren von räuberischen Vaniren verschleppt und mußte als Sklave an einer Kornmühle arbeiten. Als er voll ausgewachsen war, kaufte ihn ein Hyrkanier, der mit einer Gladiatorentruppe herumzog und die Vanir und Æsir durch Schaukämpfe belustigte. Hier wurde Conan an den Waffen geschult. Später floh er und schlug sich nach Süden durch, nach Zamora (›Conan der Barbar‹).

Welche der beiden Versionen die richtige ist, wird sich nie mit Sicherheit feststellen lassen. Allerdings ist der Bericht über Conans Versklavung mit sechzehn durch die Hyperboräer auf einem Papyrus im Britischen Museum lesbarer und erscheint schlüssiger zu sein als der auf dem Tonscherben.

Der junge Cimmerier war zwar frei, aber ein halbes feindliches Königreich von seiner Heimat entfernt. Instinktiv suchte er in den Bergen ganz im Süden Hyperboreas Zuflucht. Als ihn ein Rudel Wölfe verfolgte, floh er in eine Höhle. Dort entdeckte er die Mumie eines großen Häuptlings der Urzeit, der dort saß und ein schweres Bronzeschwert auf den Knien hielt. Als Conan das Schwert an sich nahm, erhob sich der Leichnam und griff ihn an.

Auf seinem Weg nach Süden, nach Zamora, kam Conan nach Arenjun, der berüchtigten ›Stadt der Diebe‹. Da der junge Cimmerier, unbeleckt von jeder Zivilisation, nur barbarische Vorstellungen von Ehre und Ritterlichkeit hatte, von Natur aus keine Gesetze anerkannte, machte er sich hier einen Namen als Dieb.

Conan war jung und tollkühn, doch mangelte es ihm an Erfahrung; deshalb machte er nur langsame

Fortschritte in seiner Karriere als Dieb. Das änderte sich erst, als er mit Taurus von Nemedien auszog, um den berühmten Edelstein zu erringen, genannt ›Herz des Elefanten‹. Dieses Juwel lag in dem beinahe unbezwingbaren Turm des berüchtigten Zauberers Yara, der das extraterrestrische Wesen Yag-Kosha gefangen hatte.

Nun suchte Conan größere Entfaltungsmöglichkeiten für sein Gewerbe. Er wanderte nach Westen in die Hauptstadt Zamoras, nach dem verruchten Shadizar. Dort war er eine Zeitlang als Dieb recht erfolgreich. Allerdings nahmen die Huren Shadizars ihm seinen Gewinn schnell wieder ab. Bei einer Diebstour wurde er von den Soldaten der Königin Taramis von Shadizar gefangen genommen. Die Königin sandte ihn auf die gefährliche Mission, ein magisches Horn zu beschaffen, mit dem man einen uralten bösen Gott wiederbeleben konnte. Taramis' Plan führte jedoch zu ihrem eigenen Untergang.

Bei Conans nächstem Abenteuer war Tamira beteiligt, ebenfalls eine Diebin. Die arrogante Aristokratin Lady Jondra besaß in Shadizar zwei überaus kostbare Rubine. Baskaran Imalla war ein religiöser Fanatiker und hatte bei den kezankischen Bergstämmen einen Kult gegründet. Auch ihn gelüstete es nach den Juwelen, weil er damit Kontrolle über einen feuerspeienden Drachen gewinnen wollte, den er seit dem Ausschlüpfen aus dem Ei erzog. Conan und Tamira wollten die Rubine ebenfalls unbedingt haben, deshalb nahm Tamira eine Stellung als Zofe bei Lady Jondra an, um so Gelegenheit zum Diebstahl zu bekommen.

Als leidenschaftliche Jägerin zog Jondra in Begleitung ihrer Zofe und ihrer Bewaffneten aus, um Baskarans Drachen zu erschlagen. Doch Baskaran nahm die beiden Frauen gefangen und wollte sie schon seinem Haustier zum Fraße vorwerfen, als Conan eingriff (›Conan der Prächtige‹).

Kurz darauf wurde der Cimmerier in ein weiteres Abenteuer verwickelt. Er verdingte sich bei einem Fremden, um eine Schatulle mit Edelsteinen zu stehlen, die der König von Zamora dem König von Turan geschenkt hatte. Der Fremde, ein Priester des Schlangengottes Set, brauchte diese Juwelen, weil er sie für einen Zauber gegen seinen Feind benötigte, den abtrünnigen Priester Amanar.

Amanars Sendboten, menschenähnliche Reptilien, hatten die Edelsteine gestohlen. Obwohl Conan jegliche Zauberei höchst zuwider war, machte er sich auf, um die Diebesbeute zurückzustehlen. Er ließ sich mit der Banditin Karela ein, die ›rote Falkin‹ genannt, was ihm aber sehr übel bekam, da diese sich als durch und durch verkommenes Geschöpf erwies. Als Conan sie vor einer Vergewaltigung bewahrte, versuchte sie ihn zu töten. Amanars Leute hatten in die Feste des Abtrünnigen auch ein Tanzmädchen entführt, dem Conan seine Hilfe versprochen hatte (›Conan der Unbesiegbare‹).

Gerüchte über einen Schatz ließen Conan in die nahegelegenen Ruinen des alten Larsha eilen. Vor den Soldaten, die ihn festnehmen sollten, hatte er nur einen knappen Vorsprung. Durch einen von Conan herbeigeführten Unfall kamen alle Soldaten mit Ausnahme ihres Anführers Kapitän Nestor ums Leben. Nestor und Conan verbündeten sich, um den Schatz in ihre Gewalt zu bringen. Aber leider war ihm kein Erfolg beschieden.

Conans letzte Abenteuer hatten ihm eine starke

Abneigung gegen Hexer und östliche Zauberkünste eingeflößt. Er floh nach Nordwesten durch Corinthien nach Nemedien, dem zweitmächtigsten hyborischen Königreich. Dort führte er seine Diebstähle so erfolgreich aus, daß Aztrias Pentanius, ein nichtsnutziger Neffe des Gouverneurs, auf ihn aufmerksam wurde. Von Spielschulden bedrückt, heuerte dieser junge Adlige Conan an, ein zamorisches Trinkglas für ihn zu stehlen, das aus einem einzigen Diamanten geschnitten war und im Tempelmuseum eines reichen Sammlers stand.

Conans Eintreffen im Tempelmuseum fiel zeitlich mit dem plötzlichen Dahinscheiden dessen Besitzers zusammen, wodurch der junge Dieb dem Inquisitor der Stadt, Demetrio, unliebsam auffiel. Hier machte Conan zum zweitenmal die unangenehme Bekanntschaft mit der dunklen Magie der Schlangenbruderschaft Sets, die der stygische Zauberer Thoth-Amon heraufbeschwor.

Als Nemedien für Conan ein zu heißes Pflaster geworden war, ging er nach Süden, nach Corinthien, wo er die Tage ebenfalls damit verbrachte, andere um ihr Hab und Gut zu erleichtern. Selbst bei zurückhaltendem Urteil galt der junge Cimmerier schnell als der kühnste Dieb in ganz Corinthien. Da er sich aber immer mit den falschen Frauen einließ, landete er in Ketten, bis eine Wende in der örtlichen Politik ihm Freiheit und neue Zukunftschancen bescherte. Der ehrgeizige Adlige Murilo ließ ihn frei, damit er dem roten Priester Nabonidus, dem Drahtzieher im Machtkampf um den Thron, die Kehle aufschlitze. Dazu versammelte er die größten Schurken des Landes in seinem Haus. Dieses Abenteuer Conans endet mit Verrat und einem Blutbad.

Conan begibt sich zurück nach Arenjun und führt ein beinahe ehrliches Leben, indem er Diebesgut für die rechtmäßigen Besitzer zurückstiehlt. So will er einen magischen Edelstein, das ›Auge von Erlik‹, vom Zauberer Hissar Zul holen und dem Eigentümer, dem Khan von Zamboula, wiederbringen.

An dieser Stelle gibt es einige Probleme mit dem zeitlichen Ablauf in Conans Leben. Eine kürzlich übersetzte Schrifttafel aus der Bibliothek Asshurbanipals berichtet, daß Conan damals etwa siebzehn war. Damit würde dieses Abenteuer direkt dem ›Turm der Elefanten‹ folgen, der in diesem Keilschrifttext auch erwähnt ist. Aufgrund innerer Beweise scheint sich die Sache aber mehrere Jahre später ereignet zu haben. Conan ist einfach zu gerissen, zu reif. Ferner besagt ein aus dem Mittelalter stammendes arabisches Fragment, die Handschrift *Kitab al-Qunn,* daß Conan schon weit über zwanzig war.

Der erste Übersetzer der Asshurbanipal-Tafel, Prof. Dr. Andreas von Fuss von der Münchner Staatsbibliothek liest Conans Alter als ›17‹. In der babylonischen Keilschrift wird 17 durch zwei Kreise ausgedrückt, gefolgt von drei vertikalen Keilen, über denen noch ein horizontaler Keil für ›minus‹ steht — daher ›zwanzig minus drei‹. Das Akademiemitglied Leonid Skram vom Moskauer Archäologischen Institut behauptet dagegen, daß der Eindruck über den vertikalen Keilen lediglich durch die Unachtsamkeit des Schreibers mit dem Griffel entstand und der Zahlenwert richtig als ›23‹ zu lesen ist.

Wie dem auch sei, hörte Conan jedenfalls von dem Auge von Erlik, als sich die Abenteuerin Isparana und ihr Verbündeter darüber unterhielten. Der junge Cimmerier drang in die Burg des Zauberers ein. Doch dieser erwischte ihn und raubte Conan die Seele, indem er diese in einen Spiegel einschloß, wo sie bleiben sollte, bis ein gekröntes Haupt das Glas zerbrach. Hissar Zul zwang damit Conan, Isparana zu folgen und den Talisman zurückzubringen. Doch als der Cimmerier Hissar Zul das Juwel zurückbrachte, wollte der undankbare Zauberer ihn töten (›Conan und der Zauberer‹).

Conans Seele war noch immer im Spiegel eingeschlossen, als er ganz legal die Stelle eines Leibwächters bei Khashtris antrat, einer Khaurani-Adligen. Diese Dame machte sich mit Conan, einem weiteren Wächter, Shubal, und mehreren Dienern auf den Weg nach Khauran.* Dort traf Conan auf einen jungen Adligen, der der verwitweten Königin Ialamis den Hof machte, aber nicht das war, wofür er sich ausgab (›Conan der Söldner‹).

Nachdem Conan seine Seele wiedererlangt hatte, erfuhr er von dem Iranistani Khassek, daß der Khan von Zamboula immer noch auf das Auge von Erlik warte. Der turanische Statthalter in Zamboula, Akter Khan, hatte den Zauberer Zafra angeworben. Dieser Magier behexte Schwerter, daß sie auf Verlangen töteten. Auf dem Weg dorthin begegnete Conan wieder Isparana. Es entwickelte sich zwischen ihnen eine Haßliebe. Ohne über die magischen Schwerter Bescheid zu wissen, setzte Conan seine Reise nach Zamboula fort und übergab das Amulett. Der ruchlose Zafra hatte aber den Khan inzwischen überzeugt, daß Conan gefährlich und ohne nähere Begründung zu töten sei (›Conan und das Schwert von Skelos‹).

---

* Als die anderen Diener Khashtris ermorden wollten, retteten Conan und Shubal sie und geleiteten sie sicher nach Khauran.

Conan hatte ausreichend in die Intrigen der hyborischen Ära hineingeschmeckt. Ihm war klar geworden, daß im Grunde kein Unterschied bestand zwischen der möglichen Ausbeute in Palästen oder in Rattennestern, abgesehen davon, daß die Beute nach oben hin immer ertragreicher wurde. Nein, er war des elenden, heimlichtuerischen Lebens als Dieb überdrüssig.

Der Barbar wurde aber nicht zum völlig gesetzestreuen Bürger! Wenn er bei niemandem im Dienst stand, genoß er durchaus ein kleines Schmuggelabenteuer. Durch einen Versuch, ihn zu vergiften, gelangte er nach Vendhya, einem Land des Reichtums, des Elends, der Philosophie, des Fanatismus, des Idealismus und des Verrats (›Conan der Siegreiche‹).

Kurz danach tauchte Conan in der turanischen Hafenstadt Aghrapur auf. Hier am Meer befand sich das Hauptquartier des Hexers Jhandar, der einen neuen Kult gegründet hatte, zu welchem er Opfer benötigte, denen er Blut abzapfte und die er später als Diener wiederbelebte. Conan lehnte den Vorschlag eines Kumpans aus seiner Zeit als Dieb ab, eines gewissen Emilio, aus Jhandars Festung ein überaus prächtiges Rubinhalsband zu stehlen. Einem turanischen Hauptmann, Akeba, gelang es, den Barbaren zu überreden, ihm bei der Befreiung seiner Tochter zu helfen, die bei dem Kult verschwand (›Conan der Unbesiegbare‹).

Nach dem Fall Jhandars drängte Akeba den Cimmerier, in die turanische Armee einzutreten. Anfangs behagte Conan die militärische Disziplin gar nicht, da er viel zu eigenwillig und heißblütig war, um sich leicht einordnen zu können. Außerdem hatte man Conan einer Abteilung mit wenig Sold zugeteilt, da er damals ein nur mittelmäßiger Reiter und Bogenschütze war.

Doch bot sich ihm bald die Gelegenheit zu zeigen, was in ihm steckte. König Yildiz führte eine Strafexpedition gegen einen aufrührerischen Satrapen durch. Mit Hilfe von Zauberei vernichtete der Satrap das gegen ihn aufgebotene Heer. Allein der junge Conan überlebte und kam so in die zauberverseuchte Stadt des Satrapan, Yaralet.

Triumphierend kehrte Conan zurück in die schillernde Hauptstadt Aghrapur und erhielt einen Platz in König Yildiz' Ehrenwache. Zuerst mußte er noch den Spott der Kameraden wegen seiner bescheidenen Reitkünste und des häufigen Danebenschießens als Bogenschütze ertragen. Doch blieben die Spöttereien aus, als die anderen Soldaten Conans gewaltige Faustschläge kennenlernten. Außerdem verbesserte sich sein Können täglich.

Zusammen mit einem kushitischen Söldner namens Juma wählte man Conan aus, König Yildiz' Tochter Zosara zu ihrer Hochzeit mit Khan Kujula zu geleiten, dem Häuptling der Kuigar-Nomaden. Im Vorgebirge des Talakma-Massivs wurden sie von einer Schar seltsamer, untersetzter, brauner Reiter in gelackten Kettenpanzern überfallen. Nur Conan, Juma und die Prinzessin überlebten. Man schaffte die drei in das subtropische Tal Meru und in die Hauptstadt Shamballah. Dort wurden Conan und Juma auf der Staatsgaleere ans Ruder gekettet. Das Schiff lief aus.

Bei der Rückkehr der meruvischen Galeere nach Shamballah konnten Conan und Juma fliehen. Sie schlugen sich zur Stadt durch. Als sie den Tempel von Yama erreichten, feierte dort der mißgestaltete kleine Gottkönig von Meru seine Vermählung mit Zosara.

Wieder in Aghrapur, wurde Conan zum Hauptmann befördert. Da er sich immer mehr einen Ruf als verwegener Kämpfer in schwieriger Situation erwarb, schickten die Generäle König Yildiz' ihn auf besonders gefährliche Missionen. So mußte der Cimmerier eine Gesandtschaft zu den räuberischen Stämmen in den Bergen von Khozgari eskortieren. Man hoffte sie durch Bestechung oder Drohungen zu veranlassen, ihre Überfälle auf die Turanier in den Ebenen einzustellen. Die Khozgari aber verstanden nur die Sprache roher Gewalt. Sie überfielen die kleine Abteilung und machten alle bis auf Conan und Jamal nieder.

Als Garantie für einen sicheren Rückzug in die Zivilisation nahmen Conan und Jamal die Tochter des Häuptlings der Khozgari als Geisel. Der Weg führte sie in ein nebelverhangenes Hochland. Jamal und die Pferde wurden getötet. Conan mußte mit einer Horde haarloser Affen kämpfen und die Feste einer uralten sterbenden Rasse erstürmen.

Ein andermal wurde Conan Tausende von Meilen ostwärts in das sagenumwobene Khitai gesandt, um dem König Shu von Kusan einen Brief König Yildiz' zu überbringen, in welchem dieser ein Freundschaftsabkommen und regere Handelsbeziehungen vorschlug. Der weise alte khitaische König schickte seine Besucher mit einem Dankesbrief des Inhalts zurück, daß er gern auf die Vorschläge eingehe. Als Führer teilte ihnen der König aber einen adligen Gecken zu, der ganz andere Ziele hatte.

Conan diente in Turan etwa zwei Jahre lang, machte weite Reisen und lernte viel über organisierte, zivilisierte Kriegskunst. Wie üblich hatte er auch ständig wegen seiner Bettgeschichten Ärger. Bei einem dieser ungestümen Abenteuer war die Frau seines vorgesetzten Offiziers beteiligt. Da desertierte der Cimmerier und machte sich auf den Weg nach Zamora. In Shadizar hörte er, daß der Tempel des Spinnengottes Zath in der zamorischen Stadt Yezud Söldner suche. Er eilte dorthin; aber eine brythunische freie Abteilung hatte schon alle Söldnerstellen besetzt. Da wurde er der Hufschmied der Stadt. Schließlich hatte er dieses Gewerbe als Junge gelernt.

Conan erfuhr von einem Gesandten König Yildiz', Lord Parvez, daß der Hohepriester Feridun Yildiz' Lieblingsfrau Jamilah gefangen hielt. Parvez entsandte Conan, um Jamilah zu entführen. Der junge Cimmerier wollte unbedingt die acht großen Edelsteine haben, die in der riesigen Statue des Spinnengottes die Augen bildeten. Als er die Juwelen herauslösen wollte, kamen Priester, und er mußte in die Krypta des Tempels fliehen. Die Tempeltänzerin Rudabeh, in die Conan sich zum erstenmal in seinem Leben so richtig verliebte, stieg in die Krypta hinunter, um ihn vor dem grauenvollen Schicksal zu warnen, das ihn dort unten erwartete (›Conan und der Spinnengott‹).

Conans nächstes Ziel war Shadizar, wo er einem Gerücht über einen Schatz nachgehen wollte. Er besorgte sich eine Karte, worauf der Standort einer goldenen, mit Rubinen besetzten Götterstatue im Kezankian-Gebirge verzeichnet war. Aber Diebe stahlen ihm diese Karte. Bei der Verfolgung geriet er in einen Kampf mit den kezankischen Bergvölkern und mußte sich mit den Strolchen verbünden, die er verfolgt hatte. Schließlich fand er den Schatz, verlor ihn aber unter sehr mysteriösen Umständen.

Nun wollte Conan wirklich nichts mehr mit Zauberei zu tun haben und ritt zurück in die heimischen Berge Cimmeriens. Eine Zeitlang genoß er das einfache Leben in seinem Heimatdorf; aber dann packte ihn die Lust, mit seinen alten Freunden, den Æsir, einen Raubzug nach Vanaheim zu unternehmen. In einem erbitterten Kampf auf schneebedecktem Feld wurden beide Heere vernichtet — nur Conan überlebte. Sein Weg führte ihn danach zu der seltsamen Begegnung mit Atali, der sagenhaften Tochter des Frostriesen Ymir.

Von Atalis Eisschönheit besessen, ritt Conan wieder nach Süden, wo die goldenen Türme prächtiger Städte mit ihrem Menschengewimmel lockten, obwohl der Cimmerier so oft verächtlich von dieser Zivilisation gesprochen hatte. Im Eiglophianischen Gebirge befreite Conan eine junge Frau aus der Hand von Kannibalen, verlor sie dann aber durch sein allzugroßes Selbstvertrauen an das gefürchtete Ungeheuer, das die Gletscher heimsuchte.

Schließlich kehrte Conan zurück in die hyborischen Länder, zu welchen Aquilonien, Argos, Brythunien, Corinthien, Koth, Nemedien, Ophir und Zingara gehören. Diese Länder waren nach Hyboriern benannt worden, die als Barbaren vor 3000 Jahren das Reich von Acheron erobert und auf seinen Ruinen zivilisierte Königreiche errichtet hatten.

In Belverus, der Hauptstadt Nemediens, schaffte es der ehrgeizige Lord Albanus, mit Hilfe von Zauberei den Thron König Gurians für sich zu gewinnen. Conan kam nach Belverus, um einen reichen Gönner zu finden, der es ihm ermöglichte, selbst unabhängige Söldner anzuwerben. Albanus gab einem Verbündeten, Lord Melius, ein Zauberschwert. Dieser verlor den Verstand, lief auf die Straßen und griff die Menschen an, bis man ihn tötete. Als Conan das verhexte Schwert an sich nahm, trat Hordo an ihn heran, ein einäugiger Dieb und Schmuggler, den er schon damals als Leutnant bei Karela kennengelernt hatte.

Conan verkaufte das Zauberschwert und konnte vom Erlös eine eigene freie Söldnertruppe auf die Beine stellen. Er brachte seinen Männern die Kunst des Bogenschießens zu Pferd bei. Dann überredete er König Garian, ihn anzuheuern. Aber Albanus hatte einen Mann aus Ton gefertigt, der durch Hexerei genau wie der König aussah. Dann warf er den König ins Verlies, ersetzte ihn durch seinen Golem und klagte Conan fälschlich des Mordes an (›Conan der Verteidiger‹).

Conan führte seine freie Söldnerschar nach Ianthe, der Hauptstadt Ophirs. Hier wollte Lady Synelle, eine Zauberin mit langem Blondhaar, den Dämongott Al'Kirr wieder zum Leben erwecken. Conan kaufte eine Statue dieses Dämonengottes. Alle möglichen Leute wollten sie ihm stehlen. Er trat mit seinen Männern in Lady Synelles Dienst, ohne ihre finsteren Pläne zu kennen.

Es erschien die Banditin Karela und versuchte, wie immer, Conan zu ermorden. Synelle heuerte Karela an, um die Statuette zu stehlen, welche die Hexe für ihren teuflischen Zauber brauchte. Sie plante, Karela danach auch zu opfern (›Conan der Siegreiche‹).

Conan zog weiter nach Argos. Da dieses Königreich in Frieden lebte, benötigte man dort keine Söldner. Eine falsche Auslegung des Gesetzes zwang Conan, aufs Deck eines Schiffes zu springen, als es gerade an der Pier ablegte. Es war die Handelsgaleere *Argus*, ihre Bestimmung waren die Küsten Kushs.

Jetzt fing in Conans Leben eine ganz neue Epoche an. Die *Argus* wurde von Bêlit gekapert, dem shemitischen weiblichen Kapitän des Piratenschiffes *Tigerin.* Ihre Besatzung, mitleidlose schwarze Korsaren, hatten sie zur Königin der schwarzen Küste gemacht. Conan gewann Bêlit und wurde ein Partner in ihrem blutigen Geschäft.

Vor vielen Jahren war Bêlit, die Tochter eines shemitischen Kaufmannes, samt ihrem Bruder Jehanan von stygischen Sklavenhändlern geraubt worden. Jetzt bat sie ihren Geliebten Conan, den Jungen zu befreien. Der Barbar stahl sich in den stygischen Hafen Khemi, wurde gefangengenommen, konnte aber fliehen. Er schlug sich an das östliche Ende Stygiens durch, bis zur Provinz Taia, wo ein Aufstand gegen die stygische Unterdrückung brodelte (›Conan der Rebell‹).

Conan und Bêlit betätigten sich weiterhin erfolgreich als Piraten, kaperten aber hauptsächlich stygische Schiffe. Doch dann führte sie ein unglücklicher Zufall den schwarzen Zarkheba-Fluß hinauf zur verlorenen Stadt einer uralten geflügelten Rasse.

Als Bêlits brennendes Totenschiff hinaus auf das Meer trieb, wandte ein gebrochener Conan der See den Rücken. Die nächsten Jahre würde er nicht hinausfahren. Statt dessen tauchte er im Landesinneren bei den kriegerischen Bamulas unter, einem schwarzen Stamm, dessen Macht unter seiner Führung schnell wuchs.

Der Häuptling des Nachbarstammes der Bakalahs plante einen heimtückischen Überfall auf Nachbarn und lud Conan mit seinen Bamulas ein, an der Plünderung und dem Massaker teilzunehmen. Conan nahm an, nachdem er erfahren hatte, daß ein Mädchen aus Ophir, Livia, in Bakalah gefangengehalten wurde. Dem Cimmerier gelang es, die Bakalahs zu täuschen, so daß Livia während eines Massakers fliehen konnte. Sie wanderte in ein geheimnisvolles Tal. Nur Conans rechtzeitiges Eintreffen bewahrte sie davor, einem außerirdischen Wesen geopfert zu werden.

Ehe Conan sein eigenes schwarzes Imperium aufbauen konnte, scheiterte er an einer Reihe von Naturkatastrophen und den ruchlosen Intrigen der Bamulas. Zur Flucht gezwungen, begab er sich in den Norden. Vor hungrigen Löwen in der Steppe brachte er sich in einer geheimnisvollen Burgruine aus prähistorischer Zeit in Sicherheit. Dort mußte er noch gegen stygische Sklavenhändler und ein feindliches übernatürliches Wesen kämpfen.

Conan zog weiter und erreichte das halbzivilisierte Königreich Kush. Dies war das einzige Land, das zu Recht ›Kush‹ hieß, obgleich Conan wie andere aus dem Norden diesen Namen auf mehrere schwarze Länder südlich von Stygien anwendete. In der Hauptstadt Meroé befreite der Cimmerier die Königin von Kush, die arrogante, impulsive, feurige, grausame und ausschweifende Tananda, aus den Händen eines aufgebrachten Mobs.

Dadurch wurde Conan in ein undurchschaubares Intrigenspiel zwischen Tananda und einem ehrgeizigen Adligen verstrickt, der über einen schweineähnlichen Dämon herrschte. Gesteigert wurden Conans Probleme noch durch die Anwesenheit von Diana, einer nemedischen Sklavin, die der Barbar ungeachtet der wahnsinnigen Eifersucht Tanandas sehr niedlich fand. Die Ereignisse gipfelten in einer Nacht des Aufruhrs und des Gemetzels.

Enttäuscht über seine Mißerfolge in den schwarzen

Ländern, wanderte Conan in das grasreiche Shem und wurde Soldat in Akkharia, einem Stadtstaat Shems. Er schloß sich einem Trupp Freiwilliger an, die den Nachbarstadtstaat befreien wollten. Doch durch den Verrat Othbaals, des Vetters des wahnsinnigen Königs Akhirom von Pelishtien, wurden die Freiwilligen aufgerieben — als einziger überlebte Conan, der die Schurken nach Asgalun verfolgte, der Hauptstadt der Pelishti. Dort wurde der Barbar in einen Machtkampf verwickelt, der zwischen dem wahnsinnigen Akhirom, dem Verräter Othbaal, einer stygischen Hexe und einer Abteilung schwarzer Söldner tobte. Im Endkampf mit Hexerei, Stahl und viel Blut griff sich Conan Othbaals rothaarige Geliebte Rufia und galoppierte mit ihr gen Norden.

Zu diesem Zeitpunkt herrscht über die Fahrten des Cimmeriers Unklarheit. Eine Legende, die manchmal in diese Zeit gelegt wird, berichtet von seinem Dienst als Söldner in Zingara. Ein ptolemäischer Papyrus im Britischen Museum überliefert, daß in der Hauptstadt Kordava ein Hauptmann der regulären Armee mit einem gewissen Conan Streit suchte. Als Conan seinen Herausforderer tötete, wurde er zum Tod durch Erhängen verurteilt. Ein ebenfalls zum Tode verurteilter Zellengenosse, Santiddio, gehörte der Partisanenorganisation ›Weiße Rose‹ an, die König Rimanendo stürzen wollte. Schon sind Conan und Santiddio am Galgen, als Briganten der ›Weißen Rose‹ ein Chaos herbeiführen. Conan und Santiddio entkommen.

Mordermi, Anführer von Briganten, die sich mit der ›Weißen Rose‹ zusammengetan hatten, warb Conan für seine Zwecke. Die Verschwörer trafen sich in der ›Grube‹, die aus einem Labyrinth unterirdischer Tunnel bestand. Als der König mit Bewaffneten die Grube ausräuchern wollte, rettete der stygische Zauberer Callidos die Verschwörer. König Rimanendo wurde erschlagen, und Mordermi wurde König. Als er sich als ebenso feige und heimtückisch wie sein Vorgänger erwies, zettelte Conan einen erfolgreichen Aufruhr mit tapferen Kämpfern an. Der Cimmerier lehnte die Königskrone für sich ab und zog davon (›Conan und die Straße der Könige‹).

Diese Episode wirft viele Fragen auf. Ist sie authentisch, so müßte sie in Conans frühere Söldnerzeit gehören, also etwa zu ›Conan der Verteidiger‹. Andererseits gibt es in anderen Erzählungen keinerlei Hinweise, daß Conan je Zingara besuchte, ehe er Ende Dreißig war, zu Zeiten von ›Conan der Freibeuter‹. Außerdem taucht keiner der Herrschernamen von Zingara des Papyrus auf der Königsliste für Zingara in dem byzantischen Manuskript *Hoi Anaktes tes Tzingeras* auf. Daher wird in der Wissenschaft die Meinung vertreten, daß der Papyrus eine Fälschung ist oder daß Conan mit einem anderen Helden verwechselt wurde. Zieht man alles in Betracht, was über Conan bekannt ist, kann man nur zu dem Schluß kommen, daß er mit beiden Händen die Königskrone in Zingara ergriffen hätte, wäre diese ihm tatsächlich angetragen worden.

Als nächstes taucht Conan auf, nachdem er in die Dienste Amalrics von Nemedien getreten war, dem General der Regentin Yasmela im kleinen Grenzreich Khoraja. Während Yasmelas Bruder, König Khossus, in Ophir gefangen war, griffen die Truppen des angeblichen Zauberers Natokh (in Wirklichkeit der seit dreitausend Jahren tote Thugra Khotan aus der zerstörten Stadt Kuthchemes) die Landesgrenzen an.

Yasmela gehorchte einem Orakel Mitras, des obersten hyborischen Gottes, und machte Conan zum Oberbefehlshaber der Armee in Khoraja. Er schlug Natokhs Heerscharen und befreite so die Regentin von dem teuflischen Zauber des untoten Hexers. Der Cimmerier gewann mit diesem Sieg auch die Königin.

Conan war nun Ende zwanzig und Oberbefehlshaber der Truppen in Khoraja, nicht aber der Geliebte der Königin, was er sich ebenfalls erhofft hatte. Aber diese war zu sehr mit Staatsgeschäften beschäftigt, um Zeit für Lustbarkeiten zu haben. Der Cimmerier machte ihr sogar einen Heiratsantrag, aber sie erklärte ihm, daß eine solche Verbindung gegen Khorajisches Gesetz und Sitte verstieß. Falls aber Conan ihren Bruder irgendwie befreie, werde sie ihn zu überreden versuchen, das Gesetz zu ändern.

Conan machte sich also auf mit Rhazes, einem Astrologen, und Fronto, einem Dieb, welcher einen Geheimgang zu dem Verlies kannte, in dem Khossos schmachtete. Sie befreiten den König, gerieten aber in einen Hinterhalt kothischer Soldaten, da Strabonus von Koth seine eigenen Gründe hatte, Khossos in seiner Gewalt zu haben.

Nachdem auch diese Gefahren überstanden waren, mußte Conan feststellen, daß Khossos ein junger und arroganter Geck war, der nie und nimmer seine Einwilligung zu einer Heirat zwischen seiner Schwester und einem fremden Barbaren geben würde. Er wollte Yasmela einem reichen Aristokraten zur Frau geben, und Conan sollte sich mit einer Durchschnittsbraut begnügen. Conan sagte nichts, sprang aber in Argos beim Ablegen des Schiffes von Bord und nahm den Großteil von Khossos' Gold mit. Spöttisch winkte er dem König zum Abschied zu.

Inzwischen fast dreißig geworden, machte Conan

sich auf, seine cimmerische Heimat zu besuchen und sich an den Hyperboräern zu rächen. Seine Blutsbrüder bei den Cimmeriern und Æsir hatten Frauen genommen und besaßen schon Söhne, die beinahe so alt und stark waren wie Conan bei der Plünderung von Venarium. Aber die vielen Jahre des Blutvergießens und des Kämpfens hatten in ihm einen zu starken Wunsch nach Beute wachsen lassen, als daß er ihrem Beispiel folgen konnte. Als Händler von neuen Kriegen berichteten, ritt Conan stracks in die hyborischen Länder.

Dort wollte der rebellische Prinz von Koth sich des Throns von Strabonus bemächtigen, dem geizigen Herrscher dieser weitausgedehnten Nation. Im Gefolge des Prinzen stieß der Cimmerier auf alte Kumpane. Dann schloß der Rebell aber mit dem König Frieden. Wieder ohne Herrn, versammelte Conan Briganten um sich, die Freie Kompanie. Mit dieser Truppe zog er in die Steppen westlich des Vilayet-Meeres, wo er sich mit einer Schlägerbande vereinigte, die man *Kozaki* nannte.

Conan wurde Anführer dieser Bande Gesetzloser und verwüstete die westlichen Grenzen des turanischen Reiches, bis sein früherer Dienstherr, König Yildiz, eine Heerschar unter Shah Amurath aussandte. Dieser lockte die *Kozaki* tief ins Landesinnere von Turan und machte sie nieder.

Doch Conan tötete Amurath, nahm sich Prinzessin Olivia von Ophir, eine Gefangene der Turanier, und ruderte in einem kleinen Boot hinaus aufs Vilayet-Meer. Die beiden fanden Zuflucht auf einer kleinen Insel. Dort stand die zerstörte Grünsteinstadt mit seltsamen Eisenstatuen. Die Schatten, die das Mondlicht warf, erwiesen sich als ebenso gefährlich wie der riesige fleischfressende Affe, der sich auf der Insel herumtrieb, oder die Piraten, die sich dort auszuruhen pflegten.

Conan übernahm das Kommando über die Piraten, die das Vilayet-Meer heimsuchten. Als Anführer der Roten Bruderschaft, einem Haufen Schurken, war Conan mehr als je zuvor König Yildiz ein Dorn im Auge. Dieser Monarch war so milde, daß er seinen Bruder Teyaspa nicht, wie es in Turan üblich war, erwürgte, sondern ihn in einer Burg in den Colchian-Bergen gefangenhielt. Yildiz schickte seinen General Artaban aus, das Piratennest an der Mündung des Flusses Zaporoska auszuräuchern. Doch statt des Jägers wurde der General zum Gejagten. Als Artaban sich ins Landesinnere zurückzog, geriet er zufällig zum Aufenthaltsort Teyaspas. Am Endkampf nahmen außer Conans Banditen und Artabans Turaniern auch eine Schar Vampire teil.

Von den Seeräubern im Stich gelassen, besorgte Conan sich einen Hengst und ritt zurück in die Steppen. Inzwischen saß Yezdigerd auf dem Thron Turans. Er war ein bei weitem listigerer und energischerer Herrscher als sein Vorgänger. Er wollte sich ein großes Reich erobern.

Conan aber begab sich in das kleine Königreich Khauran, wo er das Kommando über die Leibgarde der Königin Taramis gewann. Die Königin hatte eine Zwillingsschwester, Salome, als Hexe geboren und von den gelben Zauberern aus Khitai erzogen. Sie verbündete sich mit dem Abenteurer Constantius aus Koth und plante, die Königin ins Gefängnis zu werfen, um an ihrer Stelle zu regieren. Als Conan den Betrug entdeckte, lockte man ihn in eine Falle und kreuzigte ihn. Häuptling Olgerd Vladislav schnitt den Cimmerier herunter und brachte ihn in ein Zuagir-Lager in der Wüste. Dort ließ Conan seine Wunden verheilen und wurde aufgrund seiner Kühnheit und Rücksichtslosigkeit Olgerds Leutnant.

Als Salome und Constantius in Khauran ihre Schrekkensherrschaft angetreten hatten, führte Conan seine Zuagir gegen die khauranische Hauptstadt. Bald hing Constantius an dem Kreuz, an das er Conan hatte nageln lassen. Zufrieden lächelnd ritt Conan fort, um mit seinen Zuagir Raubzüge gegen die Turaner zu unternehmen.

Mit dreißig, auf dem Gipfel seiner Manneskraft, verbrachte Conan beinahe zwei Jahre mit den Shemiten der Wüste, zuerst als Olgerds Leutnant und dann als alleiniger Führer, nachdem er Olgerd entmachtet hatte. Welche Umstände zu seinem Abschied von den Zuagirs führten, wurden kürzlich auf einer tibetischen Seidenrolle entdeckt, die ein Flüchtling aus Tibet mitbrachte. Dieses Dokument befindet sich nun im Orientalischen Institut in Chicago.

Der energische König Yezdigerd schickte Soldaten aus, um Conan und seinen Leuten eine Falle zu stellen. Wegen eines zamorischen Verräters in Conans Reihen wäre der Hinterhalt beinahe gelungen. Conan verfolgte den Verräter. Als seine Männer desertiert waren, gab der Cimmerier nicht auf, sondern schleppte sich allein weiter. Vor dem sicheren Tode rettete ihn Enosh, ein Häuptling der Oasenstadt Akhlat.

Akhlat litt unter der Herrschaft eines Dämons, der die Gestalt einer Frau angenommen hatte, die sich von der Lebenskraft lebender Wesen ernährte. Wie Enosh Conan mitteilte, war der Cimmerier der ihnen prophezeite Befreier. Nachdem das geschafft war, lud man Conan ein, sich in Akhlat niederzulassen. Da der

Barbar aber seine Unfähigkeit kannte, ein eintöniges Leben in Achtbarkeit zu führen, ritt er mit Pferd und Geld von Vardanes dem Zamorier nach Südwesten, nach Zamboula.

Mit einer gigantischen Orgie verpraßte Conan das Vermögen, das er nach Zamboula, einen turanischen Außenposten, gebracht hatte. Hier lauerte der böse Priester aus Hanuman, Totrasmek, der hinter einem berühmten Edelstein her war, dem ›Stern von Khorala‹. Die Königin von Ophir soll für dieses erlesene Juwel einen Raum voll Gold geboten haben. In der allgemeinen Verwirrung brachte Conan den Stern von Khorala an sich und ritt westwärts.

Das mittelalterliche Manuskript *De sidere choralae,* das man aus den Ruinen des Klosters Monte Cassino barg, enthält die Fortsetzung dieses Abenteuers. Conan erreichte die Hauptstadt Ophirs. Dort hielt der weibische Moranthes II. seine Gemahlin Marala hinter Schloß und Riegel, während er ganz unter dem Einfluß des bösen Grafen Rigello stand. Conan kletterte über die Mauer von Moranthes' Burg und befreite Marala. Rigello verfolgte die beiden Flüchtigen fast bis zur aquilonischen Grenze, als der ›Stern von Khorala‹ in ganz unerwarteter Weise seine Macht offenbarte.

Als Conan zu Ohren kam, daß die *Kozaki* wieder erstarkt seien, verlegte er sich mit Roß und Schwert wieder darauf, Turan zu plündern. Obwohl der inzwischen berühmt gewordene Held aus dem Norden eigentlich mit leeren Händen kam, stellten sich mehrere Abteilungen der *Kozaki* und die Vilayet-Piraten sogleich unter seinen Oberbefehl.

Yezdigerd schickte Jehungir Agha aus, um den Barbaren auf der Insel Xapur zu überraschen. Doch Conan kam früher als erwartet zum Ort des Hinterhalts und fand die uralte Feste der Insel, Dagon, durch Zauberei wiederaufgebaut. Drinnen herrschte der übelsinnende Gott der Stadt in Form eines Riesen aus lebendem Eisen.

Nach seiner Flucht von Xapur baute Conan seine *Kozakis* und Piraten zu einer schrecklich bedrohlichen Horde aus, so daß König Yezdigerd alle seine Kräfte zu ihrer Vernichtung aufbot. Nach der totalen Niederlage zerstreuten sich die restlichen *Kozaki* in alle Winde. Conan floh nach Süden und nahm Dienst in der leichten Kavallerie des Königs von Iranistan. Kobad Shah.

Doch fiel der Cimmerier bald bei Kobad Shah in Ungnade und mußte in die Berge fliehen. In der Festungsstadt der Verborgenen, in Yanaidar, kam er einer Verschwörung auf die Schliche. Die Söhne Yezms wollten einen uralten Kult wiederbeleben und die noch lebenden Anhänger der alten Götter vereinigen, um über die Welt zu herrschen. Dieses Abenteuer endete mit der Aufreibung aller beteiligten Heere durch die grauen Ghuls von Yanaidar, worauf Conan nach Osten ritt.

Conan tauchte wieder im Himelia-Gebirge auf, an der nordwestlichen Grenze von Vendhya. Er war Kriegsführer der wilden Afghuli-Stämme. Der kriegerische Barbar war jetzt Anfang Dreißig und in der gesamten Welt der hyborischen Ära berüchtigt und gefürchtet.

Yezdigerd war absolut nicht zimperlich und bediente sich der Zauberkunst des Hexers Khemsa, eines Adepten des gefürchteten Schwarzen Kreises, um den König Vendhyas aus dem Weg zu räumen. Die Schwester des toten Königs, die Devi Yasmina, zog aus, um ihn zu rächen, wurde aber von Conan gefangengenommen. Der Cimmerier verfolgte gemeinsam mit ihr den Zauberer

Khemsa. Dieser aber wurde vor ihren Augen durch die Magie des Sehers von Yimsha getötet, der auch Yasmina entführt hatte.

Als Conans Pläne, die Bergstämme zu einen, fehlschlugen und er von Kriegen im Westen hörte, ritt er dorthin. Almuric, ein Prinz aus Koth, hatte sich gegen den verhaßten Strabonus erhoben. Während Conan sich in Almurics stolzes Heer einreihte, erhielt Strabonus Hilfe von befreundeten Königen. Der buntgewürfelte Haufen Almurics wird nach Süden getrieben und schließlich von den vereinigten stygischen und kushitischen Truppen vernichtet.

Conan und die Marketenderin Natala flohen in die Wüste, wo sie ins alte Xuthal kamen, eine Phantomstadt mit lebenden Toten und ihrem schaurigen Schattengott Thog. Die Stygerin Thalis, die tatsächliche Herrscherin in Xuthal, legte Conan einmal zu oft aufs Kreuz.

Conan schlug sich durch, zurück in die hyborischen Länder. Da er Arbeit brauchte, trat er ins Söldnerheer ein, das ein Zingarier, Prinz Zapayo de Kova, für Argos aufstellte. Geplant war, daß Koth von Norden aus in Stygien einfallen sollte, während die Argosser sich dem Reich von Süden, vom Meer aus, nähern sollten. Aber Koth schloß einen Separatfrieden mit Stygien, wodurch Conans Söldner in den Wüsten Stygiens in der Falle saßen.

Conan floh mit dem jungen aquilonischen Soldaten Amalric. Kurz darauf wurde der Cimmerier von Nomaden gefangengenommen, während Amalric fliehen konnte. Als Amalric und Conan sich wiedertrafen, hatte Amalric das Mädchen Lissa bei sich, das er vor dem Menschenfressergott ihrer Heimatstadt errettet hatte. Inzwischen war Conan Kommandant der Kavallerie der Stadt Tombalku geworden. Zwei Könige herrschten in Tombalku: der Neger Sakumbe und der Mischling Zehbeh. Als Zehbeh mit seinen Anhängern vertrieben war, machte Sakumbe Conan zum Mitkönig. Aber dann tötete der Zauberer Askia Sakumbe mit seiner Magie. Nachdem Conan seinen schwarzen Freund gerächt hatte, floh er mit Amalric und Lissa.

Jetzt schlug Conan sich zur Küste durch, wo er sich den barachanischen Piraten anschloß. Inzwischen war er etwa fünfunddreißig. Als zweiter Maat der *Hawk* landete er auf der Insel des stygischen Zauberers Siptah. Dieser besaß angeblich einen magischen Edelstein mit sagenhaften Eigenschaften.

Siptah hauste in einem zylindrischen Turm ohne Türen oder Fenster. Ihm diente ein geflügelter Dämon. Conan räucherte das Fabelwesen aus, wurde aber von seinen Klauen auf die Spitze des Turmes verschleppt. Dort stellte er fest, daß Siptah schon lange tot war. Beim Kampf gegen den Dämon erwies sich der magische Edelstein als unerwartete Hilfe.

Laut Tontafeln mit Keilschrift aus der präsumerischen Zeit blieb Conan zwei Jahre bei den Barachaniern. Er war an die straffe Organisation in den Armeen der hyborischen Königreiche gewöhnt. Da fand er die sehr lockeren anarchistischen Horden der Barachanier für eine Stellung als Anführer ungeeignet. In Tortage gelang es ihm gerade noch, bei einem Treffen der Piraten zu entkommen. Allerdings war die Alternative zu einer durchschnittenen Kehle nur die, mit einem lecken Schiff dem westlichen Ozean zu trotzen. Als die *Wastrel,* das Schiff des Freibeuters Zaporavo, in Sicht kam, kletterte der Cimmerier an Bord.

Schon bald gewann Conan den Respekt der Mannschaft und zog sich die Feindschaft des Kapitäns zu, dessen kordavische Geliebte, die aalglatte Sancha, den Hünen mit der schwarzen Mähne mit allzu freundlichen Augen betrachtete. Zaporavo fuhr westwärts zu einer nicht auf Seekarten verzeichneten Insel. Dort forderte Conan den Kapitän zum Zweikampf und tötete ihn. Sancha wurde von seltsamen schwarzen Wesen zu einem lebenden Teich entführt, den diese Wesen anbeteten.

Conan überredete die Obrigkeit Kordovas, Zaporavos Freibeuterpatent auf ihn zu übertragen. Danach verbrachte er etwa zwei Jahre als ordentlich bestallter Freibeuter. Wie üblich wurden immer wieder Ränke gegen die zingarische Monarchie geschmiedet. König Ferdrugo war alt, und seine Kräfte schwanden. Für die Nachfolge auf dem Thron gab es nur Chabela, seine im heiratsfähigen Alter stehende Tochter. Herzog Villagro gewann den stygischen Supermagier Thoth-Amon, den Hohenpriester Sets, für seinen finsteren Plan, Chabela zu heiraten. Die mißtrauische Prinzessin fuhr jedoch mit der königlichen Jacht die Küste hinunter, um ihren Onkel um Rat zu fragen. Ein mit Villagro verbündeter Pirat kaperte die Jacht und entführte Chabela. Sie konnte jedoch entfliehen und traf Conan, der die magische Kobra-Krone in seinen Besitz brachte, hinter welcher Thoth-Amon ebenfalls her war.

Ein Sturm trieb Conans Schiff an die Küste von Kush, wo er auf schwarze Krieger stieß, die von seinem alten Waffenbruder Juma befehligt wurden. Während der Häuptling die Piraten willkommen hieß, stahl einer aus dem Stamm die Kobra-Krone. Der Cimmerier machte sich an die Verfolgung. Prinzessin Chabela folgte ihm. Beide wurden von Sklavenhändlern gefangen und an die schwarze Königin der Amazonen verkauft. Die Königin machte Chabela zur Sklavin und

Conan zu ihrem Beschützer. Doch dann wurde sie auf Chabela eifersüchtig, ließ das Mädchen auspeitschen und Conan einkerkern. Beide wurden verurteilt, von einem fleischfressenden Baum verzehrt zu werden (›Conan der Freibeuter‹).

Nachdem Conan die zingarische Prinzessin befreit hatte, entrann er ihren Heiratswünschen, indem er sein Leben als Pirat wieder aufnahm. Aber andere — eifersüchtige — Zingarier kaperten sein Schiff vor der Küste von Shem. Conan gelang es, ins Landesinnere zu fliehen. Dort schloß er sich der freien Kompanie an, die aus Söldnern bestand. Statt auf reiche Beutezüge zu gehen, mußte der Cimmerier an der schwarzen Grenze Stygiens langweiligen Wachdienst abreißen. Und hier war der Wein sauer und kaum etwas zu holen.

Conans Langeweile wurde durch das Auftauchen der Piratin Valeria von der Roten Bruderschaft beendet. Als sie das Lager verließ, folgte er ihr nach Süden. Die beiden fanden in einer Stadt Zuflucht, die von den sich befehdenden Clans der Xotalanc und Tecuhltli besetzt war. Das Paar aus dem Norden schlug sich auf die Seite der letzteren, bekam aber bald mit der Anführerin Ärger, der alterslosen Hexe Tascela.

Conans Liebesbeziehung mit Valeria hatte zwar heiß begonnen, war aber nicht von langer Dauer. Valeria kehrte zum Meer zurück, Conan versuchte nochmals sein Glück in den schwarzen Königreichen. Er hörte von den ›Zähnen von Gwahlur‹, einer Schatulle voller kostbarer Edelsteine, die in Keshan verborgen sein sollte. Sogleich bot er seine Dienste als Ausbilder der keshanischen Armee dem jähzornigen König an.

Aber auch Thutmekri, der stygische Gesandte der Doppelkönige von Zembabwei, wollte die Juwelen haben. Aufgrund dieser Intrigen mußte der Cimmerier aus der Stadt fliehen. Er gelangte ins Tal, wo die Ruinen Alkmeenons samt Schatz verborgen waren. In einem wilden Abenteuer mit der keineswegs toten Göttin Yelaya, der Corinthierin Muriela, den schwarzen Priestern unter der Führung Gorulgas und den grimmigen grauen Dienern des längst verstorbenen Bit-Yakin gelang es Conan zwar, den Kopf zu retten, doch er verlor seine Beute.

Conan machte sich mit Muriela auf den Weg nach Punt. Er hatte den Plan ausgeheckt, die Anbeter einer Elfenbeingöttin um ihr Gold zu erleichtern. Als der Cimmerier aber erfuhr, daß Thutmekri ihm zuvorgekommen war und den Sinn des Königs Lalibeha gegen ihn vergiftet hatte, suchte er mit seiner Gefährtin im Tempel der Göttin Nebethet Zuflucht.

Als der König, Thutmekri und der Hohepriester Zaramba am Tempel eintrafen, wollte Conan sie erschrecken, indem er Muriela mit der Stimme der Göttin sprechen ließ. Das Ergebnis verblüffte alle, Conan eingeschlossen.

In Zimbabwei, der Stadt der Doppelkönige, schloß Conan sich einer Handelskarawane an, die er an den Rändern der Wüste sicher nach Norden führte, nach Shem. Jetzt war der Barbar schon Ende Dreißig, aber immer noch ruhelos. Da hörte er, daß die Aquilonier sich nach Westen in die piktische Wildnis ausbreiteten. Sofort eilte er dorthin, um seinem Schwert wieder Arbeit zu geben. In Fort Tuscelan wogte gerade ein heftiger Kampf mit den Pikten. Dort wurde der Cimmerier Kundschafter.

In den Wäldern jenseits des Flusses sammelte der Zauberer Zogar Sag seine Sumpfdämonen, um den Pikten beizustehen. Conan gelang es zwar nicht, die Zerstörung von Fort Tuscelan zu verhüten, konnte aber die Siedler um Velitrium warnen und den Tod Zogar Sags herbeiführen.

In aquilonischen Diensten machte der Cimmerier eine steile Karriere. Als er noch Hauptmann war, wurde seine Kompanie durch die üblen, verräterischen Machenschaften eines Vorgesetzten geschlagen. Conan fand heraus, daß dieser Verräter sein Vorgesetzter Viscount Lucian war und daß dieser die Provinz an die Pikten verraten wollte. Conan entlarvte den Verräter und schlug die Pikten vernichtend.

Als General schlug Conan die Pikten in einer großen Schlacht bei Velitrium. Danach rief man ihn in die Hauptstadt Tarantia, um die Ehrungen der Nation zu empfangen. Doch der verruchte, engstirnige König Numedides hegte Mißtrauen gegen ihn. Conan wurde unter Drogen gesetzt, im Eisernen Turm in Ketten gelegt und zum Tode verurteilt.

Aber der Barbar hatte nicht nur Feinde, sondern auch Freunde. Bald hatte man ihn befreit und mit Schwert und Roß fortgeschickt. Er wollte sich durch die unheimlichen Wälder der Pikten zum fernen Meer durchschlagen. Im Wald kam Conan an eine Höhle, in dem die Leiche des Piraten Tranicos samt dessen von Dämonen bewachter Schatz lagen. Vom Westen her, jagten ein zingarischer Graf und zwei Seeräuberbanden ebenfalls nach dem Schatz. Auch der stygische Zauberer Thout-Amon hatte die Hand im Spiel.

Eine aquilonische Galeere befreite Conan und man bat ihn, die Revolte gegen Numedides zu führen. Während die Revolution voll im Gange war, tobte an der piktischen Grenze der Bürgerkrieg. Lord Valerian, ein Parteigänger Numedides', plante, die Pikten zur Stadt Schohira zu bringen. Ein Kundschafter, Gault

Hagars Sohn, vereitelte diesen Plan, indem er den piktischen Zauberer tötete.

Conan, nun Anfang Vierzig, erstürmte die Hauptstadt und tötete Numedides auf den Stufen seines Thrones. Ohne Zögern beanspruchte der Cimmerier den Thron für sich und war damit einer der größten Herrscher der hyborischen Nation (›Conan der Befreier‹).

Aber auch ein König liegt nicht nur auf Rosen gebettet. Innerhalb eines Jahres hatte ein verbannter Graf eine Schar Verschwörer gesammelt, um den Barbaren vom Thron zu jagen. Conan hätte Krone und Leben verloren, wenn nicht der lang verstorbene Weise Epimitreus rechtzeitig eingegriffen hätte.

Kaum hatte Conan diese Revolte niedergeschlagen, wurde er mittels Verrat von den Königen der Länder Ophir und Koth gefangen und in den Turm des Zauberers Tsothalanti in der Hauptstadt Koths geworfen. Aus der Gefangenschaft entrinnen konnte Conan mit der Hilfe seines Mitgefangenen Pelias, der Tsothalantis Erzrivale in der Zauberkunst war. Pilia versetzte mit seiner Magie Conan gerade noch rechtzeitig nach Tarantia, um einen Thronprätendenten zu erschlagen und eine Armee gegen seine verräterischen Mitkönige zu führen.

Beinahe zwei Jahre lang wuchs und gedieh Aquilonien unter Conans fester, aber toleranter Herrschaft. Der gesetzlose, hartgesottene Abenteurer der frühen Jahre war unter dem Zwang der Ereignisse zu einem fähigen und verantwortungsbewußten Staatsmann gereift. Doch im benachbarten Nemedien hegte man noch Groll aus früheren Tagen gegen den König von Aquilonien und wollte ihn mittels Zauberei vernichten.

Mit etwa fünfundvierzig sah man Conan das Alter nicht an, abgesehen von den vielen Narben auf dem kräftigen Körper und dem etwas vorsichtigeren Umgang mit Wein, Weibern und Blutvergießen. Er hielt sich einen Harem der köstlichsten Konkubinen, hatte aber nie eine offizielle Königin an seiner Seite. Daher hatte er auch keinen legitimen Thronerben. Aus dieser Tatsache versuchten seine Feinde Gewinn zu schlagen.

Die Verschwörer ließen Xaltotun wieder auferstehen, den größten Magier des alten Reiches Acheron, das vor dreitausend Jahren den wilden Hyboriern weichen mußte. Durch Xaltotuns Magie wurde der König von Nemedien getötet und durch seinen Bruder Tarascus ersetzt. Schwarze Magie besiegte Conans Armee. Der Cimmerier wurde in Ketten gelegt. Der Verbannte Valerius bemächtigte sich des Thrones.

Mit Hilfe des Haremmädchens Zenobia entkam Conan aus dem Verlies und kehrte nach Aquilonien zurück, um die ihm ergebenen Truppen gegen Valerius zu sammeln. Von den Priestern von Asura erfuhr er, daß Xaltotuns Macht nur mittels eines seltsamen Juwels gebrochen werden könne, dem ›Herz von Ahriman‹. Die Suche nach diesem Edelstein führte zu einer Pyramide in der stygischen Wüste vor der Stadt Khemi. Nachdem Conan das ›Herz von Ahriman‹ gewonnen hatte, kehrte er zurück, um mit seinen Feinden abzurechnen (›Conan der Eroberer‹ ursprünglich veröffentlicht als ›Die Stunde des Drachen‹).

Nachdem Conan sein Königreich zurückgewonnen hatte, machte er Zenobia zur Königin. Doch auf dem Ball zu Ehren ihrer Erhebung wurde die Königin von einem Dämon davongetragen, den der khitaische Zauberer Yah Chieng geschickt hatte. Conans Suche nach seiner Braut führte ihn durch die gesamte bekannte Welt. Er traf auf alte Freunde und Feinde. Im purpurtürmigen Paikang konnte er mit Hilfe eines Zauberrings Zenobia befreien und den Zauberer töten (›Conan der Rächer‹).

Wieder daheim, verlief alles glatter. Zenobia schenkte ihm Erben: einen Sohn Conan, meist Conn genannt, und einen weiteren Sohn Taurus, dazu noch eine Tochter. Als Conn zwölf war, nahm der Vater ihn mit auf einen Jagdausflug nach Gunderland. Conan war jetzt Ende fünfzig. Sein Schwertarm war ein wenig langsamer als in seiner Jugend, und die schwarze Mähne und der wilde Schnurrbart der letzten Jahre zeigten schon graue Strähnen. Dennoch war er stärker als zwei normale Männer.

Als Conn von den Hexenmännern Hyperboreas weggelockt war, verlangten diese, daß Conan allein zu ihrem Bollwerk komme. Das tat er. Er fand Louhi, die Hohepriesterin der Hexenmänner, in einer Besprechung mit drei anderen führenden Magiern der Welt: Thoth-Amon aus Stygien, der Gottkönig von Kambuja und der schwarze Herr von Zimbabwei. In dem folgenden Gemetzel starben Louhi und der Kambujaner, während Thoth-Amon und der andere Zauberer auf magische Weise verschwanden.

Der alte König Ferdrugo von Zingara war gestorben, und sein Thron stand leer, da die Adligen sich über die Nachfolge nicht einigen konnten. Herzog Pantho von Guarralid fiel in Poitain ein, dem südlichen Aquilonien. Conan vermutete Zauberei und vernichtete die Eindringlinge. Als er herausfand, daß Thoth-Amon hinter Panthos Wahnsinnstat stand, rückte er mit seinem Heer aus, um den Stygier zur Rechenschaft zu ziehen. Der Cimmerier verfolgte den

Feind bis zu Thoth-Amons Festung in Stygien, nach Zembabwei und bis ins letzte Reich des Schlangenvolks in den tiefsten Süden.

Danach regierte Conan mehrere Jahre in Frieden. Doch die Zeit schaffte, was kein Feind fertiggebracht hatte: Die Haut des Cimmeriers wurde runzlig, das Haar grau. Die alten Wunden schmerzten bei feuchtem Wetter. Conans geliebte Zenobia starb bei der Geburt der zweiten Tochter.

Da brach plötzlich eine Katastrophe über den leicht mürrisch gestimmten und irgendwie unzufriedenen Conan herein. Übernatürliche Wesen, die Roten Schatten, entführten Untertanen aus seinem Reich. Conan war verwirrt, bis er im Traum wieder den Weisen Epimitreus aufsuchte. Dieser sagte ihm, er sollte zugunsten seines Sohnes Conn abdanken und über den westlichen Ozean segeln.

Conan fand heraus, daß die Roten Schatten von den Geisterpriestern der Antillien gesandt worden waren, einer Inselkette im westlichen Meer, wohin die Überlebenden von Atlantis vor achttausend Jahren geflüchtet waren. Diese Priester brachten ihrem Teufelsgott Xotli Menschenopfer in solchen Mengen dar, daß ihre eigene Bevölkerung vor dem Aussterben stand.

In Antillien wurde Conans Schiff beschlagnahmt, aber er konnte in die Stadt Ptahuacan fliehen. Nach Kämpfen mit riesigen Ratten und Drachen tauchte er oben auf einer Opferpyramide auf, gerade als seine Mannschaft geopfert werden sollte. Übernatürliche Kräfte, Revolution und Erdbebenkatastrophen folgten. Am Schluß segelte Conan davon, um die Kontinente im Westen zu erforschen (›Conan von den Inseln‹).

Ob er dort gestorben ist oder ob die Überlieferung recht hat, wonach er den Westen verließ und seinem Sohn im Endkampf gegen Aquiloniens Feinde zur Seite zu stehen, wird nur der wissen, der — wie Kull von Valusien einst — in die mystischen Spiegel von Tuzun Thune schaut.

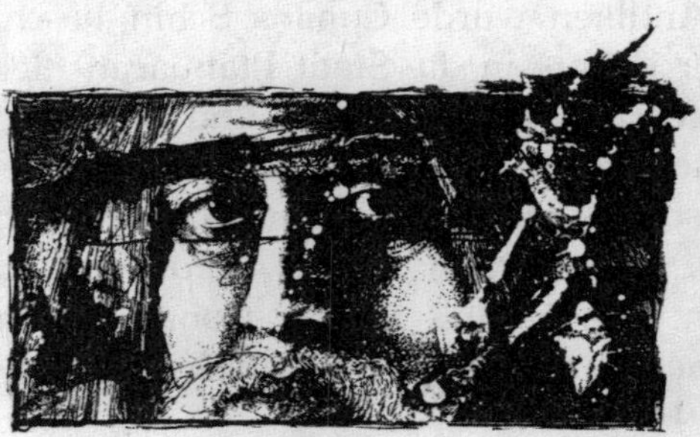